KB019312

모모야 어디 가?

헬프엑스로 살아보는 유럽 마을 생활기

모모야 어디 가?

헬프엑스로 살아보는 유럽 마을 생활기

김소담 **지음**

차례

평범한 게 뭐지?
평범한 게 왜 좋지?

안녕하세요, 저는 88년생 김소담이라고 합니다. 스물아홉 살, 누군가는 결혼을 생각하고 누군가는 '김 대리'로 한창 사회생활을 할 나이에 저는 여행을 시작했습니다. 한 나라에 한 달씩, 그것도 남의 집에 머물면서 일을 해주고 128일(2016년 1월~5월) 동안 유럽 마을을 돌아다녔지요. 이 글은 그 기록입니다.

저는 대학 졸업 후 8차선 테헤란로 고층 빌딩 숲에서 외국계 회사의 마케터로 일하는 강남 아가씨였습니다. 별탈 없이 평범하게 살아온 삶이었죠. 그런데 어떤 변화가 일어난 걸까요? 스물일곱 살이 되던 해 가을, 저는 '꽤 괜찮은' 첫 직장을 그만두고 두 번째 직장으로 '서울시사회적경제 지원센터'를 선택합니다. 그리고 그해 겨울, 가족과 함께 25년에 가까운 아파트 생활을 청산하고 서울의 대표적인 공동체마을인 '성미산마을'로 이사를 옵니다. 생전 처음 알게 된 다른 열 가족과 이웃이 되기로 결정하고 공동체주택을 지어서 말이지요. 이런 저의 '재미있는 두 얼굴'이 보이시나요? 공동체주택에 산다지만 개인의 영역을 침해받는 것을 싫어하고 공공성에 관심이 있는 만큼 상업성도 중요하게 고민하는 두 얼굴 말입니다.

일터의 변화 : 외국계 기업에서 사회적 경제로

어렸을 때부터 외국에 관심이 많던 저는 대학에서 중국과 무역을 공부했지만, 정작 첫 사회생활은 전공과 다소 거리가 먼 외국계 제조업 회사의 마케팅 직무였습니다. 동기는 당시 읽은 한 권의 책. 『코즈 마케팅Cause Marketing』이라는, '착한 소비'를 비즈니스로 연결하라는 그 책은 아버지가 선물해주신 것입니다. 책의 속지에 아버지가 써주신 문구는 이랬습니다.

장사꾼의 가슴이 아니라 가슴을 가진 장사꾼을 위하여.

2012. 02. 25.

딸의 밝은 내일을 그리며

아빠가.

    좋은 품질, 합리적인 가격 정도를 따지며 보통 소비자로 살아가던 저에게 '착한 소비'는 신선한 충격이었습니다. 기업은 사회적 책임을 다하기 위해 사회의 공익적 이슈를 해결하는 데 힘쓰고 좋은 이미지를 얻습니다. 소비자는 자신이 가진 1만 원으로 '착한 기업'의 제품과 서비스를 구매하고 기업은 그 윤리적 소비에 반응해 더욱 노력합니다. 선순환 구조가 형성되는 것이지요. 나 같은 병아리도 거기에 뭔가 힘을 보탤 수 있을까, 이런 제 마음이 전달됐던 걸까요? 극한의 취업난에 저는 세계적으로 사회공헌을 제법 잘한다고 평가받는 외국계 기업에서 첫 사회생활을 시작했습니다. 그것도 마케팅 직무로 말이지요.

    마케팅의 'ㅁ'도 몰랐던 만큼 그 시작은 당연히 순탄하지 않았습니다. 최종 면접에서 떨어진 저는 외면당할 것을 각오하고 그 회사의 부사장님을 다시 찾아갔다가 역시 외면당하고 (떨어진 것을 재차 확인받고) 그로부터 2개월 후 다시 불려가 입사를 했거든요. 당시 저에게 그렇게 '또라이' 같은 용기를 준 건 다름 아닌 TV에서 방영되던 「K팝스타 시즌1」

이었습니다. 생방송에 진출할 TOP 10을 가리는 무대, 아홉 명의 진출자가 결정되고 마지막 한 명의 자리가 비어 있을 때였죠. 심사위원 보아 씨가 마지막 티켓을 손에 쥐고 팔랑팔랑 흔들던 순간, 한 작은 여학생이 수십 명의 패자들 사이에서 조용히 한 손을 듭니다. 그녀는 노래를 불렀고 결국 마지막 행운의 티켓을 얻어냅니다. 무슨 조화였는지 몰라도 낙심하여 혼자 소주 두 병을 마시고 집에 기어들어 온 제가 그 장면을 보고 용기를 낸 것입니다.

살면서 '그냥 한번 해보는' 경험은 굉장히 중요합니다. 이 경험을 통해 저는 '한번 해보지 뭐, 안 되면 말고'라는 믿음이 생겼습니다. 그 믿음은 여자 혼자, 어떻게 보면 무모하다 싶은 여행을 계획하고 실현하는 동력이 됐습니다.

어쨌든 그렇게, 저는 마케팅 일을 시작했습니다. 하지만 2년 넘게 일하면서 '과연 기업의 진정한 사회공헌은 무엇인가'라는 고민이 머릿속에서 사라지지 않았습니다. 제가 다녔던 회사에서의 성공적인 사회공헌 사례란 물을 절약하기 위해 투인원 샴푸(샴푸와 린스를 동시에!)를 개발하거나 헹굼물이 적게 드는 고농축 세제를 발명하거나 하는 것을 의미했거든요. 또는 제품을 사면 2퍼센트 정도의 수익을 아프리카 미혼모에게 보내기도 했지요.

왠지 모르겠으나 저는 거기에 만족하지 못했습니다. 좀

더 근본적으로 세상을 바꾸는 일을 해보고 싶었지요. 하지만 고백하건대 쌓여가는 연차, 늘어가는 월급, 그럴듯한 회사의 명성을 간단히 포기할 용기는 나지 않았습니다. 그런 대로 만족했다면 저는 대리, 과장, 차장으로 진급하며 회사의 일원으로 살았을지도 모릅니다.

그런데 우습게도 저를 다시 세상에 내보낸 건 제 용기가 아니라 회사였습니다. 한국 사업 축소로 대규모 구조조정이 단행됐습니다. 저는 스물일곱의 나이로 상사와 동료들과 사이좋게 희망퇴직 신청서를 썼습니다. 그때였습니다. 비록 첫 번째 회사를 제 발로 걸어 나오지는 못했지만, 제 인생의 방향을 살짝 트는 용기가 꿈틀댄 것이. 돌이켜보면 항해사가 뱃머리를 돌리기 위해 조금씩 키를 건드리듯, 저도 조금씩 제 인생의 각도를 바꾸는 용기를 내기 시작했던 것입니다.

첫 번째 회사를 퇴사한 후 저는 쭉 관심이 있던 '기업의 사회공헌'에 조금 더 가까운 일을 하고 싶었습니다. 그 무렵 제 눈에 들어온 것이 '사회적 경제'라는 개념이었어요. 사회적 경제는 아직 생소하긴 해도 박원순 서울시 시장의 주도하에 꽤 주목받고 있습니다. 자본주의가 더 이상 많은 사람을 행복하게 해주지 못한 채 단지 소수의 사람만의 행복을 보장한다는 사실을 깨달은 사람들은 '인간다움을 잃지 않은 자본주의'를 꿈꾸기 시작했지요. 제가 이해하는 사회적 경제의 의미이기도 합니다. 지금 조금 알려진 사회적 기업(혹은 소셜벤처), 협동조합, 마을기업, 자활(장애인)기업이 그 범주 안에 들어갑니다.

이 개념은 대단히 매력적이라 다양한 배경과 재능과 이상을 가진 사람들이 그 우산 밑으로 모여들었고, 저도 그 중 한 명이었지요. 서울시사회적경제지원센터에서 참으로 여러 사람과 함께 일하며 보낸 6개월은 수많은 삶의 가치관과 방식이 있음을 눈으로 확인한 시간이었습니다. 어떻게 보면 전혀 새로운 분야로 자신을 던졌던 용기를 통해 저는 어떤 '가능성'을 보았고, 그 덕에 여행을 떠나려고 제 발로 간행한 두 번째 퇴사는 별 고민 없이 이루어졌습니다.

'가능성'이란 간단히 말하면 '뭐라도 하면서 먹고살 수 있겠구나'였습니다. 지금 놓치면 모든 게 끝날 것만 같은 서울에서의 사무직 회사원, 인문계 대학을 졸업한 여자가 할 수 있는 평범하고 좋아 보이는 일, 저는 거기에 물음표를 던지고 조금 더 자신을 찾는 용기를 내보기로 했습니다.

삶터의 변화 : 아파트에서 공동체주택으로

사회적 경제에 발을 디딘 그해, 우리 가족은 공동체주택을 지어 서울의 공동체마을인 성미산마을로 이사를 왔습니다. 태어나서 기억을 할 수 있는 나이 이래 줄곧 아파트에서만 살던 '아파트 키즈'인 제가 가족과 함께 서울 안의 '마을'이라고 불리는 이곳에 이사 올 결정을 한 건 우연만은 아니었습니다. 성미산이라는 작은 산자락에 위치해 성미산마을이라고 불리는 이 마을은, 아이들을 함께 기르고 싶은(공동육아) 몇몇 가족이 모여 살기 시작하면서 만들어진 곳입니다. 대도시 서울 안에 공동체마을이라니, 아는 분들은 잘 알지만 모르는 분들은 완전히 생소할 수도 있겠지요.

아이도 없는 네 명의 성인 가족이 왜 이곳으로 이사를 왔는지, 그 이야기를 하려면 가족 소개를 조금 해야겠습니다. 아버지, 어머니, 저 그리고 여섯 살 터울의 남동생. 우리 가족이 '이웃', '공동체' 같은 단어에 매력을 느낀 것은 무엇보다 부모님께서 지방 출신으로 친척도 없이 고립되고 외로운 서울살이를 해오신 이유가 큽니다. 80년대 후반에서 90년대 초반, 젊은 경상도 부부가 연고도 없는 서울에 올라와 이곳저곳으로 이사 다니며 자리 잡기까지의 이야기는 그 자체로 정말 '이야기'가 될 만합니다.

줄곧 사람 냄새를 그리워하셨던 부모님은 옛날부터 저와 제 동생을 공동체마을에서 키우고 싶어 하셨습니다. 하지만 삶터를 옮기는 일은 생각보다 큰 인연이 닿아야 가능했는지 그때는 생각에만 그쳤습니다. 대신 제 동생은 초등학교, 중학교, 고등학교를 모두 대안학교에 다녔습니다. 특히 중학교는 몇몇 학부모들과 선생님들이 함께 만든 학교로 제 동생이 1기입니다. 자유로운 커리큘럼 덕택에 열한 명의 급우들과 중학교 1학년 때 스페인 산티아고 순례길을 완주한 열네 살배기 동생은 돌아와 제게 이런 말을 했었지요.

"누나, 난 나중에 그런 데서 민박이나 하며 살고 싶어."

처음 공동체마을의 개념을 안 지 거의 10년 이상의 세월이 흐른 뒤에야 우리 가족은 드디어 인연을 맺고 성미산마을의 공동체주택으로 이사했습니다. 열한 가구가 자신이 원하는 대로 자신의 집을 디자인하고 1층에는 공용 창고, 2층에는 공동 거실과 아이들의 방과 후 마을 교실, 옥상에는 흙을 깔아 작물을 심은 정원이 있는 예쁜 6층 주택이지요. 내가 살 공간 그리고 함께 공유할 공간과 범위를 상상하고 의논하고 디자인하는 일은 즐겁고 의미 있었지만 항상 순조롭지만은 않았습니다. 가끔은 머리카락을 배배 꼬다 못해 쥐어뜯고 싶을 정도로 복잡했습니다.

아이를 기르는 데 초점이 맞춰진 마을에서 아이가 없는 어른 가족이 살아간다는 것은, 아이 중심으로 이루어진 여러 커뮤니티에 (그것도 가장 크고 강한 커뮤니티에) 참여하지 않는다는 뜻입니다. 하지만 우리 가족은 주변을 어슬렁거리며 느슨하게 참여하는 이 생활에 꽤 만족하고 있습니다. 집 앞 '두레생협'에 가서 건강한 먹거리를 마음 놓고 사고, '되살림가게'에 집에서 쓰지 않는 물건을 내놓고, 마을 사람들이 내놓은 물건이나 옷을 엄청나게 착한 가격에 사들이고(바지 하나에 2천 원이라니!), 혼자 사시는 할머니께 꾸러미 배달을 하고 말동무를 해드리고, 이웃과 함께 독서 모임을 열고, 만두를 빚고 김장을 하고, 맛있는 생선포를 몇 명이서 공동구매해 몇천 원이나 싸게 삽니다.

우아! 뭔가 즐거워 보이지만 환상은 절대 금물. 공동체 마을도 모두 사람 사는 곳이라 마음 맞지 않는 사람도 있고 종종 마음 불편한 일도 생깁니다. 게다가 제 입장에서 좀 더 현실적인 이야기를 하자면, 대한민국의 청년으로서 이곳은 부모님의 덕일 뿐 제힘으로는 들어올 수 없는 '그림의 떡' 같은 곳입니다. 자그마한 연립주택의 한 공간이기는 해도 '억' 소리 나는 돈을 제가 어느 세월에 모아서 살 수 있을까요?

그러나 저는 좌절하지 않습니다. 여기에서 살면서 '꼭 그곳이어야 한다'는 환상이 없어졌거든요. 옆집에 누가 사는지도 잘 모르고 마주치면 데면데면하게 고개만 꾸벅하고 지나치는 아파트 생활을 20년 넘게 한 저에게 '이웃', '공동체'라는 단어는 정말 환상이었지요. 그런 경험 자체를 해본 적이 없었으니까요. 그런데 이웃이라는 것은, 공동체라는 것은 꼭 성미산마을에 살아야만, 공동체주택에 살아야만 가능한 것이 절대 아닙니다. 901호부터 913호까지 쭉 늘어선 아파트 복도에서도 모두 가능합니다. 함께 독서 모임을 했던 아랫집 언니와 이런 이야기를 한 적이 있습니다.

"언니, 이 모임을 아파트에서 했다면, 그래서 1층 엘리베이터 옆 게시판에 『자존감 수업』을 함께 읽을 분 모집합니다'란 게시물을 붙였다면 과연 얼마나 모였을까요?"

언니도 아파트에서 살다가 이곳으로 이사를 온 터라 잠시 생각하더니 고개를 절레절레 흔들었습니다. 동의합니다, 쉽지 않겠지요. 하지만 이곳에 살아본 후 달라진 생각은 바로 '안 되더라도 한번 해보자'는 것입니다. 거기가 어디이건 간에 내가 있는 '지금 이곳'에서 마음 맞는 한두 사람이라도 찾아 조그만 공동체를 만드는 일, 그것이 재미있는 삶의 첫 걸음 아닐까요?

901호부터 913호까지 아파트 한 복도의 집들이 다 같이 소통하는 메신저가 있다고 상상해봅시다(제가 사는 공동체주택에는 열한 가구가 들어와 이야기하는 단체 메신저 방이 있답니다). 함께하면 이야기가 생기고 혼자서는 불가능한 일이 가능해집니다. 물론 그러려면 함께하려는 마음을 내야 하고 배려를 바탕으로 한 대화와 이해가 필요합니다. 단지 이해관계만 같아 모인다면 오래가지 못합니다. 상대가 마음을 내서 하는 만큼 나도 마음을 내서 함께 손을 마주쳐야만 그리고 그 과정에서 생겨나는 불편한 마음을 대화를 통해 이해하는 과정이 필수적으로 있어야만 그 공동체는 건강하게 지속될 겁니다. 결국 이 모든 것은 더 많은 이야기와 추억을 만듦으로써 '조금 더 재미있는 삶'을 살기 위함이 아닐까 합니다.

'남의 집에서 일하면서 살아보는 여행'은 그 연장선상이었습니다. 다른 사람들은 어떤 관계 맺기를 하며 어떤 이야기를 갖고 살아가는지 또 무엇을 행복이라고 여기며 살아가는지 궁금했습니다. 저는 지구의 다른 어떤 곳, 다른 문화에서 살아가는 사람들을 많이 만나보고 싶었습니다.

여행을 떠난 또 다른 이유는 '평범함에 대한 의문' 때문입니다. 어머니께서 항상 입버릇처럼 해주던 말씀이 있습니다. "살아보니 평범한 것이 가장 좋지만 또 가장 어려운 일이기도 하더라." 평범하게 대학을 졸업하고 평범하게 직장 생활을 시작했을 때만 해도 저는 그냥 막연히 평범한 사람이라고 생각했습니다. 언제부터인지 의문이 고개를 서서히 들기 전까지는 말이지요.

평범한 게 뭐지?
대학 나와 직장 다니다 좋은 남편 만나 아이 낳고…….

평범한 게 왜 좋지?

음…….

넌 지금 평범해서 행복하니?

딱히 불만은 없는데, 이 정도면 행복한 거 아닌가…….

제 안의 온갖 질문에 저는 시원하게 답변할 수 없었습니다. 그 상태에서 '평범함이 정말 가장 좋은지'를 그냥 받아들일 수는 더욱 없었지요. 저는 다른 사람들의 다른 생각과 관점을 '보고', '나'를 찾는 데 도움을 얻고 싶었습니다.

일상과 여행이 만나 서로 풍성해지는 헬프엑스

물가 비싼 유럽으로, 그것도 5개월 가까이 여행을 다녀왔다니 여행 경비는 어떻게 마련했냐고요? 제 여행 방식이 조금 특별했기에 큰 비용이 들지 않았습니다. 바로 '헬프엑스HELPX'입니다. 웹사이트를 통해 '호스트'를 구해서 일주일에 20~30시간가량(하루로 치면 5시간 내외) 자신의 노동력을 제공하고 그 대가로 숙박과 음식을 제공받는 형태이지요. 간단히 말하면 남의 집에서 일해주고 머무는 여행입니다.

그 '일'은 일용직의 개념이 아니므로 협상하기에 따라 다르지만, 최소 2주 정도는 한 호스트의 집에서 살게 됩니다. 호스트는 부족한 일손을 메꿀 수 있고, 여행객(헬퍼)은 숙식을 해결하며 나머지 시간에 자유로이 여행할 수 있습니다. 서로에게 모두 이득이 되는 여행 방식이지요. 그래서 제 여행 경비는 비행깃값을 제외하고 넉넉하게 잡아도 250만 원 정도였답니다. 유럽에는 나라마다 많게는 몇천 명씩 호스트가 등록돼 있습니다. 저는 그들의 집에 머물면서 단기간 관광하는 여행이 아닌 긴 호흡의 '사는' 여행을 만끽했습니다. 제가 여행을 가기로 마음먹은 이유와 아주 잘 맞았지요.

저는 글이라는 것을 써본 적도 없고, 제 글이 책이라는 형태로 나오리라고 상상조차 하지 못했던 보통 사람입니다. 그런데도 한 글자 한 글자 적어 나간 이유는 '손을 내밀기 위함'입니다. 이 책을 통해 지금 이 순간 비슷한 생각을 하며 살아가는 여러분을 만날 수 있다면, 그렇게 인연이 되어 어깨를 겯고 함께 이야기를 나누며 살아갈 수 있다면…… 저는 행복의 열쇠를 찾아냈는지도 모릅니다. 또 미력하나마 한국에 잘 소개되지 않은 새로운 여행 방식인 헬프엑스에 대한 길잡이 역할을 하게 되기를 소망합니다. 이 책을 읽고 저처럼 꿈으로만 꿨던 여행을 떠나는 사람, 잠시 삶에 쉼표를 찍는 사람, 변화를 모색하는 데 도움을 받는 사람이 있다면 더할 나위 없이 보람찰 겁니다.

이 글을 쓸 수 있도록 꾸준히 저를 격려해주시고 물심

양면으로 지원해주신 앞집의 단비 부부, 아랫집의 하수오-오가피 부부께 무한한 감사의 인사를 전합니다. 그들이 계셔서 이 글을 시작하고 끝까지 마칠 수 있었습니다. 그리고 지금의 저를 있게 해주신 부모님께 이 책을 가장 처음으로 보여드리고 싶습니다.

1

☆

이탈리아 포르치아
마을의 부고란

떠나기 전에 뭘 했지?
재봉질을 하루 배웠지!

여행을 떠나기 전에 보통 숙박과 교통을 제일 먼저 알아본다. 그러나 나는 좀 달랐다. 헬프엑스로 떠날 거니까. 헬프엑스에서 제일 중요한 일은 바로 첫 번째 호스트를 정하고 연락하는 것. 연락이라고 함은, 내가 호스트의 공간에서 '무슨' 일을 '얼마나' 할지 알아보고 그 대가로 어떤 환경을 제공받을지 확인하는 작업이다. 호스트도 나도 서로가 마음에 들면 도착일과 머무는 기간을 조율하고 최종적으로 확정을 받는다. 이러한 커뮤니케이션은 보통 이메일로 이루어진다.

나는 적절한 첫 번째 호스트를 찾기 위해 헬프엑스 웹사이트에서 맨 처음 여행지인 '이탈리아' 그리고 '요리'라는 키워드로 검색했다. 내가 호스트에게 도움이 될 만한 재능이 '요리하기'라고 생각했기 때문이다. 사람은 음식을 나눠 먹으며 친구가 된다. 외국인과 가까워질 때, 서로 간단한 자기 나라의 음식을 나누어 먹으며 친해지는 것만큼 좋은 방법이 또 있을까.

호기로운 두 번째 퇴사 후 난생처음 '공식 백수'로 생활하면서 깨달은 사실 중 하나는 내가 머리보다 몸 쓰며 느끼는 감각을 좋아한다는 것이다. 집에서 지내는 시간이 늘어나면서 자연스레 냉장고를 뒤질 일이 잦아졌는데, 우리 집에서 버려지는 식자재—특히 채소—가 생각보다 많다는 사실을 알았다.

"네가 먹는 것이 바로 너다You are what you eat"라는 문구를 어렸을 때부터 귀에 못이 박이도록 이야기하신 엄마는 열렬한 집밥 신봉자다. 엄마는 요리를 좋아했고 좋은 재료로 집에서 한 밥을 강조했다. 조금 과장하자면 28년 동안 밥과 국, 적어도 반찬 두 가지가 차려진 아침밥을 먹지 않으면 집에서 아예 내보내지를 않았다. 엄마는 넉넉하지 않은 살림에도 두부와 달걀, 유제품은 꼭 친환경이나 유기농 제품을 쓰셨다. 내가 지금 먹는 것이 내 자손에게로 전해진다고 굳게 믿고 계시는 분이다. 그런 엄마에게는 치명적인 허점이 있으니 바로 이미 냉장고에 있는 재료를 까맣게 잊어버리고 새것을 사는 것이다.

그렇게 썩혀 버려지는 식자재가 아까워 뭐라도 만들어 볼까 싶어 시작한 요리에 나는 슬슬 재미를 붙였다. 퇴사하기 전까지는 고양이 발톱만큼도 알지 못했던 사실이다. 집밥을 계속 먹으니 바깥에서 먹는 음식은 더 이상 혀와 속이 편하지 않았다. 먹을 때는 좋지만 먹고 나면 뭔가 밍밍하고 아쉬운 맛이 싫어 어느새 또 요리를 했다. 사찰 요리를 배우고 한식 조리사 자격증 공부를 시작한 게 그즈음이다. 이제 막 요리에 관심이 생겨 여행 가기 전 뒤늦게 몇 개월 만들어 본 게 전부인 초보 중 초보지만, 요즘 먹방이나 셰프 붐의 영향으로 쉽게 따라 할 수 있는 한식 요리법을 아주 찾기 쉬워서 웬만한 음식은 어렵지 않게 만들 수 있다.

'이탈리아', '요리'라는 키워드로 검색한 결과는 꽤 많았다. 그중 눈에 띈 건 베네치아 근교 작은 도시에 사는 오리에따라는 이탈리아어 교사였다. 외국인들에게 이탈리아어를 가르치는 일을 한다는 그녀는 남편과 두 남자아이와 함께 살고 있었다. 홈스테이 형식으로 머물면서 자신을 도와줄 헬퍼를 찾고 있었는데, 헬퍼가 해야 할 일은 아래와 같았다.

1. 부엌 담당(=요리). 언제나 환영!

Host 24564

Home About FAQ's Testimonials Feedback Insurance Companions Rosters
Inbox / Outbox My Profile My Favourites My Photos Update Upgrade log-out
Australia New Zealand Europe Canada USA International

www.helpx.net
Host ID: 24564
Country: Italy

Notes: You need to be a Premier Helper member to view contact details for this host.
To upgrade to Premier Helper membership click here

Last Updated: May 3, 2019
Reviews Received: (24) click here

may 25th and september

UPDATED profile including AT LEAST 1 photo.
owing skills :

to give a coat of white to all rooms, give a deep clean around the house and re-organize wardrobe and shelves. If we are in 2 or 3, it will be quicker.
ide of 7y.o. and 10y.o.: they play Lego, table games, construction, in the park as all the kids. I need some help when I'm busy with work or other tasks.
assay a Masterchef but able to prepare something easy for us...there are many tutorial online, anyway.
NG UP and DUSTING simple daily help, nothing hard or complicate.
If you are Japanese or Spanish native I'd (Onetta) like to review some Japanese or to learn Spanish from 0 .

th a single bed, in this room there are also wardrobe, bathrobe, towels and bed sheets (if you are 2 we can offer you an air mattress) food (I'm a good cook and once a week we make our own pizza), wireless, friendly environment and easy going family.

le a small city 1 hour far from Venice. Udine, Treviso, 2 hour from Trieste and so on. We are also close to mountains and sea. There are many undiscovered places like Aquileia, a national park, villas, etc. For artists there is an excellent school of mosaic in Spilimbergo with week-end classes.

weeks (up to 3/4 weeks) average home-stay requests: you should love kids (not only on paper) and care, expecting a modest, clean and comfortable accommodation (no castle, no room overlooking some kind of breathtaking panorama, no swimming pool etc. - you can see more photo in airbnb). simpl

(we are not vegetarian but we adapt to have lunch and dinner together without cooking different dishes)

English, French some Japanese (still).

ra, Japan, France, Taiwan, England, Malaysia, Norway, China, Sweden, Spain, Korea, Latvia, Germany, Australia, Costa Rica, New Zealand, California (USA), Czech Republic.
elling must be also a way to learn more about cultures, values, belief and by hosting we offer our children a way to learn about the world.

rillage of images helpers. Naomi and usi view from the village of Erto. Venice from the sea. Trieste's main square. Barcis lake.

헬프엑스 사이트에 올려진 '오리에따'의 자기소개.
가족 사진 밑에는 헬퍼들이 남긴 평점(별 다섯 개 만점)과 리뷰가 달려 있다.

2. 닌자와 같이 에너지 넘치는 두 사내아이와 놀아주기.

3. 일상 잡일(이를테면 간단한 청소 등).

4. 재봉질을 할 수 있는 사람 선호(너무 바빠서 손도 못 대고 있는 재봉 프로젝트를 위해).

와! 그녀가 원하는 1, 2, 3번은 나와 딱 맞는 일이었다. '닌자'라는 단어에 살짝 겁이 났지만(도대체 어느 정도길래? 막 공중제비로 날아다니나?), 어차피 헬퍼의 노동 시간은 정해져 있으니 그 시간만 견디면 되겠지. 단순하게 생각하기로 했다. 그녀의 단란한 가족사진이 보기 좋았다. 고양이 한 마리를 안고 찍은 4인 가족은 소박하고 유머러스하게 보였다. 이미 그곳을 거쳐 간 다른 헬퍼들이 남긴 20개에 가까운 후기를 읽어보니 다들 평이 좋았다. 망설이지 않고 그녀에게 첫 메일을 보냈다.

안녕, 오리에따. 나는 한국의 모모야. 너희 집을 헬프엑스 사이트에서 봤는데 정말 흥미로웠어. A. 나는 로컬푸드에 관심이 많고 요리를 좋아해(사찰 요리도 6개월 배웠고 이제 곧 한식 조리사 자격증도 딸 거야). B. 1월 중순께부터 너희 집에 갈 수 있을까? 기간은 협의 가능해(최소 2주). C. 내가 일주일 동안 무슨 요일/하루 몇 시간 일해야 할지 미리 좀 이야기해줄 수 있을까? D. 너희 집에 어떻게 찾아가면 되는지도 알려줘. 연락 기다릴게. 안녕!

호스트와 연락할 때 그 집에 얼마나 머물지 전체 기간을 대충이라도 미리 이야기하는 것은 대단히 중요하다. 자신의 여행 일정을 짜기 위함도 있지만, 호스트의 입장에서도 자신의 생활공간 안에 낯선 이를 받아들이는 일이라 당연히 마음의 준비가 필요하다. 또 자신이 무슨 일을 하게 될지 대략적인 그림을 그려보는 것도 중요하다. 호스트가 올려놓은 내용과 큰 차이가 없을 때도 있지만, 그들이 부지런하게 매번 그 내용을 업데이트하는 게 아니기에 최근 진행되는 프로젝트(일)가 다를 수 있다. 어디까지나 노동의 대가로 숙식을 교환하는 만큼 확실히 해두면 해둘수록 좋다고 생각한다.

호스트의 집은 가정집이든 농장이든 어쨌든 개인 생활 공간일 뿐 대도시 중심지에 있는 유명 숙박 시설이 아니다. 오리에따는 친숙한 '물의 도시' 베네치아에서 기차로 한 시간가량 떨어진 포르데노네Pordenone, 거기서도 차로 20분 정도 가야 하는 포르치아Porcia라는 작은 마을에 살았다. 어떤 호스트는 하루에 버스가 겨우 몇 대 지나다니는 산속에 살기도 한다. 그런 곳은 찾아가는 것 자체가 미션 수행이다.

나는 오리에따네에서 2주 정도 머문 다음 두 번째 호스트네로 이동할 생각이었다. 하지만 막상 가보면 상황이 달라질 수도 있어 일단 다음 호스트는 미리 찾지 않았다. 다음 목적지가 정해지지 않으니 교통도 정할 수가 없었다. 대부분 유럽 여행에 앞서 유레일패스를 살지, 산다면 어떤 종류를 살지를 고민한다. 유레일패스는 짧은 시간에 많은 나라를 돌아볼 때 (그것도 대부분 기차로) 효율적인 방법이다. 나는 한 나라에 한 달씩 넉넉히 머물기로 했고 또 다음 목적지도 정해지지 않은 탓에 유레일패스를 사지 않았다. 이탈리아 레지오날레(국내선)은 몇 개월 전에 사지 않고 며칠 전에 사기만 해도 적절한 가격에 살 수 있다니 어떻게든 되겠지. KTX나 새마을호도 몇 주 차이로 가격이 크게 달라지지는 않으니까 말이다.

일단 전체 여행의 큰 동선만 짜보기로 했다. 짠다고 해봐야 그냥 어디 어디 가고 싶은지 생각하는 정도였다. 이탈리아, 독일, 스페인, 영국을 한 달씩 넉넉하게 가보자 싶었다. 이유는 간단했다. 꼭 가보고 싶던 이탈리아, 독일, 스페인. 이 세 나라는 모두 쉥겐협약*국으로 대한민국 국민은 3개국 여행의 총 기간이 90일을 넘을 수 없었다. 내 총 여행 기간이 128일이므로 90일을 빼면 38일을 비쉥겐국에서 지내야 한다는 결론이었다. 상황이 어떻게 변할지 모르니 항상 여유를 두고 비쉥겐국에서 40일 정도 넉넉히 체류하기로 했다.

내가 찾아보기로는 유럽권에서 비쉥겐국은 영국과 크로아티아였다. 그래서 여행지 순서는 이탈리아, 영국, 독일, 스페인이 됐다. 나라 간 기차/버스 이동도 가능했지만, 거리

쉥겐Schengen협약이란?
유럽은 나라들이 다닥다닥 붙어 있기에 국경을 넘어 자유로운 여행을 하기 좋은 지리적 조건을 갖고 있다. 이러한 국가 간 여행을 장려하기 위해 쉥겐협약을 맺고 비자 없이 여행할 수 있도록 했다. 한국인은 90일간 무비자 체류할 수 있다.

도 꽤 먼데다 기차와 버스의 로망이 별로 없었기에 금전 문제를 고려해 저가항공을 타기로 했다. 영국에서 독일로 넘어가는 라이언에어가 2개월 전 미리 끊으니 단돈 3만 5천 원이었다.

오리에따로부터는 흔쾌히 오케이 메일이 왔다. 짐 싸기 외에 더 생각해야 할 건 없었다. 곧 여행을 떠난다는 사실을 까맣게 잊은 채 나는 떠나는 날까지 일상에 몰두했다.

그 여행,
나도 같이 가도 되나요?

이탈리아 가정집에서 하루 네 시간 정도 아이들도 돌
보고 요리도 하며 숙박을 제공받아 여행하겠다는 내 말을
듣고 관심을 보인 사람이 있었다.

"그런 여행이라면…… 나도 가도 되나요?"

조심스레 물어온 사람은 나와 같은 시기에 성미산마을
에 이사 온 50대 후반의 무무였다. 공황장애를 앓은 경험
으로 밀폐된 좁은 공간을 답답해하는 그녀는 장거리 비행
은 꿈도 꿀 수 없었다고 했다. 그녀에게 유럽은 그림 같게만
느껴지는 미지의 나라였다. 약한 몸이 폐가 될까 봐 남들
다 가는 해외여행도 욕심부리지 않았던 그녀는, 기대에 찬
내 계획을 듣고 더 나이를 먹기 전에 꼭 한번 가보고 싶다

고 용기를 냈다. 누가 봐도 이상한 조합이다. 솔직히 이 말을 듣고 당황스럽지 않았다면 거짓말이다. 당황스러움을 넘어 걱정이 들었다. 나도 어떤 일이 일어날지 모르는 이 여행을 권해도 될까.

'뭐, 안 될 것 있나.' 이 여행 자체가 이미 누군가에게는 고개를 절레절레 저을 만한 엉뚱한 일인데. 하고 싶다는 분을 말릴 이유는 없었다. 이미 나는 길에서 만날 수많은 인연과 행운에 마음을 열기로 준비한 터였다. 지금 이 순간에 함께 시간을 내고 마음을 내는 것에 감사하며 같이 여행을 가기로 마음먹었다. 곧장 오리에따에게 변경 상황을 알리는 메일을 보냈다. 하지만 이런! 이틀 후 도착한 오리에따의 답장은 긍정적이지 않았다.

지금은 우리가 좀 곤란할 것 같은데. 만약 그분이 영어를 할 줄 알고 헬프엑스로 여행하고 싶다면 내가 같은 마을에 사는 친구에게 물어볼게. 너는 우리 집에 있고 그분은 내 친구 집에 있으면 되지 않을까? 네 동료에 대해 좀 더 자세히 알려주면 나도 친구에게 이야기해볼게. 헬프엑스 사이트에서 나랑 같은 지역을 검색하면 내 친구의 자기소개도 볼 수 있어. 그녀의 이름은 이사벨라야.

좋은 제안이긴 했지만 가능하지는 않았다. 무무의 영어는 눈웃음을 한껏 담은 '헬로', '굿바이' 정도였으니. 물론 반백 년을 살아오며 쌓아온 눈치 백 단의 내공으로 어디서든 살아내리라고 믿어 의심치 않았다. 그래도 어떻게든 '함께' 머물 방법을 찾아야 했다. 일단 오리에따에게 한 번 더 호소해보기로 했다. 무무의 재능은 아주 확실했다. 그녀는 그야말로 50년간 한식을 요리해온 베테랑 주부이지 않은가. 게다가 예전에 혼자 시골 생활을 하면서 한국 전래놀이 강사 2급 자격증을 땄고 지금은 성미산마을에서 아이들의 돌봄 도우미로 활동하고 있었다.

무무는 한국 요리와 전래놀이의 선수야. 아이들과도 굉장히 잘 지낼 거야. 방이 좁아도 우리는 전혀 상관없어!

며칠 동안 마음을 졸이며 오리에따의 답장을 기다렸다. 며칠 뒤 답장이 왔다.

내 남편 안젤로가 걱정하는 이유는 다름 아닌 너희들을 위해서야. 두 명이 지내면 좀 좁을 수 있거든. 그럼 이렇게 해보자. 혹시 카니발축제 파티를 위해 요리를 좀 해줄 수 있을까? 그리고 네가 내 재봉 프로젝트를 좀 도와줄 수 있다면 내가 나는 당장 오래된 앨범을 뒤져 어렸을 때 내가 종이로 만들어 입힌 동생의 배트맨 의상 사진을 보냈다. 나, 이 정도는 만들 수 있다고! 물론 재봉틀에 실도 끼울 줄 모른다는 아주 사소한 문제가 있기는 했다. 오리에따가 승낙만 해준다면 이참에 집 앞 공방에서 일일 강습으로 기본이라도 배우고 가리라.

벌써 1월 15일, 여행을 떠나기 5일 전이었다. 너무 늦게 무무의 합류가 결정돼 오리에따가 끝까지 안 된다고 한다면 처음부터 다시 호스트를 찾아야 했다. 시작부터 꼬이는 거다. 제발, 제발, 우리 두 사람을 모두 허락해줘요! 대륙을 가로질러 내 마음이 이탈리아까지 전달된 걸까. 고맙게도 오리에따는 두 명 모두 머물러도 된다는 답장을 보내왔다. 결렬 상황을 대비해 2~3주 정도 전에는 다음 호스트를 확정짓는 편이 좋겠다는 교훈을 얻으며 마침내 첫 번째 호스트를 확정했다.

여행 중 이름은 지금 사는 성미산마을의 별명을 그대로 쓰기로 했다. 미하엘 엔데의 소설 『모모』를 읽고 다른 사람의 이야기를 가만히 귀 기울여 들어주는 모모가 좋아서 지은 이름, 모모다. 서른 살이나 차이가 나는 20대 후반의 모모와 50대 후반의 무무. 이름만 놓고 보면 아주 잘 어울리지만 그냥 보기에는 희한한 두 여자 콤비가 이렇게 탄생했다.

모모

이탈리아에서
'반삭'한 머리

구제시장에서 장만한
품이 엄청 큰 잠바

35L 배낭

무무

하도 빨아서
찢어진 청바지

온수팩

추위와 맞선
스포츠파카

한국에서 만들어 간 깍두기 양념
여행 중 7번 담그다

첫 호스트,
이탈리아어 교사 오리에따

예상대로 무무에게 깅기리 비행은 쉽지 않았다. 병원에서 수면제까지 처방받는 등 온갖 긴장을 하고 치러낸 탓에 우리는 이탈리아에 도착해 곧장 호스트의 집으로 가지 않고 베네치아에 머물며 휴식을 취했다. 3일째 되는 날, 베네치아역에서 포르데노네역으로 한 시간 정도 기차를 타고 가면 고맙게도 호스트가 마중을 나와주기로 했다.

나는 핸드폰을 사용하지 않는 아날로그 방식의 여행을 했다. 국내에서 핸드폰을 아예 정지시키고 출국했고 현지의 유심카드를 구매하지 않았다. 유심카드가 없다는 것은 현지에서 핸드폰으로 통화나 문자 혹은 데이터 사용(인터넷)이 안 된다는 뜻이다. 와이파이가 되는 곳에서 인터넷은 사용할 수 있었지만 통화나 문자는 아예 하지 못했다. 큰 불편함 없이 여행했지만 아쉬웠던 한 가지를 꼽으라면 새로운 앱이나 사이트 가입이 안 됐다는 점이다. 예를 들어 유럽 사람들은 왓츠앱whatsapp이라는 무료 통화앱을 많이 사용한다. 또 블라블라카blablacar라는 카쉐어링앱으로 저렴한 가격에 다른 사람 차를 얻어 타고 목적지로 이동한다. 이런 앱에 가입하려면 문자로 오는 비밀번호를 인증해야 해서 문자를 못 받는 내 핸드폰으로는 가입이 불가능했다.

핸드폰이 없어 호스트와 어긋날까 봐 걱정했지만 정말이지 기우에 불과했다. 포르데노네역은 지방 시외버스터미널처럼 아주 작은 역이었다. 해가 어스름하게 드리워진 늦은 오후의 작은 이탈리아 기차역에는 벤치에 앉아 누구를 기다리는지 꾸벅꾸벅 조는 이탈리아 할머니 한 분밖에 없었다. 자기 덩치만큼이나 큰 배낭을 메고 불안하게 주위를 두리번거리는 동양인 여성 두 명을 보지 못한 채 지나칠 확률은 빨래를 널다가 벼락 맞을 확률만큼이나 낮았다.

"무무? 모모?"

청바지를 입은 마른 이탈리아 남자가 우리 이름을 부르며 손을 흔들었다. 대머리에 희끗한 턱수염을 봐선 적지 않은 나이 같았다. 마른 인상이어서 그런지 형형하게 빛나는 눈빛이 조금 무섭게 보였다. 그가 바로 첫 호스트 오리에따의 남편, 안젤로였다. 안젤로는 점잖게 인사하고 우리 배낭을 받아들더니 남색 승용차 뒷자리에 실었다. 운전을 시작하자 안젤로는 그저 착하고 수다스러운 이탈리아 아저씨였다. 유창하지는 않아도 대화하기에 무리가 없는 영어로 환영한다고 운을 띄운 후 차를 타고 가는 동안 간단히 자신과 아내 오리에따의 이야기를 들려줬다.

이 부부는 글로벌과 로컬의 조합이었다. 외국인에게 이탈리아어를 가르치는 아내 오리에따는 외국에서 일하고 살아본 덕에 형성된 세계화된 사고방식을 가진 반면, 남편 안젤로는 이 지역에서 나고 자란 토박이로 대학 생활을 다른 도시에서 할 때 말고는 이 지역을 떠난 적이 없는 모양이었다. 지금은 전공을 살려 옆 도시에서 기계 엔지니어로 일을 하고 있단다. 호기심이 많은 오리에따는 전 세계를 돌아다니며 자유롭게 살고 싶어 했지만 자신과 결혼하면서 이 지역에 정착했고 대신 헬프엑스와 같은 프로그램을 통해 세계 여러 나라 사람과 교류하며 갈증을 해소한다고.

20분 정도를 달린 끝에 목적지에 도착했다. 하늘색의 아담한 현대식 2층 주택은 시골스러운 기찻길과 작은 터널 옆에 자리 잡고 있었다. 나무로 직접 만든 마당의 흔들 그네가 귀여웠다. 주변에는 인적이 드물었다. 이것저것 인테리어 소품을 파는 작은 상점과 담배 가게가 있었지만 문이 닫혀 있었다. 기찻길 너머 하늘은 새파랬고 저 멀리 눈으로 뒤덮인 높은 산봉우리가 희미하게 아른거렸다. 안젤로는 그곳을 손가락으로 가리키며 겨울에 가족들과 스키를 타러 간다고 말했다.

초인종이 울리자 남자처럼 짧은 회색 커트 머리에 발렌도르프의 비너스처럼 짜리몽땅하고 풍성한 몸매를 가진 여성이 미소 띤 모습으로 문을 열었다. 메일로만 만났던 나의 호스트, 오리에따다. 초록색이 연하게 섞인 파란색 눈이 호기심과 장난기로 반짝였다. 자신감 넘치고 열린 사고방식 그러나 자신의 기준이 확고한 오리에따에게서 많은 것을 배울 수 있으리라고 짐작하는 데 그리 오랜 시간이 걸리지 않았다. 남편을 만나 사랑을 하면서 이 작은 마을에 정착했지만 세계 여러 나라 사람들이 여행 프로그램으로 자신을 만나러 오는 일이 삶에 활력을 불어넣어 준다는 오리에따.

"헬프엑스를 통해 만나는 새로운 사람들이 내 삶을 새롭게 보도록 도와주는 거지. 나도 그들이 자신을 새롭게 보도록 도와주고. 그게 우리가 더 나은 사람better person이 되도록 해주는 것 같아."

오리에따는 이전에 머물다 간 한 중국인 헬퍼의 이야기를 들려줬다. 공부를 매우 잘해 미국 유학까지 갔던 어린 학생으로 우연히 헬프엑스를 알게 되어 이런저런 일을 하고 이곳저곳 여행하며 책상 앞에서 하는 공부만 중요시하던 자신의 삶을 돌아보게 됐단다. 그녀는 정말 공부를 좋아해서 하는지, 그게 아니라면 다른 어떤 것을 좋아하는지, 그를 위한 재능이 있는지를 스스로 물어볼 기회조차 여태 갖지 못했던 셈이다. 중국인 헬퍼의 이야기는 우리나라 아이들에게 익숙한 풍경이고 내 이야기이기도 했다.

한국의 초/중/고등학교 청춘은 여전히 좋은 대학에 진학하기 위해 (좁은 의미의) 하루를 공부로 채운다. 열심히 달리는 것에 익숙하기에 대학 생활도 열심히 한다. 이제는 열심히 한다고 해서 잘 되리라는 보장도 없건만, 그래도 열심히 하지 않으면 무언가 잘못될 것만 같다. 머리와 팔다리는 오늘도 관성적으로 부지런히 움직인다. 타인과의 관계, 세상을 살아가는 이유, 내가 정말 어떤 사람인지, 어떻게 살아가고 싶은지 같은 질문은 잠시, 어쩌면 기약 없이 뒷전으로 미뤄두고 말이다.

안젤로는 1960년생인 무무보다 다섯 살이나 적었는데 희끗한 수염과 대머리 때문에 열 살은 더 많아 보였다. 그는 유머 소스를 적절히 버무려 평범한 일상을 즐겁게 만드는 사람이었다. 나는 안젤로를 훌륭한 '삶의 요리사'라고 부르고 싶다. 그는 낯선 나라, 한국에서 온 우리에게 궁금한 게 참 많았다. 다정하고 친절한 그와 나는 금방 친구가 되어 매일 함께 저녁을 먹으며 두런두런 이야기를 나눴다. 내가 하루 중 가장 좋아하는 시간이었다. 안젤로는 늦은 나이에 얻은 두 아들의 아버지로서 겉으로는 굉장히 어른스러운 모습을 유지하(려고 노력하)고 있긴 해도 마음속에는 아직 장난꾸러기 소년이 한 명 살고 있었다.

한번은 마당에서 손가락만 한 메뚜기가 집으로 날아 들어왔다. 단번에 메뚜기에게 반한 안젤로는 '지미'라는 70년대 흑인 밴드의 트럼펫 연주자 이름을 붙였다. 그리고 메뚜기를 집 안에서 기르겠노라고 선포했다. 이후 이 집에 사는 인간들은 외출 뒤 집에 돌아와 푹신한 다갈색 거실 소파에 바로 몸을 내던지지 못한 채 항상 지미의 위치를 먼저 확인하고 나서야 마음 편히 거실을 이용할 수 있었다. 자유롭게 거실을 돌아다니던 메뚜기 지미는 때론 거실 화분의 화초 사이 때론 베이지색 커튼 뒷면에 붙어 있었지만, 가끔 다갈색 소파 위에 더듬이를 곧추세우고 위풍당당한 모양새로 자리를 차지했기 때문이다(똑같이 다갈색 몸통을 가진 본인에게 그것이 얼마나 위험한 짓인지 전혀 모르고 말이다!).

안젤로와 아이들은 매일 출근 전에 토마토와 양배추를 잘게 잘라 지미가 있는 곳 앞에 한 조각씩 놓아주는 일을 잊지 않았다. 기계 엔지니어인 안젤로는 밤마다 메뚜기 다리를 자세히 바라보며 얼마나 '완벽하게' 아름다운지 감탄

안젤로와 고양이 '나오미'.
한동안 일본에서 일하며 살았던 오리에따가 붙인 이름 같은데,
그녀에게 나오미는 어떤 의미일까, 궁금해진다.

을 금치 않았다.

"모모, 이 다리가 얼마나 과학적으로 설계됐는지 한번 보라고!"

때마침 우리가 도착한 날은 일요일 저녁이었다. 이 이탈리아 가족은 매주 일요일 저녁에 피자를 직접 만들어 먹는다. 안젤로가 마르게리타피자를 구웠다. 식탁 위에 밀가루를 살짝 뿌려 밀대로 밀가루 반죽을 슬슬 밀고 직접 만든 토마토소스를 바르고 모차렐라를 쭉쭉 찢어 얹는다. 오리에따는 익숙한 솜씨로 예열한 오븐에 피자를 넣는다. 이 집에서 맛본 진정한 수제 피자는 기름기가 전혀 없어 담백하다 못해 거의 쿠키처럼 딱딱했지만 밀가루의 차이인가, 씹을수록 쫄깃한 식감이 진정 일품이었다. 피자를 먹자마자 첫째 아이 토미가 "레고 할래?"라고 제안해 아이들 놀이방에서 같이 레고를 하며 이탈리아에서의 '생활'을 시작했다.

이웃이 죽으면
종을 울리는 마을, 포르치아

오리에따의 집은 현대적인 디자인이지만 어딘지 무르
게 오래된 느낌을 간직하고 있다. 그것은 내가 유럽 사람
들을 만날 때 나이의 많고 적음에 관계없이 느끼던 분위기
와 비슷했다. 오래된 느낌이란 장작이 타닥타닥 소리를 내
며 타는 거실의 예쁜 청록색 나무 난로 연통, 그 위에서 말
려지는 양말 두 짝, 나무로 만들어진 창문틀, 정직할 정도로
튼튼해 보이는 무광택 걸쇠, 새하얀 라디에이터……. 꽤 넓
은 그녀의 집에 도착한 첫날을 '적응의 날'로 선포한 우리는
앞으로 머물 공간을 천천히 구경했다.

1층에는 주방과 거실, 아이들 장난감으로 가득 찬 놀이
방과 오리에따의 개인 서재가 있다. 서재는 실로 다양한 분

젖은 수건은 센스 있게 난로에 걸쳐주기. 순식간에 뽀송뽀송!
안젤로가 매일 저녁 잔가지와 종이상자를 부지런히 정리해두기에
언제든 편하게 난로에 불을 붙일 수 있다.

야에 관심을 가진 오리에따가 모은 물건들—책들, 음악CD
들, 아기자기한 문구들—로 가득하다. 그중에서도 책장 하
나를 꽉 채운 것은 알록달록한 자투리 천들과 수선해야 할
옷가지들 그리고 재봉틀과 실이다. 시간 여유가 있으면 직
접 재봉질해서 아이들 바지쯤은 거뜬하게 수선해 입힌다
며, 오리에따는 색색의 단추와 실과 버튼을 가득 모은 서랍
을 자랑스레 꺼내 보였다. 2층에는 작은 거실, 세탁실, 부부
침실, 아이들 침실, 손님방이 있다. 원래 한 명을 위한 손님
방이기에 침대가 하나였지만 우리를 위해 바닥에 매트리스
를 깔아줬다. 단순한 디자인의 옷장과 램프가 놓인 깨끗한
손님방이다. 무무가 침대, 나는 매트리스에서 자기로 했다.
무무는 깔끔한 환경에 꽤 만족해했다.

집 안 곳곳은 네 가족의 역사를 알려주는 소품들과 하
나씩 사 모은 작은 그림들로 가득했다. 2층 복도 벽에는 이
가족의 첫 시작을 알리는 오리에따와 안젤로의 흑백 결혼
사진 두 장이 붙어 있다. 사진 속 양복을 잘 차려입은 안젤
로는 살짝 긴장한 듯 굳은 표정이고, 오리에따는 흰색 면사
포를 쓰고 희한하게도 조금 거만한 표정을 짓고 있다. 마치
"결혼 생활, 올 테면 와봐라. 멋지게 해치워주겠어!"라고 말
하는 듯하다. 다른 사진에는 계단에 걸터앉아 담배를 피우
는 남자, 선글라스를 끼고 긴 정장 드레스를 너울거리는 여

자, 카메라를 든 남자 하객이 찍혀 있었다. 웃음기 하나 없이 어딘가 먼 곳을 바라보는 듯한 표정을 한 이탈리아 사람들의 흑백사진은 왠지 결혼식 사진이라기보단 영화 「대부」의 한 장면 같았다.

집 구경 도중에 이 집의 다섯 번째 가족, 흑갈색 긴 털을 가진 페르시아고양이 '나오미'의 연두색 눈동자와 자주 눈이 마주쳤다. 새로 등장한 동양인 두 명을 경계의 눈초리로 바라보던 나오미는 이내 관심을 거두고 느긋한 발걸음으로 어딘가로 사라졌다가 털을 빗고 싶어졌을 때만 나타나서 내 다리에 제 몸을 비벼댔다.

우리는 포르데노네 지역의 전통 먹거리 옥수수 술빵을 먹고 저녁 산책을 나가기로 했다. 옥수수가 많이 나는 이 지역의 먹거리인 네모난 옥수수 술빵(약간 시큼한 냄새가 나면서 부드러운 것이 우리의 술빵과 비슷한 맛이었다)은 그 옛날 베네치아 사람들이 노르웨이로 무역을 하러 갔다 추위로 인해 갇혔을 때 말린 생선과 함께 먹기 시작했단다.

포르치아 마을은 크지 않았다. 작은 가게들이 모인 나름 마을 중심가인 곳까지 걸어서 15~20분밖에 걸리지 않는다. 어딜 가나 거뭇거뭇하게 오래된 돌벽과 그 벽을 잔뜩 뒤덮은 담쟁이 그리고 섬세하게 뻗은 가느다란 나뭇가지들이 보였다. 어떤 백작의 집, 마을 회관, 슈퍼마켓, 작은 상점들을 지나 마을 와이너리와 성당을 둘러봤다. 킥보드를 타고 옆을 맴돌며 재잘거리는 레오와 토미, 오리에따와 안젤로가 없었다면 마치 책 속에 들어온 것처럼 느껴질 만큼 비현실적으로 몽롱한 분위기였다. 마침 해가 지면서 어스름하게 드리워지는 그늘이 좀 더 분위기를 돋웠지 싶다.

마을 중심가에는 작은 호수가 있었다. 차갑고 맑은 물에 백조 두 마리와 청둥오리들이 한가로이 헤엄을 쳤다. 새하얀 깃털의 백조와 청둥오리는 사람을 전혀 겁내지 않았다. 먹이를 던져주자 코앞까지 다가와서 먹는데 조금만 손을 뻗으면 만질 수도 있을 것 같았다. 어느덧 해가 완연히 졌다. 한참 백조와 오리 구경을 하느라 몸이 슬슬 추워지는 것도 잊고 있던 차에 안젤로가 동네 바에 가서 펀치(따뜻하게 덥힌 술)를 마시자고 제안했다. 모두 기대를 안고 종종걸음으로 걸어가 펀치 몇 잔과 아이들이 먹을 코코아를 주문했다. 동네 바는 소식을 나누고 웃고 어깨를 두드리는 동네 사람들로 가득 차 떠들썩했다.

기다리는 동안 봉지 겉면에 노란 먼지 같이 생긴 캐릭터가 갖가지 표정으로 그려진 설탕으로 표정 맞추기 게임을 했다. 한심하다는 표정, 놀리는 표정, 어쩔 수 없다는 듯이 웃는 표정. 각자 설탕 몇 개를 카드처럼 보이지 않게 들고서 상대가 가진 설탕 가운데 하나를 마음대로 뽑고 자신이 그

것과 같은 표정의 설탕 봉지를 갖고 있으면 내려놓는 식이었다.

내가 이탈리아라는 나라를 좋아하는 이유는 아주 많다. 그중 첫 번째를 꼽으라면 곳곳에서 어렵지 않게 찾아볼수 있는 '작은 유머'다. 아주 약간의 시간, 공간의 짬만 있어도 (손가락 두 마디 크기의 작은 설탕 봉지에도!) 이탈리아 사람들은 유머를 심어놓는다. 디자인이 됐든 그림이 됐든 색깔이 됐든 "그래도 재미있어야 살지"라고 말을 건다고 할까. 집 앞 우편함조차 「오즈의 마법사」에 나오는 양철 나무꾼 얼굴처럼 만들어놓는 이탈리아 사람들이다.

한국의 식당 수저 싸개에 '감사합니다'라는 궁서체 대신 여러 표정의 캐릭터나 짧은 문구가 있으면 어떨까. '오늘 제일 마음에 드는 건 뭐예요?', '숟가락이 지금 당신에게 말

설탕 봉지로 짝 맞추기 놀이를 해보자.
누가 누가 더 잘하나? 시간 가는 줄 모를 정도로 재미있을걸!

을 건다면 뭐라고?', '다시 태어난다면 어떤 동물로?' 회사 동료들과 점심을 먹으러 갔을 때 건네고 싶은 메시지의 젓가락을 상대방 앞에 놓아주는 거다. 공통 주제를 찾기 힘들어 뻔한 대화를 하기보다는 잠시나마 머리를 말랑말랑하게! 재미있지 않은가. 힘들다고 생각하면 무한정 힘들 수 있는 게 인생이다. 이탈리아 사람들의 약간 힘을 뺀 여유로움은 일상 곳곳의 작은 유머에서 나오는 듯하다.

바에서 나오는 길에 입구 옆 게시판에 붙은 공고를 보고 잠시 멈춰 섰다. 나이 많은 노인 두 분의 얼굴 사진 아래 그들의 나이와 간단한 자기소개로 추정되는 내용이 적혀 있었다.

"저게 뭐야? 실종 신고야?"

내가 생각한 건 공용 게시판에 붙은 '사람을 찾습니다'였다. 치매를 앓는 어머니를 찾기 위한 가족들의 가슴 아픈 사연 같은. 하지만 안젤로의 대답은 영 달랐다.

"아, 저건 마을 부고란이야. 그를 알았던 마을 사람들과 마지막을 함께 추모하려고 초대하는 거지. 예쁘고 잘 생겼다고 붙여주는 건 아니야. 미스 이탈리아를 공지하는 게 아니라고!"

안젤로가 킬킬거렸다. 그 말을 듣고 자세히 보니 나이 드신 분만 아니라 젊은이의 부고도 있다. 마지막을 함께 추

포르치아 마을에선 이웃의 죽음은 가족, 친지만의 슬픔이 아니다.
그를 알던 마을 사람들 모두의 슬픔이자 애도의 사건이다.

모할 정도의 이웃 사이라니. 생소했다. 나는 소위 말하는
'아파트 키즈'다. 서울이라는 대도시에서 거의 30년을 살아
오는 동안 삶터의 대부분은 아파트였다. 그것도 어마어마
하게 많은 사람들이 00아파트 0단지 0동처럼 숫자만 바뀐
주소를 갖는. 길을 가다가 만나는 친구 어머니, 가게 사장
님, 친구들이나 성당 언니 오빠들에게 인사하는 일이 있긴
해도 '마을'이라는 개념은 아니었다. XX아파트 Y단지를 마
을이라고 보기는 어렵지 않나. 그렇게 보면 마을이란 일단
물리적으로 가까운 것만이 아닌 마을이라는 개념을 일정

정도 함께 공유하는 한정된 구성원이 있어야 생기는 게 아닌가 싶다. 도시 아파트촌에서는 별로 크지 않은 동선 안에도 아는 사람보다 알지 못하는 사람이 더 많다.

지금 내가 사는 성미산마을도 도시 속 공동체이기에 보통 우리에게 익숙한 마을보다 훨씬 인구 밀도가 높은 편이기는 하다. 하지만 마을이라는 개념을 공유하는 사람들이 나름의 정서를 갖고 물리적으로 가까이 모여 살아가므로 비록 형체는 없어도 마을이라고 부를 수 있을 터. 나도 성미산마을에서 '이웃'이라고 자연스레 이름 붙일 수 있는 관계를 만났다. 내가 더 오래 살면서 관계를 더욱 확장해 나간다면 이탈리아 마을처럼 부고란을 붙여 이웃과 함께 추모하는 날이 올까. 잘 모르겠지만 그런 가능성을 엿볼 수 있는 곳에서 산다는 사실에 새삼 감사하다.

오리에따의 할머니네 마을에도 비슷한 전통이 있다고 한다. 누군가 세상을 떠나면 성당에서 마을 전체에 들리도록 종을 울린다. 그러면 호기심 많고 마을 소식통을 자처하던 오리에따의 할머니는 잽싸게 자전거를 잡아타고 성당으로 달려가 누가 죽었는지 확인한 모양이다.

무무는 이탈리아 생활에 비교적 잘 적응했지만 식단만
큼은 쉽지 않았다. 이 집에 도착한 다음 날 아침, 여독으로
무거운 몸을 억지로 일으켜 1층으로 비척비척 내려갔다. 안
젤로가 아침 식사를 하고 있었다. 진하게 끓인 홍차에 우유
를 조금 타서 쿠키 몇 개를 살짝 찍어 먹는 지극히 간단한
식사였다. 50년이 넘는 세월 동안 무조건 '쌀'로 지은 '밥'을
아침으로 먹어온 토종 한국인 무무는 안젤로의 아침 식단
에 충격을 받았다.

"난 저렇게 먹고 못 살아……."

식食의 위기감은 우리가 완전히 다른 문화권에서 살게
됐음을 실감하는 계기였다. 무무는 곧 자기 식대로 살 궁리

를 하기 시작했다. 다행히 오리에따는 생각만큼이나 식성도 세계적이었다. 그녀는 요리하는 데 필요한 재료가 무엇인지 묻더니 예전에 일본에서 산 경험이 있다며 어디선가 일본 쌀을 한 포대나 가져왔다.

쌀이다! 무무의 눈빛이 빛났다. 무무는 아주 자연스레 쌀을 씻어 안치고 30분 만에 뚝딱 냄비 밥을 지어냈다. 한국에서 소중히 공수한 멸치볶음과 김을 다져 주먹밥을 만들었다. 오리에따는 무무가 밥을 하는 방식이 신기하다며 지켜봤다. 이들이 쌀을 이용하는 방식은 국물에 붓고 계속 끓여 질척하게 익은 밥알을 떠먹는 것이기에 (리소토의 식감을 생각하면 된다) 밥물을 잰다는 개념이 없었다. 쌀알이 물을 모두 흡수해서 탱글탱글하게 씹히는 식감을 지닌 밥을 지을 줄 몰랐다.

토미가 어느새 옆에 와서 주먹밥 뭉치는 일을 도왔다. 멸치김 주먹밥은 이 집 식구들 모두에게 반응이 아주 좋았다. 오리에따는 헬퍼 미션으로 평일 저녁 식사를 준비해줄 수 있겠느냐고 제안했다. 어려울 건 없었지만 걱정되는 부분은 있었다.

"그래도 '입맛'이라는 게 있는데, 다 맡겨도 괜찮겠어?"

돌아온 오리에따의 호쾌한 대답.

"문제없어! 애들은 매운 요릴 잘 못 먹으니 그것만 생

쌀밥, 멸치볶음, 김 모두 이집 가족들에게는 신기한 재료들.
한국의 정육점 아저씨에게 특별히 부탁드려 진공포장까지 해서
가져간 멸치볶음이 무무를 살렸다.

각해줘. 우리 네 가족을 너희의 손에 맡길게."

그렇게 우리는 이탈리아 가정집 저녁을 책임지는 두 명의 한국인 셰프가 됐다. 나 혼자였다면 당황했겠지만 무무가 누군가. 50년 가까운 세월 동안 한국 요리를 해온 진정한 한국의 어머니 셰프가 아닌가. 매일 새로운 한식 메뉴를 내놓는 일이 누군가에게는(나 같은 사람) 쉽지 않겠지만, 무무에게는 가장 잘 할 수 있는 일을 공간만 옮겨서 할 뿐이었다. 흰쌀밥의 식감조차도 신기해하는 이들에게 무무가 선보이는 간단한 한식들은 가히 신세계라고 할 수 있었다.

문제는 재료였다. 우리는 어디서 한국적인 재료를 공수할지 어떤 현지 재료로 가장 한식에 가까운 맛을 낼지 고민하며 매일 저녁 식단을 짰다. 다행히 오리에따는 외국 재료에 관심이 많은 가정주부였다. 찬장 한가득 외국 소스가 있었다. 무무는 이것저것 열어보고 말아보고 맛보더니 왜간장과 김밥말이용 대나무 발을 찾아내고선 함박웃음을 지었다. 근처 도시에 있는 중국 상점에서 재료를 구할 수도 있었다. 2주일 동안 우리는 돼지고기 숙주볶음, 잡채, 고구마밥, 볶음밥, 호박전, 일식 카레, 감자 샐러드, 깍두기, 잔치국수, 달걀말이, 청경채볶음, 토마토소스 넣은 마파두부 등 다양한 메뉴를 시도했다. 한국식 요리는 대체로 인기가 좋았지만 안타깝게도 100퍼센트 성공하는 것은 아니었다.

잔치국수를 해준 날의 우울함은 아직도 기억난다. 여행 전 한식 조리사 과정을 배우고 간 터라, 나는 요리다운 요리를 하겠다며 의욕에 넘쳐 있었다. 중국 상점에 소면이 있길래 무무와 나는 멸치국수를 시도해보기로 했다. 정성을 들이느라고 사찰 요리 강습에서 배운 대로 채수(채소 육수)를 내고 소면을 삶고 달걀지단을 부치고 밑반찬까지 준비하는 데 꼬박 다섯 시간이 걸렸다. 이탈리아 가정식이 길어봤자 한두 시간 안에 끝나는 걸 생각하면 재료를 모두 썰고 나누고 각각 조리하는 한식은 엄청난 노동임이 틀림없다.

　어깨를 으쓱하며 톡톡, 톡톡 칼질하는 무무의 뒷모습에 오리에따의 입이 쩍 벌어졌다. 이렇게 많은 시간이 걸리다니, 자기 삶은 언제 사느냐고 묻는 듯이 말이다. 정성 하나만으로 어렵사리 탄생한 국수는 안타깝게도 어린 고객의 입맛을 사로잡지 못했다. 어패류를 잔뜩 넣고 한 이틀 푹 곤 육수가 아닌 시간이 없어 채소만으로 달랑 두어 시간 우려낸 육수는 우리 입맛에도 밍밍했다. 다들 어느 정도 먹긴 했지만, 막내 레오는 결국 저녁에 배고프다고 울며 빵을 달라고 보챘다. '레오, 미안.'

　생각할수록 오리에따의 통 큰 육아법은 감탄스럽다. 토미는 여덟 살, 레오는 아직 유치원생이다. 내가 만약 그 나이 또래를 기르는 엄마인데 우리 집에 (예를 들어) 모로코

오늘은 내가 바로 한국인 요리사!
이 이탈리아 가족에게 무엇을 맛보여줄까?
냉장고와 찬장 속 낯선 재료들을 연구해가며
오늘도 즐겁게 고민 고민.

사람이 헬퍼로 왔다면 매일 저녁을 모로코식으로 맡길 수 있을까. 적어도 어떤 요리를 할지 아이들이 먹을 수 있는 재료를 쓰는지 궁금해하기라도 할 텐데. 오리에따는 전부 맡기고 전혀 상관하지 않았다. 너무 상관하지 않아서 오히려 우리가 미리 걱정하며 이야기해줄 정도였다. 아이들이 식단에 대해 투덜대도 이탈리아 음식을 더 만들어주는 일도 없었다.

"이게 저녁이야. 먹든지 말든지 자유지만 더 이상 먹을 걸 주지는 않을 거야."

불만스러운 얼굴로 젓가락질을 하는 토미를 바라보며 오리에따는 눈썹을 추켜세웠다. 그러고는 언젠가 인도 같은 곳에 데려가서 세상에 배고픈 사람들이 얼마나 많은지 먹을거리가 있다는 것이 얼마나 감사한 일인지 보여주겠다며 혀를 끌끌 찼다. 천방지축 두 아들에게 어울리는 강한 엄마, 오리에따를 보며 한 수 배웠다. 그녀는 헬프엑스로 다양한 사람을 만나는 것이 두 아들의 교육에도 도움이 되리라고 믿었다.

1층 거실 벽면에는 여태까지 이 집을 다녀간 헬퍼들이 남긴 쪽지와 편지가 액자로 걸려 있다. 다양한 나라의 사람들이 사랑과 우정을 남겨주고 갔다. 동시대를 살아가는 지구촌의 다양한 사람을 어렸을 때부터 만나며 토미와 레오는 무슨 생각을 할까. 나도 만약 아이를 낳고 그 아이가 어느 정도 큰다면 헬프엑스 호스트를 하거나 아이와 함께 헬프엑스 여행을 다시 한번 떠나고 싶다는 생각이 들었다. 실제로 어린아이를 데리고 헬프엑스로 여행하는 사람들이 더러 있다.

이탈리아 유치원
일일 교사가 되다

둘째 레오의 유치원 일일 교사로 참석해달라는 부탁을 받은 것은 며칠 전의 일이었다. 처음 받은 제안은 열다섯 명 정도의 아이들에게 점심 한끼를 한식으로 준비해줄 수 있겠느냐는 것이었다. 나름 재미있을 듯해 오케이를 했다. 볶음밥을 할까 김밥을 할까 고민을 하던 차에 위생 문제 때문에 조리사가 아닌 외부인은 부엌 사용이 어렵다는 이야기를 들었다. 계획은 두 시간 정도 일일 교사 활동으로 변경됐다.

레오가 다니는 유치원은 집에서 차로 10분 내외의 거리에 있는 영어 유치원. 레오를 데리러 가는 길에 구경한 적이 있는데, 선생님들 모두 이탈리아어와 영어를 자유롭게 구사했다. 주황색 벽돌로 쌓아 올린 유치원 건물 앞에는 넓은 잔디 마당과 다양한 야외활동 기구들이 있었다. 벽은 아기자기한 그림들과 아이의 감각을 자극하는 다양한 색깔들로 가득했다. 마침 아이들이 한방에 모여 낮잠을 자야 하는 시간이었건만, 곱슬곱슬한 머리의 이탈리아 남자아이 하나가 붕붕카를 타며 배회하다가 나와 눈이 마주쳤다. 아직 턱받이를 떼지 못한 어린아이였다.

아이의 호기심 가득한 눈빛에서 내가 어렸을 적 키 큰 서양 사람들을 처음 봤을 때의 느낌이 어렴풋이 생각났다. 머리는 노랗고 눈은 파랗고 하는 말도 다른 사람들. 눈, 코, 입과 팔다리가 달린 비슷한 생김새라는 것 말고는 공통점을 찾을 수 없는 이들을 보며 내가 알지 못하는 다른 세상이 있다는 사실을 깨달았던 것 같다. 저 아이도 나를 보며 그런 생각을 하겠구나.

두어 시간 동안 무엇을 하며 노는 것이 좋을까, 나를 통해 한국이라는 나라를 처음 알게 되는 이 꼬마들을 위해 무엇을 해줄 수 있을까. 전날 저녁까지 고민하면서 무무와 머리를 맞댔다. 결국 간단한 한국어 인사말과 태극기의 의미를 배우고 그려보는 시간을 가지기로 했다. 무릇 색칠 놀이란 세계 모든 어린이의 공통 놀이이지 않은가. 이날의 수업을 위한 신의 한 수라고 한다면 내가 여행 직전 인사동에서 산 생활한복 저고리였다. 뺄 것은 모조리 빼고 배낭 하나로 단출하게 꾸린 짐이었음에도 생활한복은 꼭 한번 입을 일이 있을 것 같아 나름 욕심을 부려 장만한 준비물이었다. 이때를 위한 것이 아닌가! 저고리에 가져간 풍성한 남색 치마를 받쳐 입고 화장을 곱게 하니 나름 보여줄 만한(!) 한국인이 됐다.

수업 시작. 낯설어하던 아이들이 "자, 우리 동그랗게 앉아보자"고 눈을 맞추며 차근차근 영어로 이야기하자 곧 눈을 반짝거리며 내 이야기를 듣기 시작했다. 한국이 얼마나 먼 나라인지 아틀라스 지도책을 펼쳐 가르쳐주기로 했다.

"얘들아 안녕, 나는 모모야. 이탈리아는 여기, 한국은 여기 있지. 보이니? 나는 열세 시간이나 비행기를 타고 날아왔단다!"

다들 "오~, 오~" 하며 저 희한한 옷을 입은 동양 언니가 무슨 말을 하는지 귀를 쫑긋 세웠다. 좋았어, 분위기 좋아! 이 분위기를 타고 '안녕하세요, 내 이름은 OO입니다'를 가르쳐보려 했지만 네 살짜리 아이들이 배우기에 이 문장은 조금 길고 어려웠다.

"자, 따라 해보세요 Okay, Listen and repeat. '안녕하세요.'"

"@##@%#$^???"

"내 이름은 OO입니다."

"#$^%&*%#&@#!%@???"

애들아, 이런 예쁜 무늬 봤니? 빨간색은 뭘까?
막대기 세 개는 하늘, 네 개는 불이야. 다섯 개는……

　　젠장, 그냥 '안녕' 정도만 가르쳤다면 좋았을걸. 의욕이
과했다. 하지만 두 번째로 준비한 태극기 그리기는 꽤 성공
적이었다. 태극기를 보이며 빨간색과 파란색의 의미를 간단
하게 설명해주고 가장자리의 선들이 각각 몇 개인지 같이
세어봤다.

　　"여기 선이 몇 개예요 How many lines here?"

　　"세 개요 Three!"

　　"잘했어요! 여기는 몇 개예요 Good! How many lines here?"

　　"네 개요 Four!"

뭔지는 모르지만 색칠 놀이에 신난 아이들.
태극 문양 색칠하는 게 쉽지 않은데, 다들 열심이다.

역시 단순한 게 최고. 숫자쯤은 말할 수 있다고, 입을
모아 합창하는 이탈리아 꼬마들이 그렇게 귀여울 수가 없
었다. 모둠을 나눠 크레파스로 태극기도 따라 그렸다. 아이
마다 그리는 방식과 실력이 모두 달랐다. 어떤 아이는 네 살
짜리 답지 않은 섬세한 손놀림으로 무무를 놀라게 했다. 이
국의 아이들이 우리나라 국기를 열심히 그리는 모습이 참
예뻐 보이기도 하고 고맙기도 했다.

시간이 조금 남아 마당에서 '무궁화 꽃이 피었습니다'
와 '동동 동대문을 열어라'를 하면서 놀았다. 아이들과는 말

이 거의 통하지 않았고 처음 만난 유치원 교사들과도 호흡이 척척 맞지 않았지만, 우리는 엉망인 규정을 가지고도 깔깔 웃고 떠들었다. 친구 장난감을 뺏는 녀석, 우는 녀석, 그네를 밀어달라는 녀석, 자기를 잡아보라는 녀석, 옆에 가만히 와서 서 있는 녀석, 호기심에 자꾸 기웃거리는 녀석. 생긴 모습만큼이나 행동도 가지각색이었지만 아이들은 하나같이 예뻤다. 몇 시간 보지도 않았는데 헤어질 때 아이들이 "모모 좋아요" 하면서 안겼다. 나도 아쉬워 꼭 안았다. 세상에, 한국 유치원에서도 안 해본 일일 교사를 이탈리아 마을에서 해보다니.

나는 헬프엑스 여행을 하면서 내 역할에 대해 자주 생각했다. 나를 통해 오리에따가 아이들에게 보여주고 싶은 건 무엇일까. 나라면 내 아이들에게 외국인 헬퍼를 통해 무엇을 보여주고 싶을까. 결국은 최대한 나 자신 그리고 나를 통해 접할 수 있는 한국다운 무엇이 아닐까. 우리의 존재 자체로도 '다름'을 느낄 수 있겠지만, 2주라는 길지 않은 시간 안에 한국 문화를 더 많이 보여주고 느끼게 하려면 '적극적인 노력'이 필요하다. 그런 면에서 무무는 정확히 오리에따가 원한 헬퍼라고 할 수 있다.

무무에게는 어린아이 같은 순수한 면이 있다. 그래서인지 어린아이들과도 잘 어울린다. 이것저것 재고 따져야 하는 복잡한 어른의 관계보다 순수하고 단순한 어린이와의 관계를 더 편하게 여기는 듯하다. 무무는 한국 전래놀이 강사 2급 자격증을 갖고 있고 대학 때는 아동교육을 부전공으로 공부했다. 하지만 20년 가까이 전업주부로 생활하면서 살아가는 데 별로 필요가 없는 것이라 한쪽 구석에 제쳐놓았다고 한다. 한국에서는 이걸 어디에 써먹나 싶은 자격증이 외국에 나오니 더없이 훌륭한 문화 전도사가 됐고 육아 지혜는 빛을 발했다.

산책할 때마다 얇은 나뭇가지를 하나둘 모으는 무무에게 뭘 하려고 그러느냐고 물으니 아이들에게 산가지 놀이를 가르쳐주겠단다. 산가지 놀이는 보드게임 젠가와 비슷한 우리나라 전래놀이. 한국판 젠가인 셈이다. 나뭇가지를 막 쌓아놓고 다른 나뭇가지를 건드리지 않으면서 자신이 선택한 나뭇가지를 살살 빼내는 놀이로, 나뭇가지를 많이 가져간 사람이 이긴다. 무무는 산책을 하며 나무를 골라 모으며 즐거워했다.

"한국에서는 이렇게 가늘면서도 매끈하고 단단한 나뭇가지를 구하기가 힘들거든."

무무가 신중하게 면 주머니에 골라 담은 나뭇가지들은 하나같이 예뻤다. 무무는 며칠 밤에 걸쳐 그걸 또 하나하나 수건으로 닦고 아이들이 손을 혹여 다칠세라 모난 부분은 문질러 부드럽게 만들었다. 그렇게 무무의 손을 거친 나뭇가지들이 햇볕을 머금은 듯 따뜻하게 반짝이며 수십 개가 쌓였다. 첫째 토미는 산가지 놀이를 좋아했다. 안젤로가 퇴근하면 우리는 저녁을 먹은 뒤 넷이서 종종 산가지 놀이를 했다. 무무는 조금 산만한 편인 토미의 집중력을 길러주는 데 이 놀이가 도움이 되리라고 생각했다.

　　나는 한국적인 것을 보여주기 위해 유튜브의 도움을 받았다. 난 신세대니까! '국민건강체조'라는 키워드로 검색하니 국민건강진흥공단에서 새롭게 제작한 건강체조 동영상이 나왔다. 우리나라 전통무예 자세를 체조에 접목한 영상인데, 배경음악도 전통악기를 사용한 음악이고 장소도 한옥 마당이다. 흡족하게 두 손을 비비며 아이들에게 영상을 틀어주고 반응을 지켜봤다. 둘째 레오는 이걸 보며 체조하기를 매우 좋아했다. 익숙하지 않은 동작일 텐데도 어찌어찌 비슷하게 폴짝폴짝 뛰기도 하고 팔을 휘돌리기도 하는 모습에 오리에따는 레오가 무엇에 이렇게 흥미를 보이는 일이 신기하다고 말했다. 나중에는 이 영상을 좀 보내줄수 있겠느냐고 부탁해서 비슷한 영상을 여러 개 찾아 메일로 보내줬다. 우리는 이탈리아 가정의 한국 문화 전도사 역할을 톡톡히 해내고 있었다.

마을 사람들의
공동 와이너리

전형적인 이탈리아 가정집인 오리에따네 식탁에는 매 끼니 수저와 같이 항상 등장하는 게 있으니 바로 와인이 그득 담긴 유리병 두 개다. 이들은 정말 와인을 물처럼 마신다. 조금 과장해 말하면 '생수만' 마시는 일이 더 적어 보인다. 아직 어린 레오의 잔에도 와인 3, 물 7 정도의 비율로 섞어 따라줄 정도다. 오히려 우리처럼 밤마다 기분을 내며 안주와 함께 와인을 먹는 모습은 거의 본 적이 없다. 우리나라에는 퇴근 후 맥주 대신 와인을 한잔 마시며 영화를 보는 게 낙인 사람들도 있는데 말이다. 이 가족뿐 아니라 포르치아 마을 사람들이 먹는 와인은 모두 작지만 유서 깊은 마을 와이너리(와인 양조장)에서 만든다.

어느 날 날씨가 참 좋길래 마을 와이너리를 다시 가보기로 했다. 여러 번 문이 닫혀 있어 세 번째 방문에서야 비로소 안을 구경할 수 있었다. 몇 번이나 걸음 할 만한 가치가 있는 와이너리였다. 얼마나 오래됐는지는 테두리조차도 희미해진 돌로 쌓은 벽과 그 벽을 뒤덮은 나무 덩굴과 이끼만 봐도 알 수 있다. 벽돌도 아닌 그냥 돌을 주워 빈틈없이 촘촘하게 쌓은 돌벽은 궂은 날씨와 시간을 견디면서 돌과돌이 한데 어우러져 버릴 만큼 낡게 마모돼 있다. 벽 전체를 뒤덮은 바싹 마른 나무 덩굴은 마치 거대한 손가락들이 벽 전체를 그러쥐고 있는 듯하다.

건물 입구에는 '포르치아의 성Castello di Porcia'이라는 글씨가 중세 기사의 인장처럼 생긴 무늬와 함께 새겨져 있다. 마치 한 장의 고古사진 같은 풍경. 포르치아 지역 와인은 이탈리아 안에서도 아주 좋은 와인으로 인정받고 있단다. 그래서인지 사무실에는 금박 장식을 한 자격 증명서Certificate가 몇 개나 붙어 있다. 그 옆에는 더욱 큰 규모였던 전성기 와이너리의 당당한 자태가 흑백사진으로 간직돼 있다.

와인 숙성실은 일종의 공장과 비슷한 분위기였다. 오래된 서까래가 단단히 받치는 천장 높은 나무 건물 안에는 천장에 닿을 듯이 커다란 오크통이 일렬로 늘어서 있다. 오크통 하나가 어찌나 큰지 마치 꼬리가 없는 고래를 연상케

했다. HL 50, HL 52.5와 같은 글자가 굵직한 고딕체로 각각의 오크통에 새겨 있다. 와인의 맛을 섬세하게 따져 가며 마시는 이탈리아 사람들에게 중요한 의미일 터. 한쪽의 판매대에는 곧 누군가의 식탁에 오를 와인들이 저마다 섬세한 디자인을 한 라벨을 붙이고 진열돼 있다. 3유로부터 몇십 유로까지 가격대가 다양했다. 3유로짜리도 절대 하수의 품질은 아닐 듯했다. 3유로라면 우리 돈으로 5천 원 이내의 가격이다.

넋을 놓고 이것저것 구경하고 있는데, 한 이탈리아 할머니가 아래가 뚱뚱한 빈 호리병 두 개를 가지고 들어섰다. 병은 잘 깨지지 않게 노란색 고무 그물 따위로 아래가 감싸져 있다. 청바지가 잘 어울리는 회색 머리 주인은 병을 받아 들고 가까운 오크통 중 하나로 가더니 오크통에 연결된 주유기 같은 기구를 잡았다. 자동차 셀프 주유소의 주유기처럼 생겼다. 병 입구에 대고 주유기 레버를 쥐듯이 누르자 진한 보랏빛 와인이 콸콸 쏟아져 병으로 들어갔다. 금세 병두 개가 가득 찼다. 주인은 병 입구를 비닐로 감싸고 마개로 꼼꼼히 막아주는 것도 잊지 않았다. 할머니는 흡족한 미소를 띠며 이탈리아어로 뭔가 말하더니 병을 들고 돌아갔다.

신기한 시스템이었다. 나중에 들으니 그 공병은 마을 와이너리 전용 병이었다. 이곳 사람들은 거의 다 여기에서

이게 다 와인이래요!!!

위> 덩굴로 완전히 뒤덮인 마을 와이너리 건물.
아래> 숙성실의 대형 오크통들.

중년 아저씨의 중후한 매력 만큼이나 맛 좋은 지역 와인이
철철 흘러넘쳐 병 속으로 콸콸~ 여기, 단골 예약이오!

와인을 받아서 먹기에 각 집에 공병 두어 개씩을 갖고 있고 종종 이렇게 빈 병을 가져와서 와인을 채워 돌아간단다. 와인 가격은 리터당 1.2유로(1천5백 원) 정도밖에 하지 않는다. 재활용할 수 있는 병에 더할 나위 없이 '착한' 가격으로 신선한 와인을 공급받을 수 있다니 그야말로 천국이다. 손님 접대용으로 내놓아도 손색이 없을 최고로 신선한 와인이 병 안으로 콸콸 쏟아져 들어가는 모습을 보고 있는 사이 와인파보다는 맥주파에 가까운 나조차도 침이 꼴깍 넘어갔다. 지금 당장 치즈에 바게트 하나만 있으면 이 자리에서 판을 벌이고 싶다. 오, 이탈리아 사람 중에서도 이런 와이너리가 집 가까이에 있는 사람만이 누리는 혜택이리라.

저녁에 안젤로에게 와이너리 감상을 들뜬 채 이야기했다. 안젤로는 요즘 이탈리아 사람들은 1년 기준으로 1인당 30~40리터밖에 마시지 않지만, 예전에는 (대부분 사람이 농장 일을 하던 시절) 1인당 100리터나 마셨다고 자랑(?)했다. 그 시대 사람들에게 신선한 와인은 고된 노동을 위로하고 내일을 준비할 힘을 주는 존재가 아니었을까.

공유 차량 블라블라카 타고
트리에스테로

주말은 헬퍼의 자유 시간이다. 오리에따네서 맞는 첫 번째 주말은 버스로 한 시간 거리에 있는 모자이크박물관을 구경하러 갔다. 그리고 두 번째 주말, 우리는 1박 2일로 트리에스테Trieste라는 곳에 여행을 다녀오기로 했다. 트리에스테는 이탈리아와 슬로베니아와의 국경 지대에 자리한 항구도시다. 우리에게 친숙한 일리커피의 본고장이기도 하다.

오리에따는 트리에스테로 가는 방법으로 블라블라카를 추천했다. 블라블라카는 유럽의 카쉐어링 시스템이다. 'A 날짜에 B(출발지)에서 C(경유지)를 거쳐 D(도착지)까지 간다'며 차 주인이 탑승 가능한 동행자 수와 가격을 블라블라카 사이트www.blablacar.it에 올린다. 그걸 보고 이용을 원하는 사람은 신청해서 같이 타고 간다. 버스나 기차보다 때론 훨씬 더 저렴한 금액에 이동할 수 있기에 유럽에서 카쉐어링 시스템은 기차나 버스만큼이나 자연스럽고 보편적이다.

오리에따도 블라블라카의 호스트였다. 호스트 시스템이 흔히 그렇듯 이 사이트에서도 호스트가 게스트에게, 게스트가 호스트에게 서로 리뷰를 남긴다. 좋은 리뷰는 온라인상에서 자신의 평판을 유지하는 중요한 방법이므로 항상 리뷰를 잊지 않고 챙기는 모양이다. 오리에따가 자신의 아이디를 이용해 패트릭이라는 사람의 차를 예매해줬다. 블라블라카라고 불리는 건 모르는 사람과 차를 타고 가며 주절수절 BlaBla 이야기를 헤서 그렇단다. 재미있는 이름이다.

오리에따가 패트릭과 접선하기로 한 집 근처 주유소로 데려다줬다. 패트릭은 산만 한 덩치에 와이셔츠를 깔끔하게 차려입은 (조금 끼여 보이긴 했지만) 이탈리아 젊은이였다. 그의 깨끗한 회색 중형차를 타고 블라블라 이야기하며 가야지. 내가 자연스럽게 조수석에 앉고 무무가 뒷자리에 앉아 편안히(?) 잠을 청했다. 엔지니어인 그는 올 4월에 부모님 집을 떠나 독립하는데, 도시 트리에스테를 좋아해서 그곳으로 이사하기로 했단다. 트리에스테를 정말 좋아하는지 도시 곳곳을 잘 알고 있었고 기꺼이 우리에게 설명해줬다. 패트릭의 차를 얻어 탄 것은 대단한 행운이 아닐 수 없었다.

트리에스테는 베네치아의 지배를 받기 전 오스트리아의 지배를 받았다. 항구도시라는 성격상 이국의 문물을 가장 먼저 받아들인 곳이라 다양한 문화와 종교가 혼재한 재미도 있다. 원래 1년 중 10개월이 야외에서 밥을 먹을 만큼 날씨가 좋다는데, 하필 우리가 간 날은 안개가 잔뜩 끼고 비까지 주룩주룩 오는 아주 운이 없는 날씨였다. '젠장!' 패트릭은 이곳에 백 살 이상의 노인들이 많이 사는 이유는 아마 바다 옆이라 덜 습하고 날씨가 좋아서이리라고 짐작했다. 그와 수다를 떨며 오니 한 시간 거리는 금방이었다. 곰 같은 덩치의 미美청년 패트릭은 트리에스테 메인 광장에 우리를 내려준 뒤 유럽식 작별 키스를 하고 사라졌다.

날씨는 별로였지만 트리에스테 관광은 즐거웠다. 우리는 비옷을 입고 씩씩하게 돌아다녔다. 작은 마을 장터를 구경하고 진정한 일리커피 본점에서 진한 에스프레소를 한 잔씩 마셨다. 그러나 가장 기억나는 경험을 꼽으라면 단연 머물렀던 에어비앤비*, 안드레아 집이다. 무무와 나는 헬프

에어비앤비Airbnb란
지금은 전문적인 숙박업소도 에어비앤비에 호스트로 등록이 돼 있지만, 본래 에어비앤비는 호스트가 자기 집의 남는 방 하나를 적절한 보수를 받고 빌려줄 수 있도록 연결해주는 온라인 사이트다.

엑스 외에 숙박 시설은 대부분 에어비앤비를 이용했다. 호텔의 깔끔함보다는 '이야기'가 남기를 원했기 때문이다. 그런 면에서 에어비앤비는 꽤 적합한 숙박 시스템이다. 남의 생활공간을 합법적으로 슬쩍 엿보는 재미가 쏠쏠하다. 그런 면에서 트리에스테 호스트는 그야말로 이야깃거리가 넘쳐났다. 다만 안 좋은 쪽이라는 게 문제였지만.

급하게 구한 호스트 안드레아네는 분명히 4층이라고 소개돼 있었다. 다만 우린 이탈리아 4층이 우리 5층에 해당한다는 사실을 몰랐다. 유럽에는 1층 밑에 0층이 있고 오래된 도시 트리에스테 건물에는 엘리베이터가 없다. 버스를 갈아타고 어찌어찌 찾아가 건물의 중앙 현관문을 열었을 때 눈 앞에 펼쳐진 계단을 보고 우리는 잠시 할 말을 잃고 그 자리에 멈춰 섰다. 마치 앙코르와트의 끝없는 계단 같았다. 철문이 우리 뒤에서 철컹 소리를 내며 닫혔다. 끝도 보이지 않는 계단 위는 겨우 형상만 분별할 수 있을 정도로 어두웠다. 안드레아 집은 그 건물에서 150개 계단을 올라야 하는 꼭대기 층이었다.

우리는 긴장한 채 더듬더듬 계단을 올랐다. 짧은 초인종 소리 후 현관문이 열렸다. 안드레아의 집 안은 복도만큼이나 어두웠다. 키도 덩치도 매우 큰 거구의 사나이가 집사처럼 두 손을 공손히 모으고 서 있었다.

"안녕, 환영해······."

뭔가 기분 나쁘게 나른한 목소리로 환영 인사를 하는 이 남자가 사진에서 본 호스트, 안드레아였다. 무슨 예술학교에서 강의하는 강사라고 쓴 자기소개가 머릿속을 스쳐 지나갔다.

"화장실은 여기야····· 부엌은 여기고····· 참, 밖에 나갈 때 현관 걸쇠는 걸지 말아줘····· 내가 외출했다가 들어오지 못할 수도 있거든······."

그는 간단한 생활 정보만 알려주고는 가장 안쪽 방에 그림자처럼 숨어들어 가버렸다. 어두컴컴한 방 입구에 쳐진 기든 시이로 어떤 어가수의 오페라 아리아가 끊임없이 흘러나왔다. 분명 집주인의 '예술적인' 감각이겠지만, 지금 우리에게는 불길한 이미지로만 보이는 그로테스크한 장식이 곳곳에 눈에 띄었다. 집 전체 분위기가 얼마나 으스스했던지 그가 기르는 토끼조차도 애완이 아닌 그의 식량으로 보일 정도였다면 믿어질까. 우리는 현관 옆 싸늘하게 식은 손님방에 여장을 풀었다. 손님맞이를 한다고 카펫도 깔고 램프도 밝혀 놓았는데, 그즈음 유럽의 집들은 우리에게는 너무 추웠다. 물리적으로도 정신적으로도 으스스한 한기를 느끼며 손님방을 단단히 걸어 잠그고 자는 둥 마는 둥 불안한 하룻밤을 보냈다.

아침 일출의 기운 덕분인지 아침 식사 자리에서 만난 안드레아는 어제보다는 덜 위협적으로 보였다. 우리가 챙겨 간 해물 고추장에 관심을 보이는 그를 위해 빵에 고추장을 좀 발라 나눠줬다. 안드레아는 답례로 트리에스테 명물인 아름다운 미라마레성을 꼭 가보라며 길을 상세히 적어줬다.

트리에스테에서 돌아올 때도 오리에따의 능숙한 연결 덕분에 새로운 블라블라카 호스트의 파란색 폭스바겐과 어렵지 않게 접선했다. 나보다 두 살 어린 엔지니어가 운전하는 차의 조수석에는 이미 다른 동승객 대학생이 앉아 있었다. 이미 어딘가에서 1차 접선이 된 모양이었다. 운전자는 자신이 룩스옵티카라는 선글라스 회사에 입사한 지 한 달 된 새내기라며 회사 이야기를 신나게 했다. 이탈리아에서 선글라스 소비자가가 110유로 정도지만, 생산원가는 5유로에 불과하다는 충격적인 사실도 떠벌렸다. 내가 "한국에선 그 두 배로 팔리는데……"라고 말해주자 모두 입을 딱 벌렸다. 우리는 이윤과 시장에 대한 충격적인 대화를 하며 즐겁게 집으로 돌아왔다.

두 번 경험해본 블라블라카는 대단히 만족스러웠다. 개인 재정에도 큰 도움이 된다. 한 번의 운전에 적게는 한 명, 많게는 서너 명까지도 태우니 최대 30유로 남짓 버는 셈이다. 기름값 정도는 나오지 않을까 싶다. 수다를 떨며 오니 졸음운전 안 해 좋고 돈 벌어 좋고 사람 사귀어 좋은, 여러모로 장점이 많은 사업인 것 같다. 한국에는 왜 이런 서비스가 없을까, 공유 문화가 아직 정착되지 않아서일까, 사업화를 시도해본 사람이 없을까, 궁금해졌다.

이날을 위해
재봉질을 배워온 저 아닙니까!

지금 우리는 골판지와 플라스틱 통을 오려내 「스타워즈」 악당 다스베이더의 상징인 '어깨 뽕'을 만들기 위해 노력하고 있다. 다른 사람들이 보면 뭐 하는 건지 궁금해할 노릇이려나. 사정은 이렇다. 내가 오리에따네에서 도움을 주어야 할 가장 중요한 프로젝트, 바로 첫째 토미의 카니발 축제 의상 만들기. 베네치아에서 가까운 이곳에서는 베네치아 카니발 가면축제 시기에 맞춰 유치원이나 학교에서 코스튬 축제를 연다. 오리에따는 집에 있는 각종 헌 옷, 자투리 천과 문방구를 이용해 매년 아이들에게 직접 의상을 만들어준다. 그 일을 올해는 헬퍼인 나에게 맡긴 것이다.

아마도 토미가 '다스베이더' 의상을 원하는 듯하다는

이야기를 들은 우리는 그의 상징 '어깨 뽕'을 어떻게든 구현하려고 이리저리 연구했다. 하지만 집에 온 토미에게 들어보니 원하는 의상은 다스베이더가 아닌 「닌자고NINJAGO」라는 닌자 만화의 파란 캐릭터.

무무와 나는 또다시 머리를 맞대고 고민했다. 꽤 오랜 시간 닌자고 캐릭터 사진을 보며 연구한 결과 가슴 쪽 번개 문양을 두꺼운 종이로 만들어 오리에따가 어디선가 구해온 남색 발레 타이츠 전면에 꿰매기로 했다. 번개 모양을 섬세하게 표현하기 위해 손바느질로 마무리하고 닌자 두건과 얼굴을 가리는 마스크는 재봉질로 만들 작정이었다. 상자를 펴서 번개 모양을 오린 뒤 더욱 그럴듯하게 보이도록 은색 마카를 뿌려 음영도 주었다. 마를 때까지 기다렸다가 일일이 타이츠에 손바느질로 꿰맸는데 꼬박 이틀이 걸렸다.

손바느질로 빨개진 엄지손가락에 굳은살이 잡힐 지경이었지만, 또 다른 도전인 닌자의 머리 두건을 구현하는 일이 시급했다. 최종적으로 선택된 재료는 오리에따의 복고 재킷. 단정하게 각이 잡힌 남색 재킷을 어떻게 요리하나 고민하던 나는 에라 모르겠다 하고 과감하게 가위를 대고 반으로 갈라버렸다. 순식간에 천 쪼가리가 돼버린 재킷을 토미 머리에 둘러 치수를 재고 나서 약간 풍성하게 주름을 잡아 재봉질하기로 했다.

왼쪽부터>
뭔가 억울해 보이는 다스베이더 어깨 뽕 모델. "저⋯⋯ 다스베이더인가요?"
삐뚤빼뚤 삐뚤빼뚤 재봉선, 절대 졸면서 박아서 이런 거 아니에요.
드디어 완성! 좋다고 포즈 취하는 토미. 니가 만족하면 누나는 기뻐. 흑흑흑.

재킷의 소매 부분은 닌자의 얼굴을 가리는 마스크로 활용했는데, 어떻게 하면 이것을 두건에 편안하게 달 수 있게 할까도 문제였다. 종일 이 복장으로 있어야 하는 토미의 편의를 위해 두건에 마스크를 옷핀으로 달기로 했다. 답답해서 벗어버리고 싶을 때 쉽게 떼어버릴 수 있는 편이 아무래도 좋겠지.

종일 수업을 하고 와서 피곤해 보이는 오리에따는 내게 재봉틀 사용법을 가르쳐줄 일이 남아 있었다. 걱정 마세요, 제가 누굽니까. 이날을 위해 재봉틀 기초 수업도 받고 온 모모가 아닙니까! 큰소리치며 의자에 앉았는데 민망하게도 하루짜리 강습 경력으로는 혼자서 실조차도 끼울 수 없었다. 오리에따는 연신 하품을 해대면서도 친절하게 실을 끼워주고 재봉틀 사용법을 가르쳐줬다. 나는 졸려 보이는 오리에따를 어서 잠자리로 보내주려고 과감하게 빠른 속도로 재봉질을 해나갔다. 한 시간의 사투 끝에 괴상한 작품이 탄생했다. 잘못 박은 선을 뜯어내고 다시 박는 것이 더 어려웠기에 '전진 앞으로!'만 했던 재봉선은 일직선으로 꽤 잘 나가다가 세상의 모든 혼란을 다 담은 듯한 기기묘묘한 선으로 마무리됐다.

작품은 비록 형편없었지만 새삼 손으로 무언가를 조몰락조몰락 만들던 옛날 추억이 떠올랐다. 어렸을 때 엄마의 스카프를 동생 머리에 두르고 이것저것 못 쓰는 천으로 바느질을 해가며 인도 터번을 만들어준 기억도 떠올랐다. 동생에게도 나에게도 참 즐거웠다. 둘 다 어른이 되고 난 후에는 잊은 기억이었다. 오리에따는 작년에는 해골 모양 의상을 만들어 입혔는데, 형광색으로 해골을 그리면서 사람 몸 안쪽을 상상하는 과정이 더 재미있었다며 킬킬거렸다. 그 모습이 참 즐거워 보였다.

나는 토미에게 깜짝 선물로 하려고 며칠 동안 몰래 숨어서 완성한 닌자 타이츠와 두건을 거실 탁자 위에 놓고 잠이 들었다. 다음 날 헤벌쭉 입이 벌어져서는 닌자 복장으로 집을 나서는 토미의 뒷모습을 보며 무무와 나는 흐뭇한 미소를 교환했다. 모두가 잠든 밤, 거실의 어두운 전등 밑에서 한 시간이고 두 시간이고 손바느질하던 손가락의 고통은 이미 토미의 미소로 씻겨진 지 오래였다.

가는 날이 장날?
이탈리아의 시골 장터

　오늘은 휴일이지만 별다른 일정이 없었다. 심심해진 무무와 니는 오리에따의 자전거를 빌려 타고 읍내로 나가보기로 했다. 와이너리와 호수가 있는 바로 그 읍내다. 읍내로 가는 길은 조용하고 깨끗하다. 1차선의 좁은 찻길을 사이에 두고 널찍한 마당과 2층 주택들이 드문드문 있다. 차는 한 대도 다니지 않았다. 휴일 아침이라 동네는 아주 조용했다. 다비드상처럼 보이는 대리석 조각상, 잘 손질된 화단과 잔디, 엉킨 장미 덩굴이 자전거 옆을 스쳐 지나갔다. 아슬아슬하게 비틀대면서도 용케 넘어지지 않고 앞으로 나아가는 무무의 자전거가 아침 바람을 가른다.

　아무런 기대 없이 나왔는데 가는 날이 정말 '장날'이었다. 평소에는 몇 명의 사람들만 이리저리 거니는 조용한 읍 내에 동네 주민들이 죄다 몰려나왔는지 시끌벅적하다. 조용하기 그지없는 마을인데 이렇게 많은 사람이 모두 어디에서 살고 있었을까. 긴 길을 따라 천막으로 만든 임시 가게들이 끝도 없이 죽 늘어서 있다. 가벼운 파라솔과 가림막이 아니라 하나의 작은 가게라고 해도 될 만큼 꽤 크기가 크다.

다양한 색의 활짝 만개한 꽃다발을 실은 트럭, 이국적인 무늬의 직물과 천이 주렁주렁 매달린 천막, 액자에 고이 모셔진 수십 점의 모사화模寫畵, 칼갈이 아저씨 트럭, 새빨간 각종 훈제 고기와 작고 귀여운 병에 든 이 지역산 오일과 통조림들, 섬세한 문양의 레이스와 속옷들과 옷들이 구경꾼들을 불러 모은다. 이미 아침부터 오셔서 필요한 것을 양손 가득 담아 든 할머니들은 싱글벙글 웃고 아이들은 아이스크림을 하나씩 물고 신나게 이곳저곳을 뛰어다닌다. 어딜 가나 "본조르노(좋은 아침)!", "챠오(안녕)!" 같은 반가운 이탈리아어 인사가 들린다.

무무는 수산물 트럭을 발견하고 아이처럼 좋아하며 그 앞을 기웃거렸다. 부산 사람인 무무는 바다와 해산물이라면 자다가도 벌떡 일어날 정도다. 이 작은 마을에는 생선 가게도 따로 없고 슈퍼마켓의 해산물 매대에서도 신선한 해산물을 구경하기 어려운 탓에 트럭을 발견한 무무의 얼굴

에 함박웃음이 두둥실 떠올랐다. 살아서 꿈틀거리는 흑장
어가 탐이 나는지 난데없이 "장어탕에 무슨 재료가 들어가
더라……" 하고 중얼거리는 모습에 웃음이 나왔다.

무무는 재래시장 구경을 참 좋아한다. 서울에 살면서
답답한 속을 달래러 무무가 자주 찾은 곳이 남대문 재래시
장이었단다. 사랑하는 남자를 만나 연고 하나 없는 서울에
자리를 잡은 무무는 힘들 때면 재래시장 구경을 하며 마음
을 달랬던 이야기를 들려줬다.

"온갖 물건들, 재미있는 것들이 가득했지. 남편이 가난
한 집에서 대학원 공부까지 하느라고 정말 돈 없이 시작한
신혼살림이었어. 그 와중에도 일이 들어오면 어떤 일이든
마다치 않고 성실하게 일했지. 남편이 어쩌다가 학생들 과
외비나 출판 인세를 조금 받아주면 나는 그걸 주머니에 넣
고 남대문을 그렇게 또 돌아다녔어. 뭘 사지는 않았어. 아까
워서 살 수가 있어야지. 대신 그 돈을 주머니에서 한참 만지
작거리면서 필요한 것은 뭐든 살 수 있다는 짧은 행복을 누
렸지."

수산물 트럭을 아쉽게 떠난 우리의 발걸음은 치즈 가
게 앞에 멈췄다. 덩치 좋고 인상 좋은 수염 난 이탈리아 남
자 주인이 앞치마를 매고 대기하고 있었다. 다양한 모양과
종류의 치즈들이 눈앞에 한가득이었다. 자동차 타이어만

한 치즈, 소시지처럼 통통히 꿰어져 주렁주렁 매달린 치즈, 주사위 모양으로 포장된 치즈, 한쪽에 곰팡이가 가득 핀 치즈, 어린아이 속살처럼 뽀얀 살구색 치즈 등. 주인은 한 손에 쇠로 만든 자르개를 들고서 치즈를 썰어줄 준비를 모두 마친 상태였다. 곧 중절모에 멋진 지팡이를 짚은 백발의 노신사 한 분이 치즈 가게 앞에 발걸음을 멈췄다. 할아버지는 조용한 이탈리아어로 주문을 했다. 항상 드시는 치즈가 있는 듯 익숙한 모습으로 주문하니 주인은 유리 매대 안에서 세숫대야만큼 둥그렇고 커다란 원통의 치즈를 꺼낸다. 원하는 무게를 말하면 그만큼 그 자리에서 잘라준다.

"여기요?"

"아니요, 조금 더 크게요."

"여기를 자를까요?"

"네, 맞아요, 거기를 잘라주세요."

치즈를 석석 썰어서 두툼한 조각을 노신사에게 향을 맡아보라고 권한다. 향이 마음에 들었는지 노신사는 미소를 띤다. 주인은 두툼한 치즈 덩이를 갱지 두 장으로 척척 포장한다. 한 장의 엽서 같은 그 모습을 구경하며 나는 왠지 진짜 이탈리아를 본 것 같아 기분이 좋았다.

어머니의 어머니의 어머니가
사는 곳

아침에 침대에서 일어나기 힘들고 공기가 무거우면 그
날은 어김없이 비가 온다. 내 몸은 틀림이 없다. 침대 속에
서 꾸물거리다가 9시가 다 돼 간신히 일어났는데 안젤로와
아이들이 외출 준비를 하고 있었다. 가까이 사시는 친할머
니 집 옆 성당으로 주일 미사를 간단다. 천주교의 본산지
이탈리아 성당에서 드리는 미사라니. 우리도 부랴부랴 따
라나섰다.

11세기도 더 전에 지어진 이 작은 마을 성당은 반경 15
킬로미터 안에 있는 모든 성당의 어머니 격인 오래된 성당
이다. 옛날 터키 군대에 의해 세 번이나 침공을 당한 상처
를 갖고 있다. 전쟁 때 파묻혔던 프레스코 벽화와 바닥 돌

을 모두 특수한 발굴 작업 끝에 다시 세상 빛을 보게 했다고. 독실한 천주교 신자인 무무는 이탈리아에 온 후 어디라도 성당이 보이면 꼭 들어가 십자가상 앞에서 성호를 긋고 단 5분의 짧은 기도라도 빠뜨리지 않았다. 오래된 성당에서 직접 미사에 참여한다는 것에 약간 흥분을 느끼는 듯했다.

천주교 장점 중 하나는 '형식'이라고 생각한다. 어떤 사람은 그 형식을 답답해하지만, 천주교인은 세계 어느 나라 언어로 미사를 드리더라도 함께 공유하는 형식을 통해 익숙함과 안정감을 느낀다. 나도 그렇다(성당 생활을 15년 가까이 했음에도 독실한 천주교 신자가 아니라는 건 우스운 일이지만). 이탈리아어를 하나도 알아듣지 못해도 이즈음에는 사도신경을 외우겠구나, 이즈음에는 봉헌을 하겠구나, 이제 성체를 모실 시간이구나, 서로 평화의 인사를 나누겠구나 하고 알 수 있다. 만약 이슬람 사원의 예배 시간에 참여했다면 어땠을까. 생소한 형식을 따라가느라고 정신이 없다가 예배 시간이 지나버리고 말았겠지. 마음은 형식을 만들어내지만 때로는 형식이 마음을 만들어내기도 한다.

성당 바깥으로 나오자 눈 앞에 펼쳐진 건 아름답게 꾸며진 무덤들이었다. 무덤이었지만 무섭거나 기괴하다는 느낌은 전혀 들지 않았다. 정갈한 대리석 무덤과 비석, 돌아가신 이들의 편안하게 웃는 사진, 무덤마다 하나씩 놓인 작은

마을의 집들을 배경으로 성당 앞마당에 놓인 묘지들.
전혀 을씨년스럽거나 괴기스럽지 않고 따뜻하다.

램프와 어느 것 하나 시듦 없이 아름답게 가꿔진 꽃과 작
은 꽃나무. 살짝 내린 비에 촉촉이 젖은 꽃들은 저마다 더
욱 진한 색깔로 회색 하늘과 어우러졌다. 안젤로는 여기에
친할머니가 묻혀 계시는데 자신도 죽은 뒤 함께 묻히고 싶
다고 했다. 집 옆 교회의 가족 묘지라니, 묘했다. 나에게 육
신과 정신을 주어 나를 있게 한 분이 이렇게 가까이에 영원
히 누워 계셔 언제든 걸어서 보러 갈 수 있는 느낌은 무엇일
까. 이들에게 죽음이란 어렵거나 무서운 존재가 아니다. 매
주 미사를 보러 갈 때마다 느끼는 자연스러움이다. 죽음을

자연스럽게 대하는 사람들은 어떤 삶을 살까. 인생에 있어 무엇인가를 선택해야 할 때, 어떤 점을 중요하게 여길까.

미사 후 안젤로는 어머니 집에 가서 커피 한잔하지 않겠느냐고 물었다. 그의 어머니 집은 성당에서 걸어갈 수 있는 거리의 소박하고 널찍한 주택이었다. 족히 100평 정도는 되어 보이는 넓은 밭이 바로 옆에 붙어 있다. 회색 고양이 한 마리가 나와서 손님을 반긴다. 안젤로의 아버지는 8만 제곱미터의 땅을 경작했던 농부였단다. 안젤로의 어머니는 올해 여든의 나이라고 믿기 힘들 만큼 정정하고 정갈한 모습이었다. 거의 은발에 가까운 백발과 주름진 미소가 따뜻했다. 지금도 키위를 기르고 닭을 치신다.

그녀의 손녀뻘인 나는 그녀를 할머니라고 부르기로 했다. 할머니의 부엌에서 진하게 끓인 에스프레소 한 잔을 얻어 마셨다. 무무는 집 안 곳곳의 이탈리아다운 생활용품과 할머니의 추억이 담긴 소품들을 구경하며 즐거워했다. 동서양의 두 어머니는 긴 세월을 살아오며 쌓아온 서로의 안목과 우아한 취향을 알아본 듯했다. 무무는 할머니의 손길이 밴 깔끔한 디자인의 부엌살림과 다양한 커피 도구에 깊은 관심을 보이며 구경했다. 라디에이터 옆에 매달린 꽃 한 송이가 섬세하게 그려진 작은 사기그릇은 무무가 특히 관심을 가진 소품이었다. 물을 채워 라디에이터의 열기로 수증

기를 만들어내는 일종의 전통적인 방식의 가습기였다.

할머니는 안젤로와 형제들의 빛바랜 어린 시절 사진들을 꺼내 와 보여주셨다. 이 집에서 나고 자란 안젤로라는 사람의 역사가 사진 속에 있었다. 할머니, 안젤로의 삼촌, 안젤로, 무무와 나, 이렇게 다섯 사람이 거실에 모였다. 아이들은 어른들 이야기에는 관심을 두지 않고 늘 그랬듯 소파에 기어 올라가 만화영화를 틀었다. 다섯 어른 중 영어로 소통할 수 있는 사람은 나와 안젤로뿐이었다. 할머니와 삼촌은 이탈리아어로 이야기했고 무무는 한국어로 이야기했다. 나와 안젤로가 이들 간의 대화를 더듬더듬 통역하며 5자 대화가 이어졌다.

할머니는 낯선 동양인에게도 전혀 이질감 없이 여유롭고 친절하게 제스처를 써서 대화를 이어 나가셨다. 도저히 감을 잡을 수 없으셨는지 무무의 나이를 물어보셨다. 60세에 가깝다고 말씀드리니 놀라워하셨다. 나도 가끔 무무의 동안 피부에 놀라는 터라 할머니의 반응을 보고 혼자 쿡쿡 웃었다. 이탈리아 어디 어디를 여행했는지도 궁금해하셨다. 이것저것 이야기하다가 할머니가 통역을 통하지 않고 당신이 할 수 있는 거의 유일한 한 문장을 영어로 말씀하셨다.

"이탈리아가 마음에 드나요 Do you like Italy?"

어찌 보면 흔한 질문 같아도 '이탈리아가 마음에 드느

왼쪽 위> 할머니, 모모, 레오, 오리에따, 무무.
왼쪽 아래> 안젤로, 레오의 친구, 토미.

냐'고 물어봐 준 사람은 할머니가 처음이었다. 한국이라는
나라에서 온 손님들이 이탈리아에 대해 어떻게 느끼는지,
따뜻한 애정을 담아 물어보신 그 한마디가 오래도록 기억
에 남았다. 나는 이탈리아가 더욱 좋아졌다. 안젤로처럼 한
지역에서 뿌리를 박고 인생을 살아가는 사람은 어떤 감성을
가졌는지 궁금해졌다.

　　나는 서울 토박이지만 서울 한 지역에 뿌리를 내리고
살지 않았다. 어렸을 때부터 적어도 예닐곱 번 이사했다. 지
금 사는 집은, 동네는 모두 언제든 변할 수 있는 것이었다.

안젤로의 어머니 집을 보니 내 호스트 안젤로가 어떤 사람인지 더 잘 이해가 됐다. 농부의 아들로 태어난 안젤로는 단순하고 소박한 삶을 지향하고 자신의 뿌리를 중요하게 생각하고 현재와 현실에 충실한 사람이다. 안젤로를 보면서 나는 '아, 이런 경험을 위해 헬프엑스를 하는구나' 싶었다. 다른 사람의 삶을 깊숙이 들여다보면서 한 사람의 삶을 이해하고, 그것을 거울삼아 나 자신의 삶을 비춰보는 것. 나도 언젠가 오래도록 정착하고 싶은 곳을 찾는 날이 오겠지.

할머니는 우리를 위해 직접 기르신 토종닭 한 마리와 금방 딴 키위를 싸주셨다. 집으로 돌아와 닭죽을 끓였다. 노란 국물이 뽀얗게 우러나오는 이탈리아 토종닭은 아주 쫄깃쫄깃하고 맛있었다. 할머니 농장에서 얼마나 자유롭게 돌아다니며 컸는지 군살 하나 없이 탄력 있는 식감이었다. 누가 이탈리아 여행을 와서 직접 농장에서 기른 토종닭을 먹어보는 경험을 하겠는가. 무무와 나는 닭죽을 입에 떠 넣으며 흐흐 웃었다.

숲속의 작은 성,
두 번째 호스트 제니의 집

헬프엑스로 여행하며 가장 두려우면서도 기대한 것은, 내가 앞으로 몇 주간 머물게 될 새로운 '공간'이다. 어떤 사람을 만나게 될지 만큼이나 어디에 머물게 될지의 문제는 중요했다. 나는 128일간의 여행 동안 총 여섯 곳의 헬프엑스 호스트 숙소를 거쳤다. 환경 면에서 봤을 때 대한민국 서울의 평범한 중산층이라고 할 수 있는 우리 집을 10 중 7 정도라고 둔다면, 지금부터 소개할 이탈리아 아시시^{Assisi}의 두 번째 호스트 집은 3 정도로 매길 수 있다. 숫자의 간극은 내가 처음으로 경험해본 '다른 삶의 방식'을 표현한다. 단지 다름의 정도를 표현하려고 숫자를 매겼을 뿐 점수의 개념은 아니다. 두 번째 호스트 집에서 마음의 감각과 몸의 감각, 둘 모두에 나는 큰 기억을 새겼다.

오리에따네 집에서의 헬프엑스를 끝내고 머물기로 한 나의 두 번째 호스트의 이름은 제니다. 그녀는 자신을 아시시 옆의 산속에 사는 미국인 시인이라고 소개했다. 아시시는 아름다운 움브리아 평원이 내려다보이는 이탈리아 중부 도시다. 성 프란체스코의 고향이자 활동지이기도 해서 종교인들에게는 꽤 유명하다.

제니는 딸 키아라와 함께 사는데, 딸의 18세 생일을 기념하여 네덜란드 암스테르담으로 여행을 떠나는 4일간 집과 반려동물을 돌봐줄 사람이 필요하다고 했다. 삽살개 한 마리, 고양이 세 마리가 있다고 했다. 워낙 외진 곳이라 이웃이 없기에 두 사람이 함께 오면 더 좋겠다는 조건이 우리와 딱 맞았다. 오리에따 집에서의 약속한 일정이 끝나기 전 마지막 일주일, 나는 두 번째 호스트를 열심히 찾았다. 여러 명과 연락을 했지만 '교육 프로그램'을 운영한다는 제니네 집이 그중 가장 마음에 들었다. 아시시는 우리가 가보고 싶은 곳이기도 했고 호스트가 요구하는 일의 내용도 마음에 들었다.

오리에따네 집에서 출발하기 이틀 전 미리 스카이프 아이디를 교환해서 제니와 영상통화를 하기로 했다. 어떤 사람인지 공간은 어떤지 미리 좀 봐두는 게 좋을 것 같아서였다. 어두운 방을 배경으로 뭔가 옷을 잔뜩 껴입고 화면 속에 나타난 제니는 꽤 괜찮은 사람 같아 보였다. 그녀는 이리저리 카메라를 비추며 조용한 목소리로 자신의 집을 설명하려고 애썼다. 어두워서 잘 보이지는 않았지만 전체적으로 괜찮은 느낌이었다. 단 한 가지 부탁 사항이 있었다. 자신이 오전 시간에는 창작 작업을 하느라 '꽤' 까칠한데 괜찮겠냐는 거였다. 제니는 두 번, 세 번 재차 물었다. 작가가 작업하다 보면 까칠할 수 있지. 나는 별로 대수롭지 않게 여겼다.

오히려 나를 놀라게 한 건 따로 있었다. 한참 필요한 정보들을 이야기하는데 갑자기 제니가 '접속 불가'의 빨간 이모티콘으로 바뀌면서 영상통화가 중간에 뚝 꺼져버린 것이다. 그 후로도 만 하루 정도 연락이 닿질 않았다. 뭔가 잘못됐나 싶어 걱정되던 찰나에 제니에게서 온 메시지가 컴퓨터 화면에 깜빡거렸다.

"미안, 폭풍 때문에 전기가 끊겼어."

폭풍……? 전기가 끊겼다고……? 바람 때문에 전기가 끊어진다는 것이 어떤 건지 잘 상상이 안 됐다. 하지만 제니가 워낙 적극적으로 환영했고 이곳을 떠나 여행할 새로운 목적지가 필요했기에 그 생각은 곧 머릿속에서 지워졌다. 아시시 기차역으로 우리를 마중 나온 딸 키아라는 대단히 영리하고 친절한 아이였다. 첫 만남에서 나와 키아라는 서로에게 호감을 느꼈다. 키아라는 열여덟 살이었지만 수동 스틱형의 작은 고물차를 양 손발을 다루듯 자연스럽게 몰았다. 고물차는 몇십 년을 달고 산 기침처럼 배기가스를 쿨럭거리며 열여덟 살 소녀의 손놀림에 노구老軀를 굴렸다.

제니와 키아라의 집은 도시에서 차로 30분 정도 떨어진 깊은 산속에 있었다. 너무 캄캄해 전조등을 켜지 않으면 한 치 앞도 보이지 않았다. 키아라는 자기가 태어나기도 전에 어머니 제니가 여기에 자리를 잡았고, 그 후로 이 일대가 모두 국립공원으로 지정되는 바람에 더 이상 사람이 사는 집을 지을 수 있는 허가가 나지 않는다고 말했다. 그 말은 이 근방에는 제니의 집 한 채뿐, '이웃'이 없다는 뜻이다. 이곳과 시내를 연결해주는 유일한 교통수단은 하루에 단두 번 오는 버스다. 오전 7시와 오후 2시 30분에 제니네 집앞을 지나간다. 만약 아침 첫차로 시내로 나간다면 당일 집으로 돌아올 기회는 단 한 번뿐이다. 개인의 이동수단이 없으면 거의 완벽한 '고립'이라고 할 수 있다.

어두운 길을 얼마나 달렸을까. 거짓말처럼 저 멀리 불빛이 나타났다. 칠흑 속 유일한 불빛이다. 뾰족한 첨탑 지붕을 얹은 건물이 어스름한 불빛 사이로 모습을 드러냈다. 집이라기보다는 작은 성에 가까웠다. 덧문 틈으로 새어 나오

는 불빛과 주변 전등이 집을 둘러싼 키 큰 나무들을 어른
어른 비추고 있었다. 차에서 내리자마자 거센 바람이 귀를
후벼 파낼 듯 불었다. 어찌나 거셌는지 그 순간 이 집이 판
자 하나에 가림막만 있는 상태였다고 해도 아늑함에 감사
하지 않을 수 없었을 게다. 과연 자연에 대한 시를 쓴다는
시인의 거처다웠다. 이날 이때까지 살아왔던 혹은 여행했던
곳들과 뭔가 매우 다르다는 생각이 들었다.

"와!"

내 키의 두 배 정도 되는 무거운 나무문을 열고 들어간
공간은 '멋지다'라고만 하기에는 아까울 정도로 '아름다웠
다'. 검고 흰 털이 북슬북슬하게 늘어진 사람만 한 덩치의
개 한 마리, 나른한 걸음으로 자유롭게 돌아다니거나 쿠션
을 베고 누운 고양이들, 노란 전등불, 거실 중앙의 나무 난
로의 훈훈한 온기, 복층 구조의 계단, 벽을 따라 빽빽이 꽂
힌 온갖 종류의 영문 고서적 냄새, 편안하게 책을 읽을 수
있도록 배치해둔 구석구석의 쿠션과 담요들, 세월과 함께
나이 먹은 나무 난간, 먼지가 잔뜩 묻은 피아노, 낡은 기타,
각종 보드게임, 거실 식탁에 놓인 과일들, 기어 올라가 누울
수 있는 이층 침대.

"세상에, 비록 2주지만 이런 데서 살아볼 수 있다니!"

나는 감탄을 연발했다. 우리는 부엌 옆의 손님방으로

위> 제니네 현관 앞. 왼쪽의 나무 창고는 금송아지가 들어 있는 금고보다 귀하다.
아래> 조용한 겨울 밤, 따뜻한 제니네 거실에 앉아 있으면 천국이 따로 없다.

안내를 받았다. 좁긴 했지만 아늑한 보금자리로 꾸미기에 손색이 없었다. 이불만 펴도 바로 쓰러질 만큼 피곤했기에 모든 것은 내일로 미루고 일단 손님방을 살 만한 공간으로 만드는 작업에 즉시 착수했다. 키아라는 한 명은 이층 침대에, 한 명은 소파를 잡아당겨 침대로 만들어서 자라고 권유했다. 하지만 얼마나 오래됐는지 조금만 건드려도 먼지구름이 일어나는 소파를 재조립해 침대로 만드는 일은 거의 불가능했다. 무무는 그냥 바닥을 걸레로 닦고 매트리스와 두툼하게 이불을 깔아 이 방 안에서만큼은 한국식으로 신발을 벗고 다니기로 했다. 나는 이층 침대에 기어 올라가 자리를 잡았다.

"내일 아침까지는 괜찮을 거야. 잘 자."

키아라가 큰 통나무 두 조각을 넣고 우리 방 난로의 불씨를 돌봐주고는 생긋 인사하고 사라졌다. 새벽같이 길을 떠나 기차를 두 번이나 갈아타고 이곳 산속에 도착하기까지의 여정을 되돌아보니 새삼 자신이 대견해지면서 푹신한 이불이 등에 닿자마자 곧 통나무처럼 정신없이 잠에 빠져들었다.

아시시 근교
동양 여성 두 명 동사체 발견?

"일어나봐. 모모. 일어나봐……."

"……?"

다음 날 아침, 나는 무무의 소곤거리는 절박한 소리에
눈을 떴다. 눈을 뜨자마자 알았다. 뭔가 대단히 잘못돼 가
고 있음을. 방 안이 싸늘하게 식어 있었다. 뜨거운 공기가
위로 올라왔기에 이층 침대에 자던 나는 상대적으로 괜찮
았지만, 무무가 잔 방바닥은 거의 얼음장 수준이었다. 밤을
지새우기에 끄떡없을 거라는 두 개의 큰 통나무 조각이 중
간에 타다 말고 불이 꺼져버려서 새벽부터 난로에서 열이
나오지 않은 모양이었다. 여전히 창문 밖의 바람은 우리가
태풍 한가운데 있는 듯한 착각을 일으킬 만치 무섭게 불어

댔다. 새벽에 너무 추워서 잠이 깬 무무는 뭔가 따뜻한 것을 마시려고 부엌으로 갔지만, 가스레인지 사용법을 아직 배우지 못했던 터라 무의미한 시도만 하다가 아무것도 얻지 못하고 방으로 돌아왔다고 했다. 낯선 집에서 어둠 속을 더듬거리며 어떻게든 불을 붙이려 시도하는 무무의 모습을 떠올리니 새삼 미안했다.

아직 여독이 풀리지 않아 피곤했던 무무는 새벽에 깬한기에 온몸을 떨었다. 대단히 기분이 좋지 않은 상태에서 참다못해 이른 아침부터 나를 깨웠겠구나. 서둘러 이 상황을 수습하기 위해 옷을 걸치는 둥 마는 둥 하며 방을 뛰쳐나갔다. 거실에도 부엌에도 사람의 기척은 없었다. 제니와 키아라는 각각 2, 3층의 자기 방에서 아직 내려오지 않은 모양이었다. 나는 절망적으로 재를 쑤석이며 어떻게든 남은 불씨를 살려내 불을 붙여보려고 애썼지만, 거의 30년을 도시에서만 살아온 사람이 몇 번의 시도로 살려낼 만큼 불은 자비롭지 않았다.

한창 악전고투를 벌이는데, 제니가 옷을 잔뜩 껴입고 조금 지친 표정으로 1층으로 내려왔다. 거의 175센티미터는 됨직한 장신에 고불거리고 푸석한 긴 머리, 마녀의 두건처럼 끝이 뾰족한 까만 망토를 휘감은 그녀가 조금 기이해 보이기까지 했다. 나는 그 모습조차도 그렇게 반가울 수가 없었다. 절망 속 한 줄기 희망의 빛이 내리비춤을 느끼며 제니에게 상황을 설명하려고 입을 열려는 순간, 제니가 인상을 찌푸렸다. 아침 시간의 그녀는 어젯밤과는 완전히 다른 사람 같았다.

그녀가 여러 차례 당부한 내용이 퍼뜩 머리를 스치고 지나갔다. 자신은 창작 작업을 하는 시인이므로 작업을 하는 아침 시간에는 굉장히 '비사회적인' 상태일 수 있다고 했던. 하지만 우리는 이 집에 고작 어젯밤에 도착한 사람들 아닌가. 바깥 날씨가 따뜻하고 가스레인지도 알아서 잘 켜고 먹을 것도 알아서 이것저것 챙겨 먹을 수 있다면야 나도 당연히 몇 시간쯤 너그러운 마음으로 기다려줄 수 있었을 터. 맹세컨대 당시 우리는 여유라고는 털끝만큼도 찾을 수 있는 상태가 아니었다.

나는 제니에게 상황을 설명하고 어떻게든 온기를 확보할 방법을 물었지만 제니의 반응은 정말 지극히 '비사회적'이었다. 단답형의 대답, 그 자리를 피할 생각만 하는 것처럼 슬슬 뒷걸음치는 모습, 심지어 짜증까지 내는 그녀를 보면서 나는 슬슬 화가 치밀었다. 할 수만 있다면 "나는 생존을 위해 정보가 필요하다고!"라고 소리를 지르고 싶은 심정이었다. 급한 대로 그녀를 구슬려서 옷을 몇 개 빌리고 뜨거운 물을 끓여 무무의 온수팩에 잔뜩 채워 상황을 일단

락 지었다. 무무는 오전 내내 그걸 껴안고 끙끙 앓으며 이불 속에서 한 발짝도 나올 생각조차 하지 않았다. 나는 아침 내내 난로와 사투를 벌이면서 난로 사용법을 완벽하게 배워놓지 않을 경우 이탈리아 지역신문에 실릴 수 있는 기사 제목을 머릿속에 떠올렸다.

"아시시 근교 동양 여성 두 명 동사체 발견, 여권으로 겨우 신원 조회!"

생존을 위한
제니의 난로 특강

거실 정중앙에는 이 작은 성의 '심장'이 있다. 내 눈높
이까지 오는 3단 난로다. 벽돌색 돌로 만들어진 이 난로는
가장 아래 단에 나무를 넣는 화구^{火口}가 있고, 그 위로 두 단
이 더 있다. 단과 단 사이에는 약간의 공간이 있어 장작을
말리거나 음식 그릇을 올려 데우거나 할 수 있다. 화구 옆
에는 재를 긁어 담는 양철통이 있고 항상 장작으로 쓸 나무
가 난로 위에서 천천히 마르고 있다.

라디에이터가 있기는 해도 제니는 큰 규모의 집을 덥히
는 데 나무 난로만큼 효율이 좋은 것이 없기에 '오로지' 나
무를 태워서만 난방을 한다고 했다. 온수기나 가스레인지를
제외하고 이 집의 온기의 절댓값을 담당하는 것은 바로 이

나무 난로였다. 여행을 떠나오기 전 잠시 일했던 곳이 참나무 장작으로 화덕 피자를 굽는 곳이었기에 나는 나무를 태워 열을 얻는 방식에 그래도 꽤 익숙하다고 생각했다. 그냥 나무를 넣고 태우면 불이 나고 불이 나면 따뜻해지는 것이 아닌가.

명청하기는. 내가 미처 생각하지 못한 것은 불이 꺼졌을 때 불을 일으키는 도구가 아주 다양하다는 점이었다. 내가 일한 곳에서는 부탄가스에 길게 연결한 토치를 사용하여 인공적으로 불을 붙였다. 그래서 장작을 적당히 쪼개 넣고 토치로 한참 불길을 씌우면 어떤 나무든 간에 불이 안붙을 재간이 없었다. 하지만 이곳에 부탄가스 따윈 없었다. 불을 붙이는 도구는 '성냥'뿐. 성냥 몇 개비로 나무에 불을 붙여보지 않은 사람은 모르리라. 얼마나 요령이 있어야 하는 일인지. 난로를 제대로 다룰 줄 모른다면 이 집에서 단하루라도 더 있는 것은 무리였다. 나는 제니와 키아라에게 생존을 위한 난로 특강을 부탁했다.

1단계 : 장작 준비

불을 피우는 것은 둘째 문제고 무엇보다 장작이 가장 중요하다. 아침에 일어나자마자 빈 상자를 두 개 챙겨 집 밖의 나무 창고로 간다. 오늘 하루 쓸 양의 장작을 엄선해 골라 담는다. 이때 밤에 사용할 굵은 나무도 두어 개 챙기는 것을 잊으면 안 된다. 여기서 중요한 점은 나무 두께가 '적당해야' 한다. 두께가 너무 두꺼우면 불이 속까지 다 붙지 않아 완전히 연소하지 않고, 두께가 너무 얇으면 일찍 다 타버려서 아침까지 불길을 유지하지 못한다. 엄선한 장작을 잘 말리는 작업이 그다음이다. 굵은 나무일수록 속까지 바싹 말리는 일이 쉽지 않기에 세심한 주의를 기울여야 한다. 조금이라도 수분이 남아 있으면 연기가 아주 고약하게 나고 완전히 연소하지 않는다.

장작은 중앙 난로의 단과 단 사이 공간을 이용해 거의 온종일 말려야 하는데, 수시로 단의 위치를 바꿔주는 것이 중요하다. 밖에서 막 갖고 들어온 장작은 수분이 많으므로 가장 아래 단에 10분 정도 둔다. 이때 열기와 가장 가깝기에 가장 빨리 마르지만 10분 이상 두면 너무 뜨거운 나머지 불이 붙어버릴 수 있으니 대단히 주의가 필요하다. 맨 아래 단 장작 겉이 조금 마르고 따뜻해졌다 싶으면 바로 위 단으로 옮겨준다. 한 시간 뒤에는 그다음 단으로 이동시킨다. 열기와 점점 떼어놓고 서서히 말리는 것이 포인트다. 장작을 때는 나무 난로는 보일러처럼 시간을 예상할 수 없는 탓에 예비 장작은 항상 넉넉히 구비해야 한다.

2단계 : 재 버리기

화구를 열고 밤새 타버린 장작의 재들을 '적당히' 긁어낸다. 뭐든지 '적당히'가 중요하다. 재가 안에 너무 많으면 불이 살지 않고 재를 너무 싹싹 긁어내면 불이 잘 붙지 않는다. 특히 재를 너무 쑤석이면 혹시라도 그 안에 그나마 살아 있는 불씨가 모두 죽어버리니 위쪽과 가장자리의 재들만 '적당히' 긁어내는 게 요령이다. 쓸어낸 재는 양철통에 담은 후 최소 24시간이 지난 후 제니가 지정해놓은 '특정 장소'에만 버릴 수 있다. 제니의 가장 큰 걱정은 바깥에 쏟아버린 재 안의 불씨가 살아나서 집 근처에서 산불이 나는 것이다. 바깥에는 온통 잘 마른 나무와 풀뿐이니 불씨와 만나는 순간 바로 대형 화재로 이어질 것이 정말 '불 보듯 뻔'했다.

3단계 : 불 피우기

잘 마른 장작 하나를 기도하는 마음으로 난로에 넣는다. 이때부터 시작이다. 아직 발갛게 달아올라 있는 작은 나뭇등걸이 보인다. 그것들이 다음 불을 지피는 토대가 된다. 이 불씨를 살살 굴려 앞쪽부터 고르게 깐다. 아무리 솜씨가 좋아도 이 정도의 불씨로 불을 일으키기란 매우 쉽지 않기에 약간의 도움을 받기로 한다. 기름이 묻은 종이(파스타

하루를 시작하는 가장 신성한 작업. 오늘 저녁 나의 생존이 여기에 달렸다!
와우, 보일러와 전자렌지의 기능을 동시에!
제니 선생님 왈, 꺼진 재도 다시 보자, 한순간에 쪽박 찬다.

를 만들고 나서 프라이팬에 남은 기름을 닦은 휴지를 무심코 쓰레기통에 넣어버리는 일은 이 집에서는 범죄행위나 다름없다)와 골판지를 찢어 넣고 하얀색 '화학물질'을 조금 부수어 넣는다. 손가락 두 개 굵기 정도의 얇은 나뭇가지를 공기가 통하도록 얼기설기 배치해놓으면 준비는 끝났다. 이제 성냥으로 불을 붙이기만 하면 된다.

여기까지 똑같이 했는데도 고수와 하수의 차이는 있었다. 들은 대로 비슷하게 한 것 같은데도 내가 만든 구조에서는 종이의 불이 나무까지 옮겨붙지 못하고 꺼져버려서 몇 번이나 다시 종이와 골판지를 찢어 넣어야 했다. 첫술에 배부를 수는 없지. 몇 번의 시도 끝에 불이 붙으면 20분 간격으로 지켜보며 마른 장작을 더 넣어 불을 안정시킨다.

이곳에 머무는 2주 가까운 기간 동안 이 작업은 매일, 그것도 수시로 계속됐다. 중앙난로는 아주 효율이 높았지만 아침에 딱 한 번 불을 피우고 그 열기로 종일 따뜻하게 지낼 수 있을 만큼 편리하지는 않았다. 무무와 나는 거의 하루 세끼 식사를 하듯 하루에도 몇 번이나 난로를 돌봤다. 나는 노동과 안온한 환경이 정직하게 비례하는 이 구조의 단순함이 아주 마음에 들었다. 열심히 장작을 준비하면 저녁에 그만큼 따뜻하게 잘 수 있는 환경이 만들어진다. 이보다 더 실제적이고 확실한 보상이 어디에 있을까.

단순한 구조 속에 인간의 가장 기본적인 욕구가 충족되는 감각, 그곳에 작지만 확실한 행복이 있었다. 도시에서는 너무나 당연히 충족되기에 잊고 있던 가장 중요하고 단순한 행복. 행복하다는 감정은 감사하는 마음을 부른다. 나는 나도 모르게 모든 것에 자연스럽게 감사하고 있었다. 가스 불을 사용할 수 있는 것조차 감사한 일이었다. 아침에 일어나서 나무를 고르러 가기 전에 가스로 덥힌 따뜻한 우유 한 잔을 몸속으로 흘려보내면 차가운 공기를 만나 경직된 몸에 훈기가 놀면서 손가락 끝 발가락 끝까지 따뜻한 기운이 뻗어간다. 그렇게 나는 또 그날을 힘차게 살아갈 힘을 얻는다.

무엇보다 가장 감사할 것은 바로 나무의 존재였다. 난로가 이 집의 심장이라면 나무는 피다. 나무는 난로에서 자신을 태워 이 집 전체에 온기를 보낸다. 생명을 가진 모든 것을 살아 있게 한다. 가끔 마른 장작을 화구에 집어넣으며 나는 나무와 인간의 기울어진 관계가 부모님의 내리사랑과 같다는 생각을 했다. 나무가 인간에게 결국 자신의 모든 것을 내주는 데 비해 인간이 나무에 줄 수 있는 것은 너무나 적어 보인다. 부모님의 조건 없는 큰 사랑을 자식이 어떻게 헤아려 되돌려 드릴 수 있을까. 나도 누군가에게 나무 같은 사랑을 줄 수 있을까.

　나무는 온기를 만들어내는 데 그치지 않는다. 이 집의 벽, 계단, 창문, 가구, 심지어 가끔은 그릇까지도 나무에서 왔다. 그런 의미에서 나무는 이 집의 살이기도 하다. 거실을 빼곡히 채운 수많은 책도 실은 나무에서 온 셈이다. 제니네 집은 공간의 크기에 비해 그 공간을 덥힐 사람의 온기는 턱없이 부족한 곳이었음에도 그곳이 마냥 싸늘하게만 느껴지지 않은 것은 집 곳곳에서 온기를 머금고 있는 나무의 생명 덕분이었다고 생각한다.

윌리엄 셰익스피어와
함께 살다

　제니가 우리를 부른 제일 큰 이유는 반려견과 반려묘다. 새끼 곰보다도 조금 더 큰 크기의 털북숭이 반려견의 이름은 '윌리엄 셰익스피어'. 작가의 개에 걸맞은 이름이라고 해야 할까. 아니면 위대한 대작가의 이름을 개에게 붙인 것을 우스워해야 할까.

　윌리엄은 두어 달 전 이 집에 온 유기견이다. 흑과 백이 섞인 곱슬곱슬한 긴 털에 가려 눈은 보이지 않고 입은 항상 웃는 듯이 벌어져 혀를 빼물고 있다. 원래는 이탈리아 명물인 송로(트뤼프)를 찾기 위해 훈련된 견종이라고 한다. 버섯 채취꾼들은 후각이 남달리 발달한 이 개를 몇십 마리씩 소유해 버섯을 채취하도록 훈련시키는데, 그러려면 정부에

정식으로 등록하고 보유세를 내야 한다. 개의 목 뒤에 박힌 전자칩이 이름표 역할을 한다. 그러나 세금을 내기 싫던 버섯 채취꾼들은 등록하지 않고 (칩을 심지 않고) 무허가로 개를 길렀다. 윌리엄은 그런 개 중 하나였다. 이런 경우 개가 주인과 떨어져서 길을 잃어도 주인을 찾아줄 방도가 없다. 제니와 키아라는 산속에서 이 개를 발견하고 데려와서 기르기로 했다.

우리의 일은 윌리엄에게 먹이를 챙겨주고 하루 네 번 정기적으로 30~40분 산책을 시켜주는 것. 오전 8시, 점심 먹은 후 오후 5시, 취침 전. 이렇게 시간을 지켜 제니와 키아라가 번갈아 가며 산책을 시켜주고 있었다. 이들이 여행을 간 동안에는 온전히 우리가 그 역할을 맡아야 했다. 우리가 옷을 챙겨 입고 빨간 목줄을 집어 들면 윌리엄은 좋아 펄쩍 뛴다. 목줄을 채우는 순간부터 어서 나가자고 잡아끄는 윌리엄의 무게가 오른손에 고스란히 묵직하게 전해진다.

제니의 집이 있는 국립공원은 사방 어디를 돌아봐도 산과 언덕이다. 3천 피스짜리 퍼즐 유화같이 아름답다. 한 무더기의 갈색 양들, 다람쥐, 가끔은 사슴이 눈썹까지도 보일 정도로 가까운 거리에서 우리를 물끄러미 바라본다. 우리나라보다 두 배나 길쭉한 도토리가 길가에 모래알처럼 수북이 쌓여 있다. 나무에 낀 이끼는 몇백 년 묵은 오래된

우리는 친구!
윌리엄 셰익스피어와 성당의 아기 고양이.

방석처럼 두툼하고 푹신푹신하다. 눌러보면 손 모양 그대로
자국이 찍히듯이 쏙 들어갔다가 이내 점점 차올라서 슬그
머니 제 형상을 찾는다. 이웃집은 다른 산등성이 저 건너편
에 새끼손가락 정도의 크기로 보일 뿐이다.

　　밖에만 나오면 윌리엄은 여전히 습관대로 버섯을 찾는
시늉을 했다. 여기저기 코를 디밀고 덤불을 뒤지고 지나간
자리에는 이중으로 살펴보는 수고를 하지 않겠다는 듯이
꼼꼼하게 찔끔 영역 표시를 한다. 쉴 새 없이 풍차처럼 휘돌
리는 꼬리는 짧은 산책 시간에 내가 맡은 구역을 모두 살펴

보리라는 강한 의지를 보여준다.

"이봐, 그러고 있을 시간이 없다고!"

윌리엄이 거의 뛰듯이 움직이면 그 무게에 끌려 나도 무무도 종종걸음을 쳤다. 집 근처 길가에는 성당에서 사는 아기 고양이들과 제니네 '페페'와 '진저'가 볕을 즐기고 있다. 진저는 생강이라는 뜻인데 정말 생강 같은 노란 털을 지닌 고양이다. 페페는 흑백이 적당히 멋지게 뒤섞인 점잖은 고양이다. 둘은 꼭 단짝처럼 부부처럼 붙어 다닌다. 진저는 애교가 많고 항상 페페 곁을 따라다니며 페페를 정성스레 핥아준다. 페페는 무심한 듯 보이지만 진저의 스킨십이 좋은지 눈을 지그시 감고 즐긴다. 고양이의 즐기는 표정이라니. 우스운 말이지만 정말 페페의 표정이 그렇다.

둘은 참 잘 어울린다. 나는 그 모습에 자연스럽게 진저가 여자고 페페가 남자라고 믿었다. 왜 그렇게 믿었는지 가만히 생각해보니 웃음이 나왔다. 둘이 참 잘 어울리는 건 맞지만 왜 그들을 보고 꼭 여성이 사랑하는 남성을 돌봐주고 있다고 느꼈을까. 왜 둘의 성별이 반대라고는 한 번도 생각하지 않았을까. 고양이 두 마리 때문에 자신의 남녀 상想을 의심하는 내가 우스워 또다시 웃음이 나왔다.

상식적이고 합리적인
소통의 관계 맺기

헬프엑스 프로그램의 성패는 호스트와의 관계 맺기에 달려 있다고 해도 지나치지 않다. 관계 맺기의 핵심은, 우정과 호감과 같은 따뜻한 감정 이전에 상식적이고 합리적인 '소통'이라고 생각한다. 소통은 호스트를 만나기 전부터 시작된다. 나와 제니가 만나기 전에 스카이프로 소통했던 것처럼 말이다.

이미 알고 있는 사람의 공간에 초대받아 가는 것이 아니기에 헬퍼에게도 호스트에게도 서로가 어떤 사람인지 파악하는 일은 너무나 중요하다. 가끔 문화의 차이가 상식의 경계를 허물 때가 있지만 관계 맺기를 가능하게 해주는 최소한의 조건은 분명히 존재한다고 생각한다. 그것은 인간으

로서 자연스럽게 다른 인간에게 일어나는 애정의 마음, 상
대방의 입장에서 생각하는 배려의 마음이다. 달리 말해 공
감의 마음이라고 할 수도 있겠다.

호스트를 만난 후 소통은 더욱 중요해진다. 간단히 말
하면 '삶의 질'이 여기에 달렸다. 우리는 모두 자신만의 생
활의 규율과 규칙이 있다. 특정 문화와 여기서 비롯된 습관
도 있다. 헬퍼는 하나하나의 낯섦을 내 삶으로 '가져오는'
작업을 해야 하고 도저히 받아들일 수 없는 선을 발견하면
정중히 거절해야 한다. 반대로 내게 당연한 것을 그들에게
소개하고 이해받는 작업을 해야 한다. 잠깐이나마 함께 생
활공동체를 이룰 타인에 대한 양보와 협상의 과정이다. 우
리는 이 과정을 통해 결국 자신을 새롭게 바라볼 기회를 얻
는다. 헬퍼와 호스트의 관계에서 가장 중요한 핵심, '일(나
는 미션이라고 부른다)'에서도 '협상'은 필수다. 내가 '어떤' 일
을 '얼마나 오래' 해야 하는지, 그걸 '할 수' 있는지, 만약 그
렇지 않다면 어떤 것으로 '대체'를 원하는지 모든 것은 협
상이다.

제니와의 소통에 있어 유일한 비교 대상은 바로 직전의
호스트였던 오리에따였다. 오리에따와는 마찰을 경험할 일
이 거의 없었건만 제니와는 (자꾸만 무언가 걸리는 듯한 느낌
의) 소통이 쉽지 않다고 느꼈다. 오리에따는 외국인들에게

자국의 언어를 교육하는 선생이었기 때문에 직업상 소통과 관리에 능했다. 외국어 교사는 '자신에게 당연한 것이 다른 사람에게는 당연하지 않다'는 것을 수업 시간마다 피부로 느끼므로 자연스럽게 몸에 배고 헬퍼와 소통할 때도 대원칙으로 작용했으리라. 오리에따 개인의 성격도 규율과 규칙을 많이 만들어두는 편이 아닌 둥글둥글한 성격이었다. 환경도 우리에게 익숙한 도시적인 생활방식이었다.

반면 깊은 숲속의 외딴집에서 나무를 태워 살아가는 작가 제니는 여러 면에서 이전에 알던 세계와는 전혀 다른 새로운 영역에 있는 사람이었다. 제니는 우리와 무언가 이야기를 나누기보다는 자기 방에 틀어박혀 책을 읽고 쉬는 것을 좋아했다. 점심과 저녁 식사 때 잠깐 얼굴 보며 몇 마디 하는 것을 제외하고는 거의 대화할 일이 없었다. 키아라는 그보단 좀 나았지만 사춘기의 아이는 워낙 변덕스러웠다. 기분이 좋지 않은 날은 아예 자기 방에서 거의 한 발짝도 나오지 않았다.

이런 상황에서도 제니와 필수적으로 이루어지는 대화가 있었으니, 그건 이 집에서 지켜야 할 규칙과 관련해서였다. 제니네 집은 지켜야 할 규칙이 아주 많았다. 특히 불과 관련한 규칙들은 절대적이었다.

"난로에서 긁어낸 재는 최소 24시간이 지나야 버릴 수

있어. 꼭 바깥의 '지정된' 장소에 내가 '알려주는' 방식으로
만 버려야 해."

"성냥 많이 쓰지 마, 또 사러 나가려면 한참 걸리거든."

"가스를 쓸 땐 휴대용 토치를 '이런 식'으로만 사용해."

"중앙 난로 제일 아랫단에 오랫동안 장작을 올려두면
큰일 나."

"뜨거운 냄비를 부엌 대리석 상판 위에 올리지 마."

"접시는 꼭 여기에만 둬."

"밤에 노트북을 거실에 두지 마."

물론 다 나름의 이유가 있었다. 재는 확실히 불을 꺼서
파묻지 않으면 화재의 위험이 있었고 중앙 난로 아래 단은
장작에 불길이 붙을 정도로 뜨거웠다. 대리석 상판은 열기
에 약했고 밤에는 고양이들이 노트북을 훼손할 염려가 있
었다. 그 집에서 몇십 년을 살아온 그들에게 이러한 것들은
하루 삼시 세끼를 먹는 일만큼이나 당연한 규칙이라 처음
에는 나와 무무도 최대한 그들의 생활방식을 존중하고 따
르겠다는 마음이었다.

하지만 제니가 모든 말을 이유를 설명하고 '부탁'의 형
식으로 부드럽게 말한 건 절대 아니었다. 여러 차례 반복해
지적을 받고 투박스러운 명령조 요구에 대한 이유를 나 스
스로 이해해야 하는 시점이 오자 슬슬 이 늙고 까칠한 잔소

이봐, 이건 엄연한 '노동'이라고!
생소한 남의 부엌에서 한식 스타일로 씻이 헤구고, 벗기고, 쪼개고, 썰고……

리꾼을 향한 반발심이 마음속에서 고개를 쳐들었다. 어느
날 점심 식사 자리에서 우리의 갈등은 최고조에 이르렀다.

"있잖아, 3층 손님방을 좀 청소해줄 수 있을까? 내 생
각에 식사 준비를 위해 요리를 하고 뒷정리를 하는 일을 너
희의 노동 시간에 포함할 수는 없을 것 같아."

"그게 무슨 말이야?"

우리가 생각한 바와 전혀 달랐다. 오리에따의 집에서는
매일 저녁 식사 준비를 하는 일이 가장 중요한 헬퍼 미션
중 하나였다. 게다가 한국 음식은 이탈리아 음식보다 몇 배

는 더 시간과 품이 드는 '일'이다. 분명히 요리하는 것을 환영한다고 제니도 말했었다. 우리는 여태까지 '일'을 잘하고 있다고 생각했건만, 제니는 여태까지 우리가 본격적인 '일'을 하지 않았다고 생각했다니.

지난한 협상과 조율의 시간이 시작됐다. 나는 일에 있어서는 우선 상대방의 이야기를 먼저 들어보고 그 이후에 조정하자는 주의인 반면 무무는 일단 덮어놓고 걱정부터 하는 스타일이다. 깨끗한 환경을 좋아하는 무무에게 작정하고 하는 '청소'라는 것은 모조리 벗겨내서 빨고 쓸고 광나게 닦는 대청소였다. 뭐가 됐든 요리를 하고 난로를 돌보는 것만으로도 힘든데 청소까지 하면 부당하다는 무무와 여전히 우리가 3층 손님방을 청소해야 한다는 제니는 좀처럼 좁혀지지 않았다.

아침 시간을 제외하면 제니는 꽤 친절한 사람이었지만 나는 이때까지만 해도 그녀와 호스트와 헬퍼의 관계를 넘어 친구가 될 수 있을지 의문이 들었다. 오리에따네 집에서는 이런 느낌을 받은 적이 없었다. 우리는 최대한 마음을 내어 도왔고, 오리에따는 우리의 도움에 고마워하며 만족했다. 이곳에서는 인간적인 관계 만들기는 포기하고 철저한 주고받기Give and Take만 실천하면 되는 건가 싶어 다소 우울해졌다. 점점 될 대로 되라고 포기해버리고 싶은 내 마음을

평상시 키아라 방의 상태.
음, 이 집에서 청소는 도대체 뭘 말하는 걸까?

꽉 쥐고 어떻게든 이 두 고집스러운 여성들을 이해시킬 만한 돌파구를 찾고자 애썼다. 부드러운 분위기를 유지하면서 협상하는 것이 쉬운 일은 아니지만 그래도 해내야 했다. 어쨌든 이 집에서 2주를 살아야 했다. 분위기가 나빠지면 우리에게 득 될 게 없었다.

거의 한 시간에 걸친 대화 끝에 나는 제니가 원하는 '청소'의 수준이 호텔 스위트룸처럼 반짝반짝하고 깨끗한 청소가 아님을 이해했다. 그리고 그 의미를 무무에게 전달하는 데도 성공했다. 각자의 스타일에 대한 정보가 거의 없는 상황에서 깨끗함에 대한 다른 기대치는 사실 대화로 맞춰 나가기에 쉽진 않았다. 하지만 지금 와서 생각해보면 원래 이 집의 청소 상태를 보더라도 제니가 원하는 수준이 어느 정도인지를 대충 짐작할 수 있어야 했다. 제니의 마지막 말 한마디는 한숨과 함께였다.

"그냥 그 공간을 '지금보다만' 더 낫게 만들어줘. 너희에게 맡길게."

3층 손님방으로 올라가는 길에 키아라의 방문이 열려 있어 살짝 들여다봤다. 그 순간 나는 밀려오는 허망함에 잠시 비틀거리며 벽을 짚고 말았다. 키아라의 방은 바닥이 보이지 않는 난장판 그 자체였다. 도대체 나는 왜 한 시간 동안이나 조율에 열을 올렸던 것인가.

한국어 억양은
노래처럼 들려

청소 일로 한바탕 대립각을 세웠지만, 우리의 정직하고 성실한 노동에 제니는 점차 마음을 열었다. 함께 식사하는 나날들이 쌓여가고 식탁에서의 대화 시간이 점차 길어지면서 어떻게 살아왔는지 시시콜콜한 가족사도 꺼내놓을 만큼 가까워졌다. 미국인 모녀와 한국인 모녀는 상대의 모습에서 왠지 자신과 비슷한 모습을 발견하기도 하며 서로를 이해해가고 있었다.

제니는 1956년생 미국인이다. 이탈리아 남자와 결혼해 아시시에 정착했고, 지금은 이혼한 남편과의 사이에서 딸 둘을 낳았다. 첫째 딸은 스웨덴에서 유학 중. 함께 사는 둘째 딸이 바로 키아라다. 이 산이 국립공원으로 지정되기 전

딸, 춤꾼 '키아라' 엄마, 시인 '제인'

에 이 집은 마을의 학교였던 모양이다. 그 말을 듣고 보니 집 구조가 일반 집과는 조금 다르게 느껴졌던 이유를 알 것 같았다. 가장 특이한 것은 1층의 거실이었다. 두 개 층을 복층으로 뚫어놓은 것처럼 층고가 높았다. 나무 계단을 올라가면 꽤 높은 곳에서 거실 전체를 조망할 수 있다.

제니는 자연에 대한 시를 쓰는 작가다. 그녀의 책장은 빽빽이 꽂힌 장서로 무너지진 않을까 겁이 날 정도다. 문화, 역사, 예술, 문학을 망라하는 다양한 책들이 가득 꽂혀 있다. 어디에나 어둠과 고요가 내려앉아 있다. 누구라도 이 집에 오면 세월이 멈춘 듯한 분위기에 젖어 들어 입 밖으로 나의 말을 꺼내기보다는 침묵과 사색의 시간을 보내게 되리라. 그녀는 아침마다 자신에게 온전히 집중하는 시간을 갖는다. 누군가에게는 괴팍하게 보일지라도 제니는 오롯이 자신과 함께하는 그 시간을 고집스럽게 지켜나갔다.

제니는 작가 외에 프리랜서로 다양한 일을 하는데, 지금은 주로 영어를 가르치면서 생활비를 번다. 그녀가 가르치는 대상은 옆 마을의 이탈리아 아이들부터 성프란체스코 수도원의 수사와 수녀들까지 다양하다. 성프란체스코 대성당은 워낙 유명하기에 전 세계로부터 여행객이 온다. 이들을 위해 누군가는 성당에 걸린 화가 '조토'의 벽화 소개를 영문으로 번역하는 작업을 해야 했고 수사와 수녀들도 의사소통을 위해 영어를 배워야 했다. 오랜 세월 아시시에서 산 미국인 제니보다 그 일에 적임인 사람이 어디 있겠는가!

하지만 제니는 언젠가 자신이 정말로 하고 싶은 것이 따로 있다며 나에게 살짝 이야기를 해줬다. '단기 여름 캠프'를 다시 운영하는 것이었다. 미국과 이탈리아 모두에 연고가 있고 두 언어를 완벽하게 구사하는 제니는 예전에 자신의 집에서 청소년을 대상으로 단기 여름 캠프를 운영했다. 미국 청소년이 아시시의 집에서 한 달가량을 머물며 이탈리아의 역사와 예술을 이탈리아어로 배우고 토론하고 직접 이탈리아 문화를 경험한다. 반대로 이탈리아 청소년을 데리고 뉴욕의 어딘가에 머물면서 같은 방식으로 영어를 가르친다. 한동안 운영하다가 참가자 모집이 생각보다 잘되지 않아서 그만둔 모양이다. 제니는 그 캠프를 조직하고 운영할 때의 행복했던 기억이 많았다. 친구가 된 뒤로 제니는 자신의 꿈을 이야기하며 그때 헬퍼이자 보조교사로 또 와달라고 했다. 나는 흔쾌히 수락했다. 언제가 될지는 모르겠지만 이 멋진 공간을 다시 온다면 정말 기쁠 테니.

장작을 때서 불을 돌보고 가사 일을 하며 돈을 버는 생활인으로서의 제니는 가끔은 지쳐 보이기도 했다. 환갑에 가까운 나이에 모든 일상을 거의 혼자 감당하는 일이 버거움에도 아직도 그녀는 어머니로서 생활인으로서 건재함을 잃지 않고 있었다. 제니는 자기 일을 사랑한다. 일해서 번 돈으로 아주 작은 것들, 이를테면 아름다운 꽃으로 수놓인 거칠지만 튼튼한 부엌 장갑을 자신에게 선물한다. 강아지와 고양이를 돌보고 그들과 교감을 나눈다. 자신이 가르친 학생들이 서로 인연을 맺고 자신의 딸과도 또 다른 인연을 맺음을 기뻐하며 그들의 안부를 묻는다. 그것이 제니가 지켜내고자 하는 작은 행복이다.

모든 게 완벽한 제니만의 세계이지만 딱 하나 아쉬운

점이 있다. 바로 식단이다. 가끔 제니가 평소에 해 먹는 음식을 우리에게 만들어줬다. 그 메뉴란 파스타, 미트볼, 삶은 콩 줄기 정도의 지극히 간단한 수준이었다. 때마침 우리가 머물렀던 계절이 겨울이라 그렇기도 했겠지만 미국인 특유의 간단한 음식 문화가 원활하지 않은 재료 수급 문제와 만나 소박하다 못해 너무나 단조로워졌다. 그런 제니네 집에서 무무의 존재는 신세계를 열어 보이는 선각자와 같았다. 앞에서 이야기한 것처럼 매끼의 식사 준비 자체를 '일'이라고 치기 않던 제니는 점차 무무가 선보이는 음식에 감탄을 넘어 감동했다. 물론 그렇게 되기까지는 시간이 필요했다.

헬퍼가 요리할 때 필요한 재료는 호스드가 구매하는데, 나름 까다로운 요리 철학을 가진 무무는 절대적으로 신선하면서도 상세한 재료를 요구했다. 그 일은 충족시키려 할수록 돈과 시간이 들어갔고 아예 수급이 불가능한 재료도 있었다. 가령 태양초 고춧가루 같은 재료는 절대 구할 수 없는 품목이다. 물론 한국식 간장도 찾을 수가 없다. 일본식의 달짝지근한 간장이 대형마트에 있으면 그나마 다행이다. 처음에 무무는 이렇게 갖춰진 게 없는데 무슨 한국 요리를 해낼 수 있겠느냐며 단호하게 거절의 뜻을 보였다.

하지만 나는 호스트가 무무에 대한 경험도 신뢰도 없으니 어떻게든 한정된 재료 안에서 요리를 해내서 신뢰를 얻어야 한다고 설득했다. 내 꾀임(!)에 넘어간 무무는 투덜거리면서도 '이가 없으면 잇몸으로' 비슷한 맛의 요리를 해냈다. 우리는 남의 집 부엌을 합법적으로 샅샅이 뒤져가며 될 수 있는 대로 필요한 식자재와 가장 비슷한 것들을 찾아냈다. 50년 한식 조리 경력의 무무의 머릿속에는 무한한 요리법이 저장돼 있었다. 요리사 본인의 까다로운 원칙을 '조금만' 양보한다면 토종 한국인이 만든 음식을 한 번도 먹어본 적 없는 이 이국 사람들에게 무한한 감사를 받을 만한 음식을 내놓을 수 있다!

제니네 집에서 우리가 했던 음식들을 떠올려보면 아무 것도 들어가지 않은 순수한 흰쌀밥, 소금과 후추로 간을 한 간단한 송어구이(라고 썼지만 사실은 그냥 프라이팬에 기름을 두르고 생선을 구운 것에 불과한 생선구이), 발사믹 식초와 레몬, 설탕 소스로 무친 브로콜리 샐러드, 으깬 감자 샐러드, 잡채, 새우찜, 깍두기, 달걀말이, 리소토식으로 끓인 브로콜리 커리수프, 생선찜 등등. 어떤 음식은 조금의 손길로도 대단히 그럴듯해 보였고 제니와 키아라는 열렬히 환호했다. 모조리 자신들의 레시피북에 적어달라고 아우성이었다. 레시피북이란, 이 집에 다녀간 헬퍼들이 해준 음식의 요리법을 모아 적은 작은 메모 공책이다. 오리에따네 가족과 마찬가지로 이들에게는 냄비로 한 한국식 쌀밥의 질감, 그냥 프

무무가 정성껏 차린 점심.
닭죽과 발라낸 살코기, 소금장, 브로콜리 샐러드.

라이팬에 굽기만 한 생선구이조차도 신세계였다. 사실 우리
에게 너무 당연한 음식에 감탄을 아끼지 않는 모습을 볼 때
면 도리어 어안이 벙벙해지곤 했다.

둘째 딸인 키아라는 독특한 머리 스타일만큼이나 톡
톡 튀는 성격이었다. 한국에서는 남자들에게나 유행하는
투블록 스타일로 한쪽 머리는 시원하게 밀고 나머지 한쪽
머리는 길게 길러 땋아 내렸다. 활발하고 호기심이 많으며
어머니를 닮아 예술적 기질을 타고난 키아라는 근처 도시
인 페루자Peruza에 머물며 가끔 집에 왔다. 페루자에서 현대

무용을 공부하는 댄서라고 자신을 소개했다. 몸의 표현방식을 공부하는 키아라의 몸은 대단히 유연하고 빠르고 탄력적이다. 키아라의 학교 공연에 우리를 초대해줘서 이탈리아 고대도시 페루자의 야경을 구경하는 행운도 누렸다.

언젠가 이야기 도중에 키아라가 양성애자임을 알았다. 나는 대학생 때의 경험으로 동성애에 대한 거부감이 크게 없는 편이다. 고등학교 때 알던 친구들과 모두 뿔뿔이 흩어져서 대학 생활을 하고 있던 나에게 어느 날 밤 전화 한 통이 왔다. 고등학교 동아리 활동을 같이했던 조용한 성격의 친구였다. 우리는 말을 나눠본 적도 없고 친하지도 않았지만 함께 3년이나 동아리 활동을 했기에 서로를 알고는 있었다. 그런 아이가 1년 동안 연락이 없다가 잠시 집 앞으로 나와 줄 수 있냐고 전화를 걸어왔다. 그 친구는 그동안 자신의 감정을 잘 알지 못한 채 혼란스러워했다고 했다. 자기가 뭔가 잘못된 게 아닌가 하고 자책도 해보고 감정을 다스려보려고 무진 애를 썼다고 했다. 하지만 그녀는 결국 나에게 말하지 않고서는 견디지 못했던 모양이다. 나를 좋아한다는 사실을 말이다.

1년이나 교류가 없던 동성에게 들은 고백은 무척 당황스러웠다. 그래도 내 앞에서 그 말만 하고서는 더 이상 아무 말도 못 하고 울기만 하는 친구에게 손가락질하거나 그 자리를 피할 수는 없었다. 마음을 받아주지 못해서 미안하다고, 그저 친구의 어깨를 쓸어주는 수밖에는. 동성을 사랑하는 마음을 가진 사람을 보면 나는 언제나 그 친구와 그 눈물이 떠오른다.

키아라와 나는 각자가 보고 듣고 느껴온 동성 혹은 양성애자의 위치에 대해 한참 동안 이야기를 나눴다. 한국보다 비교적 동성애에 관대한 서구 문화권에서도 누군가에게 "너는 게이냐"고 직접 묻는 것이 실례되는 일이냐고 물어보기도 했다. 키아라는 그 사람과 얼마나 가까운 관계인지 서로가 얼마나 신뢰를 쌓았는지에 따라 다르다고 말해줬다. 아무리 관대하다고 해도 어쨌든 어느 사회에서나 동성애자가 소수라는 사실은 부정할 수 없고, 누구라도 정체성의 일부—성적 성향—만을 근거로 자신을 판단하기 이전에 그저 한 명의 인간으로 바라봐주기를 바란다는 말도 덧붙였다. 꽤 상식적인 말이라고 생각한다.

키아라와 만든 즐거운 추억 중 하나는 한국어 공부였다. 키아라는 태어나서 한국인을 처음 만났다고 했다. 그녀는 한국의 문화, 특히 한국어에 매우 큰 관심을 보였다. 무무와 내가 한국어로 대화하는 것을 유심히 귀를 기울여 듣더니 말했다.

"한국어의 억양은 노래처럼 들려."

키아라는 언어의 천재 같아요. 배우는 속도가 정말 LTE급!
한국어 공부가 '놀이' 같은지 매일 붙잡고 놀자고 하네요.

나는 저녁 시간에 자음과 모음을 그린 뒤 한국어는 이
자음과 모음을 배열하여 글자를 만든다고 간단히 일러줬
다. 그런데 키아라의 한국어 습득 능력이 예상외로 너무 뛰
어나 정말 깜짝 놀라지 않을 수 없었다. 키아라는 2개 국어
를 능숙하게 했고 제3외국어로 그리스어를 배운 경험도 있
다. 그래서 언어 구조나 단어 등을 배우는 자신만의 노하우
를 이미 가진 뛰어난 외국어 학습자였다. 자음과 모음을 조
합하는 기초적인 방법과 각각의 발음을 아래에 작게 영어
로 적어줬더니 몇 시간 만에 '나는 키아라입니다', '너는 모

모입니다', '너는 나의 엄마입니다', '우리는 친구입니다', '물 주세요' 등을 익혔다. 곧 몇 가지 단어를 대입해 스스로 응용하는 경지까지 이르렀다.

체계도 없이 중구난방으로 전달하는 내 한국어 지식을 모국어 구조에 적용해 스스로 차근차근 정리해가는 키아라의 모습은 대단히 흥미로웠다. 키아라도 자신이 그리스어를 배우는 데에는 완전히 젬병이었는데 어떻게 한글은 이렇게 쉽게 이해할 수 있는지 모르겠다며 신기해했다. 나는 다른 사람을 가르쳐본 적이 없었기에 그녀가 얼마나 재능 있는 학생인지 객관적으로 판단하기 어렵다. 그러나 어쨌든 고작 네 시간의 학습으로 간단한 글자를 읽을 수 있고, 비록 느리지만 짧은 자기소개를 할 수 있을 만한 학생은 흔하지 않다는 생각이 들었다. 언젠가 키아라가 한국에 와서 우리 집에 머물며 한국어로 대화를 한다면 나는 내 여행을 진정 자랑스럽게 기억할 것 같다.

키아라는 배우면 배울수록 점점 궁금한 게 많아졌다. 나는 그 물음들에 모두 속 시원히 대답해줄 수 없어 아쉬웠다. 한국에 돌아가면 한국어를 공부할 좋은 교재를 찾아 보내주겠다고 생각했다(그리고 이후 나는 이때의 행복한 기억을 토대 삼아 '외국어로서의 한국어 교육 3급 자격'을 취득했다).

또 하나의 즐거운 추억은 키아라가 만들어준 다양한

먹거리였다. 한번은 자신이 어렸을 때 가장 좋아했던 것이라며 달콤하고 진한 핫초코를 타고 마시멜로를 꼬챙이에 끼워 난롯불에 구워줬다. 지금도 추운 날이면 가끔 생각이 난다. 키아라가 제일 자신 있어 하는 메뉴인 티라미수도 함께 만들었다. 티라미수는 오븐(불)을 쓰지 않고 냉장고에 숙성시켜서 만들기에 어린이들도 쉽게 할 수 있는 제과라고 한다. 옛날 어린 키아라가 언니와 함께 이 집에서 티라미수를 만들며 즐거워하는 모습이 그려졌다. 다크초콜릿, 초콜릿칩, 초콜릿파우더를 섞어 만든 적당히 달콤한 맛의 키아라표 티라미수는 일품이었다.

도시의 생명과
시골의 생명

아무리 밤사이 불을 잘 피워놓아도 제니네 집은 팔 한 쪽이라도 이불 밖으로 내밀면 기다렸다는 듯이 추위가 찰싹 달라붙는다. 나가기 싫지만 오늘 하루는 또 어떤 것을 보게 될까, 어떤 새로운 것을 알게 될까. 아주 작은 기대감이 따뜻한 이불 속을 떨치고 나를 바깥으로 나오게 한다.

따뜻하게 덥혀둔 옷을 몇 겹이나 껴입고 나는 곧바로 부엌으로 간다. 모카 포트에 커피 가루를 채우고 물을 붓고 가스레인지에 올린 뒤 토치로 불을 붙인다. 가스불은 너무 세면 안 된다. 너무 세면 포트의 주둥이가 커피를 왈칵왈칵 뱉어낼 수 있다. 플라스틱 손잡이가 불길에 녹아버릴 수도 있다. 알맞은 불에서 5분쯤 끓이면 보글보글 소리와 함께 진한 커피 냄새가 부엌을 가득 채운다. 그 순간 가만히 냄새를 맡으며 조용한 부엌을 둘러본다. 부드러운 커피 향과 가스불 온기와 보글보글 거품 올라오는 소리가 마음을 진정시킨다. 이 평화로운 순간이 영원했으면 좋겠다.

에스프레소 잔 두 개를 준비해 나를 위해 한 잔, 무무를 위해 한 잔을 따른다. 한꺼번에 한 잔을 모두 채우지 않고 이 잔의 절반을 채우고 저 잔의 절반을 채운 뒤 다시 이 잔을 채우고 저 잔을 마저 채운다. 이탈리아 사람 안젤로에게서 배운 대로다. 안젤로는 위아래로 골고루 섞인 커피를 모두가 맛보도록 이렇게 한다고 했다. 간단한 빵과 잼, 과일에 에스프레소를 곁들여 마신다. 음식에 에스프레소를 곁들인 게 아닌 에스프레소에 음식을 곁들인 건가.

샐러드 재료를 구하러 바구니를 들고 집 앞 텃밭으로 간다. 싱싱한 풀과 흙내음이 마음에 든다. 브로콜리 이파리가 샛노란 꽃과 함께 마치 하늘로 솟고 싶은 양 우뚝 자라 있다. 그 옆을 통통한 달팽이가 기어 다닌다. 이토록 키가 큰 브로콜리를 여태 본 적이 없다. 꼭대기는 거의 내 가슴 높이를 훌쩍 넘는다. 무무와 쪼그려 앉아 연한 브로콜리 이파리를 골라 한 바구니 채운다. 제일 위에는 노란 꽃도 하나 따서 얹는다. 따뜻한 볕 아래에서 곧 나의 일부가 돼줄 자연의 먹거리를 얻는 일은 굉장히 즐겁다.

왼쪽부터>
나른한 오후, '페페'를 너무나 정성스럽게 핥아주는 '진저'.
처음 본 샛노란 브로콜리 꽃. 봄을 맞이하기에 제격.
집 앞 텃밭에서 샐러드 재료를 장만하는 무무.

도시의 생명과 시골의 생명은 비교가 되지 않는다. 생명은 어디에서나 끈질기게 이어지지만, 도시의 자연은 한정된 영양분을 애써 나눠 먹고 자라느라 어딘가 지쳐 보인다. 자연의 생명은 그 자체로 넉넉하다. 넉넉히 받고 넉넉히 나눈다. 인간은 욕심을 부리지 않고 매일 감사하는 마음으로 필요한 만큼만 부지런히 구한다. 미리 더 구해놓는 건 의미가 없다. 식초, 설탕, 레몬즙을 섞은 소스로 채 썬 당근과 브로콜리 이파리를 무쳐내고 땅콩을 부숴 뿌린 다음 위에 샛노란 브로콜리 꽃을 살포시 올린다. 그렇게 아직 도착하지 않은 봄을 식탁 위에서 먼저 만난다.

별이 너무 좋아 테라스에서 끄적끄적 일기를 쓰고 있자니 고양이 진저가 다가와 몸을 비빈다. 까다롭다는 고양이도 손길과 온기가 필요한 걸까. 내 발과 손, 몸에 온몸을 비벼대며 자신과 다른 생명체의 온기를 즐긴다. 고양이에게도 '웃음'이 있다면 진저는 지금 웃고 있다. 한없이 편안하고 나른하고 기뻐 보인다. 나도 저렇게 솔직히 욕구와 관심을 표현하는 인간이 됐으면 좋겠다. 순수하게 계산 없이 좋으면 좋다고 말할 수 있는. 밤에는 혼자 숲길을 따라 윌리엄을 산책시켰다. 별이 밤하늘에 보석을 흩뿌린 것처럼 가득했다. 달이 밝아 잘 보이지 않을 터인데도 그만큼이나 많았다. 높은 산속이라 그런지 별이 손에 잡힐 듯 가까웠다.

엄마,
이 선을 넘어와도 괜찮아요

무무의 40일 여행이 끝나가고 있다. 무무는 로마공항에서 한국으로 돌아가고, 나는 영국 런던으로 넘어가 여행을 계속한다. 길을 떠나기 전 걱정했던 걸 생각하면 무무가 여행자로서, 생활인으로서 그동안 얼마나 훌륭했는지 아낌없이 박수를 보내고 싶다. 다들 혀를 내두른다. 엄마와 어떻게 그런 여행을 같이할 수 있었느냐고. 그랬다, 무무는 나의 엄마다. 난생처음 장기 여행을 떠나는 딸을 보며, 엄마는 자신에게도 이것이 처음이자 마지막일 수 있겠다고 생각해 용기를 냈고 첫 여행지인 이탈리아로 함께 떠나왔다. 우리는 정말 행복한 기억을 많이 만들었다. 지금까지도 그 기억을 조금씩 꺼내 소중하게 음미하며 살아간다.

기도하는 무무의 뒷모습을 보면 항상 마음 한 구석이 아릿하다.
오로지 가족, 자신은 항상 뒷전이신 우리 엄마, 무무.
내가 어떻게 그 은혜를 다 갚을 수 있을까.

무무가 함께하지 않았다면 이 여행이 나에게 이렇게까지 큰 의미가 될 수 있었을까. 나는 항상 무무를 '육신이라는 새장에 갇힌 자유로운 정신'이라고 생각했다. 무무의 육체는 아주 작다. 150센티미터 정도의 작은 키와 여린 몸에서 어떻게 나와 남동생 둘이나 나올 수 있었는지 놀라울 따름이다. 무무는 원래부터도 타고난 건강체가 아니었는데, 우리를 제왕절개로 낳고 삶의 여러 풍파를 겪으며 몸이 더 많이 약해지셨다.

넉넉하지 못한 집에서 태어나 직접 등록금을 벌어 스물여덟 늦은 나이에 만학도로 대학에 입학해 동양화를 공부할 만치 호기심도 많고 하고 싶은 것도 많던 젊은 날의 무무. 하지만 육체적 한계를 넘지 못한 무무의 세계는 새로움을 잘 받아들이지 못하고 좁아졌다. 건강, 안전, 보신保身이 중요했고 낯선 것에 대한 도전은 조심스러웠다. 그럼에도 인생 굽이굽이의 변곡점에서 무무는 항상 변화를 용감히 받아들였다. 겉으로는 작고 약해도 무무의 진정한 내면에는 탐험가의 기질이 숨어 있는 게 아닐까, 늘 생각했다. 이 여행도 그런 의미였다. 같이 가면 네게 짐만 된다며 손사래 치던 엄마는 '머물러 사는' 여행을 꿈꾸는 딸을 믿었고 용기를 냈다.

무무는 이 여행에서 완벽한 동반자였다. 느린 여행을 추구했지만, 사실 여행 초반만 해도 내 마음 속도는 아직 완전히 '느려지지' 못한 상태였다. 언제나 바쁘게, 최소한 무언가를 '열심히' 하고 있어야 자신에게 떳떳해질 수 있다고 믿는 나는 '느림'을 받아들이는 데 불안증 비슷한 감정이 있었다. 여행을 떠나서도 오랫동안 갖고 있던 내 마음의 습관은 금방 바뀌지 않았다. 무무는 여전히 불안하게 부유하는 내 마음을 단단히 잡아매는 닻과 같았다. 영어를 거의 못 하는 무무는 말이 통하지 않았기에 도리어 소통에 신경을 쓰거나 기운을 빼앗기지 않아도 됐다. 대신 무무는 온전히 '감각적으로' 그 사람의 눈빛, 주변의 분위기 등을 읽으며 모든 것을 받아들였다. 그것은 가끔은 오히려 언어로 이루어진 소통보다 더 예민하고 정확했다.

55년을 한국이라는 나라에서만 살아온 그녀는 어린아이와 같은 순수한 눈으로 새로운 곳을 관찰했다. 그것은 무무가 갖고 살아오던 몸과 정신의 기억들과 만나 섞이며 재탄생했다. 그녀의 눈은 내가 놓치고 지나가는 것을 놓치지 않았다. 항상 전체를 조망하고 분위기를 관리하고 다음 일정을 생각하느라 머릿속이 복잡했던 내 옆에서 무무는 작은 것, 사소한 것을 놓치지 않고 기억해서는 나에게 그 느낌을 나눠줬다.

매번 좋기만 했던 건 아니다. 피렌체에서 관광하며 4박 5일을 머물 때였다. 관광여행을 할 생각은 없어도 막상 관광지에 오면 또 달라지는 게 사람 마음이지 않나. 내가 언제 또 피렌체에 와보겠어. 이 속삭임을 따라 나는 밖에 나가 명소 하나라도 더 보고 파스타라도 하나 더 사 먹지 못해 조급증이 났다. 하지만 무무는 숙소의 이불 속에 파고들어 이문세의 노래만 줄곧 듣고 있다. 무무를 두고 혼자 나가볼까 싶기도 했다. 여기까지 비싼 비행깃값을 주고 와서 방 안에서만 시간을 보내는 무무가 이해가 되지 않았다. 그러다 생각했다.

"1분 1초를 소중하게 쓴다는 건 과연 뭘까?"

하나라도 더 새로운 것을 보는 것만이 여행지에서 시간을 소중하게 쓰는 거라고 말할 수 있을까. 지금 이곳, 이 순간에 내가 가장 편안함을 느끼는 방법을 찾아 시간을 보내는 쪽이 시간을 소중하게 보내는 게 아닐까. 내 생각을 이해시키기 위한 노력 그리고 그 노력을 이해해주지 않으면 화가 나는 마음은 어찌 보면 강요가 아닐까. 내가 누군가에게 그럴 자격이 있나.

무무가 여행지에서 다치기라도 하면 나는 화가 났다. 한 번은 자전거를 타고 시내로 나가던 중 무무의 자전거가 바람에 휘청거리다가 결국 꽈당 넘어지고 말았다. 무무의 무릎이 까지고 피가 났다. 그럴 때마다 왜 내가 무무에게 화를 내는지 내 마음을 알 수 없었다. 걱정하는 마음이 커서 화가 난 것일까. 그런데 걱정은 걱정이고 화는 화인데 왜 나는 걱정을 하면서 화를 냈을까. 알 수 없는 일이다.

가끔은 이제 엄마가 내가 돌봐야 하는 대상처럼 보일 때가 있다. 특히 이번 여행에서 나 없이는 그녀가 한국으로 돌아가기도 어려우리라고 생각하니 자연스레 내가 그녀의 보호자가 됐다. 새로운 경험을 마주 대한 무무는 마치 물가에 내놓은 어린아이같이 위태위태해 보였다. 주제넘은 생각이라고 할 수도 있겠지만, 나는 언제부턴가 부모님이 완벽한 어른이 아니라는 것을 알았다. 내가 생각했던 것처럼 어떤 충격과 파도에도 쓰러지지 않는 태산이 아니라는 것을.

헤어지기 전날 아침, 여느 때처럼 에스프레소를 한 잔씩 따라 무무와 나란히 앉아 홀짝였다. 제니와 키아라에게 엽서를 쓰고 제니가 좋아하는 생강청을 많이 만들어 포장까지 예쁘게 마친 뒤였다. 이제 한국으로 돌아갈 무무와 여행을 계속할 내 짐을 나눠 쌌다. 무무는 내 두꺼운 오리털 파카로, 난 무무의 가벼운 스포츠 잠바로 바꿔 입었다. 곧 돌아갈 때가 가까워지자 무무는 감상에 젖은 듯했다.

"무무, 여태까지 여행한 곳 중 어디가 가장 좋았어요?"

무무도 나에게 같은 질문을 했다. 대답은 별로 어렵지 않았다. 사이사이에 들린 베네치아나 피렌체와 같은 관광도시도 좋았지만, 가장 좋았던 건 역시 헬프엑스로 머물렀던 곳이다. 이제까지 들어본 적도 없던 이탈리아의 한 작은 마을과 깊은 산속에 이제는 친구가 된 두 가족이 산다. 이렇게 소중한 인연과 추억을 만들 수 있는, 헬프엑스로 여행하기를 새삼 잘했다고 생각했다.

아직 나의 여행은 5분의 3이 남았다. 이제부터 내가 거쳐 갈 곳에는 어떤 인연들이 나를 기다리고 있을지 기대된다. 만약 그곳에서 만난 사람들과 계속 연락을 하고 나중에 나를 보러 한국에 와 우리 집에서 한끼 저녁을 먹는다면 더없이 기쁘겠지. 로마 피우미치노공항의 한국행 게이트 앞에서 무무와 작별했다. 혼자 먼 길을 돌아가야 하는 무무가 좀 걱정되지만 한국 승무원들이 있으니 안심이었다. 목 베개와 가글, 수면제 등을 단단히 주머니에 챙기고 씩씩하게 손을 흔들며 돌아서는 무무의 뒷모습에 괜히 눈물이 났다.

"이 나이에는 더 이상 새로운 것이 없을 줄 알았는데, 새로운 것을 많이 보고 배울 수 있게 해주어 참 고맙구나."

무무가 헤어지기 전날 내게 해준 말이다. 예전에 이런 말을 들은 적이 있다. 어렸을 때는 부모가 자식에게 새로운 세계를 보여주지만 언제인가부터는 자식이 부모에게 새로운 세계를 보여준다. "엄마, 이 선을 넘어와도 안전해요, 이 선 너머에 꽤 멋진 세상이 있어요"라고 자식이 부모에게 말해줄 수 있다는 말. 태어나서 가장 멀리 가장 길게 여행을 떠나온 우리 엄마 무무. 우리가 만든 또 하나의 행복한 기억 주머니가 앞으로 살면서 편안히 기댈 수 있는 베개가 됐으면 하는 마음으로 나는 게이트를 통과하는 무무의 뒷모습에 성호를 그었다.

ㄹ

★★

영국의 공동체마을,
텔레그라프힐

오,
런던의 천사들이여

　　나홀로 여행은 시작부터 조짐이 좋지 않았다. 로마공
항에서 무무를 보내고 탑승 게이트가 바뀐 걸 모르고 멍하
니 있다가 장거리를 단거리처럼 질주하고 나서야 마지막으
로 문을 닫고 비행기를 탈 수 있었다. 헉헉대며 비행기에 올
라탄 내 주머니에서 오렌지 하나가 떼구루루 굴러떨어지자
자리에 앉아 벨트까지 맨 얼굴 하얀 사람들이 껄껄 웃었다.
젠장. 런던공항에서 수속을 마치고 밖으로 나가니 두 번째
젠장. 너무 추워서 입에서 욕이 절로 나왔다. 로마의 따뜻한
날씨는 간데없고 런던은 정말이지 이가 덜덜 맞부딪힐 정도
로 추웠다. 무무와 함께 지구 반대 방향으로 훨훨 날아가고
있을 나의 롱패딩이 아른거렸다.

예약해둔 작은 셔틀버스로 런던 시내까지 가서 정신없이 지하철 탑승권을 끊고 숙소 방향 지하철에 몸을 실었다. 이미 밤 10시가 다 되어가는 시각. 보통 새로운 곳에 늦게 도착하도록 일정을 짜지 않는데, 무무를 한국행 비행기에 안전히 태워 보내는 것만을 신경 쓰는 바람에 정작 내 일정은 신경 쓰지 못한 탓이었다. 숙소 근처 지하철역은 어두웠다. 어슬렁거리는 비니를 푹 눌러쓴 몇몇 남자들 외에는 인적도 드물었다. 슬슬 긴장으로 온몸의 털이 곤두서는 게 느껴졌다. 미리 핸드폰에 사진으로 찍어둔 길대로 숙소를 찾아가 제발 하는 심정으로 문을 두드렸다.

"죄송해요, 여긴 에어비앤비 안 하는데요 Sorry, We don't have airbnb here."

"뭐라고고고고고고고고요 Whaaaaaaaat?"

젠장, 젠장, 젠장! 집 주변을 돌아보고 다시 한번 알아봐달라고 부탁도 해보고 옆집 현관을 두들기는 민폐도 끼쳐보며 별짓을 다 해봤지만 돌아오는 대답은 모두 노. 절망적이었다. 다시 지하철역으로 돌아가 신문지를 덮고 자다가 다음 날 꽁꽁 언 채 발견되는 모습이 스쳐 지나갔다. 한참을 뱅뱅 맴돌며 고민하던 중 마을 펍 Pub 이 보였다. 지푸라기라도 붙잡는 심정으로 주인에게 사정을 이야기했더니, 노트북으로 이것저것 검색하다가 에어비앤비 주소가 바뀐 것 같다며 근처 어딘가의 주소를 알려줬다. 나는 무작정 새로운 주소를 손에 받아들고 길을 나섰다. 어두운 밤 연락 수단도 없이 머리 꼭대기보다 높은 배낭을 지고 울상이 돼 헤매는 동양 여자를 그냥 지나칠 수 없었는지 한 행인은 내가 묻는 주소까지 날 데려다줬다. 오, 런던의 천사여. 난 당신의 친절함에 아직도 감사하고 있어요.

도착한 첫 번째 에어비앤비 숙소는 말레이시아 사람이 운영하는 한 작은 식당에 딸린 8인실 도미토리였다. 왜 주소가 잘못됐는지 따지고 싶었지만 늦은 밤에 갈 곳도 없었다. 남자들만 득시글대는 주방 바로 옆 여성 방은 문도 잠기지 않아 나는 샤워는커녕 그날 밤 한숨도 잘 수 없었다. 다음 날 착하게 생긴 말레이시아 대학생 여자아이 두 명이 더 체크인해서야 조금 안심이 됐다. 진정한 홀로 여행의 시작부터 안전에 위협을 느낀 이 경험은 두고두고 마음에 새겼다.

나의 세 번째 호스트는 런던 근교에 사는 소설가의 집이었다. 그곳으로 이동하기 전에 런던을 둘러보며 자유 시간을 가지리라 생각했다. 역시 대도시 런던에는 볼거리가 많았다. 대영박물관, 테이트모던, 코벤트가든, 빅벤, 런던아이…… 그중 꽤 즐거운 기억으로 남은 곳이 세 군데 있다. 바로 버로우마켓과 그 옆 커피 가게, 대영도서관 그리고 국회의사당이다.

버로우마켓의 가지각색 채소들.
이 모든 것을 요리에 자유자재로 활용할 수 있으면 얼마나 좋을까!

버로우마켓과 몬마우스커피

숙소가 버로우마켓에서 걸어서 20분 거리라, 나는 오다가다 두 번이나 들렀다. 런던에서 가장 오래되고 가장 규모가 큰 이 재래시장은 2014년에 개업 천 주년을 맞았단다. 버로우마켓은 이미 그 자체로 하나의 브랜드나 다름없었다. 입구에는 시장을 상징하는 초록색 손 그림이 그려진 천 장바구니와 앞치마, 오븐 장갑 등 버로우마켓만의 상품들을 판매하는 부스도 보였다. 진초록색의 거대한 돔 아래는 별천지였다. 없는 것 빼고는 다 있는 시장의 나라다웠다.

유명 요리사인 제이미 올리버가 장을 본다고 해서 더욱 유명해진 버로우마켓에서는 정말 다양한 종류의 식자재를 한 자리에서 만날 수 있다. 당근만 해도 주황색 당근, 흰 당근, 검은 당근, 보라색 당근. 마늘의 종류는 네 가지, 버섯의 종류는 열다섯 가지가 넘었다. 우리나라도 버섯의 종류는 꽤 되지만, 이렇게까지 일일이 구분해 요리에 사용하는지는 잘 모르겠다. 흰 순무와 빨간 순무가 다발로 묶여 널려 있고 한 번도 본 적 없는 이국 과일이 물감의 원색처럼 선명하다. 구경하는 재미가 아주 쏠쏠하다.

트뤼프 오일과 가우다치즈 한 조각을 놓고 마지막까지 고민하다가 결국 사지 않았는데 매우 후회된다. 트뤼프 오일은 아주 고소하고 깊은 맛이었다. 참기름과는 또 다른 매력이 있었다. 참기름이 고소함에서 그친다면, 트뤼프 오일은 조금 더 오랫동안 혀를 휘감는 진한 맛이라고 할까. 조그마한 병 가격이 상당했지만, 일주일 동안 빵과 오일만 먹어도 질리지 않겠다 싶을 만큼 매력적이었다. 밝은 노란색을 띤 가우다치즈는 다양한 콘셉트의 치즈 매장이라면 다 팔고 있는 대표적인 치즈 종류다. 이탈리아에서처럼 여기도 자동차 타이어만 한 크기의 둥그런 덩어리를 쌓아놓고 원하는 치즈를 선택하면 그 자리에서 잘라서 싸준다. 섬세하게도 '몇 개월' 자란 소에서 얻은 '어떤 종류'의 치즈라는 자세한 메모가 치즈마다 붙어 있다. 영국인 특유의 냉소적인 농담조 광고판도 보인다. 거의 드럼통 절반만 한 크기의 치즈에는 이런 메모가 붙어 있다.

그래요, 저 진짜 치즈예요! 당연히 치즈 같은 냄새가 날 거예요. 그러니까 (굳이 만져서) 확인하지 않아도 된다고요.
Yes, I'm a real cheese! I am smell like cheese. YOU DON'T NEED to check this, please.

버로우마켓에서 파크스트리트 쪽 방향의 출구로 나오면 '몬마우스커피MONMOUTH coffee'가 있다. 작은 가게지만 깔끔한 글씨체이 간판과 흰 치상은 어렵지 않게 눈에 띈다. 무엇보다 가게 앞의 인파를 보면 누구라도 쉬이 이 집의 명성을 짐작할 수 있다. 런던에 단 두 군데 점포가 있는데, 그중 한 곳이다. 우유가 조금 들어간 커피 한 잔을 시켜 구석에 자리를 잡았다. 바리스타로 보이는 젊은 남자와 노인은 손님께 대접할 커피를 바쁘게 내리면서도 수시로 테이스팅 샷을 내려 맛을 보는 것을 잊지 않았다. 일정한 수준의 커피가 손님에게 제공되고 있는지 확인하는 듯했다. 무언가를 진지하게 의논하는 모습도 보였다. 나도 잠깐 가게에서 손님을 대하는 일을 해봤지만, 정신없이 손님맞이로 바쁜 저녁

차분한 분위기의 몬마우스커피 가게.
차분하고 경건한 분위기가 손님들에게도 은연 중에 전해지는 것 같다.

시간에 저렇게 하기란 정말 쉽지 않음을 잘 안다.

매장 벽에는 몇 장의 가게 소식지가 걸려 있다. 나는 흥미가 생겨 소식지를 집었다. 소식지에는 취급하는 원두에 대한 소개와 자신들이 커피를 팔아서 이루고자 하는 가치가 무엇인지, 그를 위해 어떤 노력을 하는지를 적어놓았다. 세로로 조그맣게 쓰인 "3rd Edition, 2016(2016년 3판)"을 놓치지 않고 눈여겨봤다. 이 가게 주인은 일관되게 고객들과 소통하고 있었다. 항상 바쁘게 돌아가는 매장에서는 손님과 일일이 대화할 시간이 없다. 바리스타도 홀의 직원도 서로 눈인사만 건넨다. 그렇지만 몬마우스커피는 이야기하고 싶어 했다. 우리가 어떤 마음으로 내린 커피를 마시고 있는지, 그 커피 한 잔을 위해 전 세계적으로 어떤 사람들이 관계망을 이루고 있는지, 우리가 그 관계망을 더욱 공정하고 정의롭게 만들기 위해 어떤 노력을 어떻게 하고 있는지. A4 종이 위 간결하고 깔끔한 디자인, 몇 장의 간단한 내용은 원활한 업데이트를 위해서도 합리적이다. 모든 것이 군더더기 없이 깔끔했다.

대영도서관의 보물의 방

대영도서관은 크고 멋지다. 1층에는 '올해의 전시'를 하고 있다. 수많은 책이 벽을 타고 층을 가로질러 수식으로 선시돼 있다. 세계에서 가장 중요한 학술 도서관 가운데 하나이자 가장 규모가 큰 수집관이기도 하다는 대영도서관은 실로 어마어마했다. 'Asian and African Studies'라는 한 개 층에만 거의 6만 5천여 점의 자료가 있다고 한다. 여행자인 나는 비록 도서관 카드는 없었지만 출입 가능한 도서관의 구석구석을 즐겁게 헤매며 구경하기 시작했다.

'복원의 방Center of Conservation'이라는 곳은 도서관의 고서적 복원 작업 단계를 자세히 전시해놓았다. 책이란 그것이 담고 있는 가치에 비해 얼마나 훼손되기 쉬운지. 단지 시간

왼쪽> 헨델의 「알렐루야」 원본 악보.
오른쪽> '보물의 방'은 너무 좋아서 런던에 머무는 동안 몇 번이나 들렀다.

을 이길 재간이 없는 '종이'라는 약한 재질로 만들어졌다는 이유 외에도 책은 누군가가 보고 사용해야 그 진정한 가치가 있으므로, 그럼으로써 일어나는 파손이나 손실의 위험은 당연히 감당해야 한다. 그렇게 손상된 책을 한 장 한 장 정성스레 물로 씻어내고 특수 기술로 찢어진 페이지를 복원하고 실로 꿰매고 나무로 책등과 표지를 덮어 깨끗하게 살려내는, 그 지난한 과정을 동영상과 사진으로 담아놓았다. 영상 하나하나가 대단히 자세해 다 보지 못했지만, 옛것을 깨끗하게 되살려내 후대 인류에게 되도록 오래 전해주고자 하는 복원 작업의 정신이 아름다웠다.

　　그러나 대영도서관에서 가장 인상 깊었던 단 한 곳을

꼽으라면, 나아가 런던에서 가장 좋았던 한 곳을 꼽으라면 나는 한 치의 주저 없이 대영도서관의 '보물의 방Treasure of BL'을 꼽겠다. 이름 그대로 보물들이 소장된 공간으로 의술, 미술, 음악, 문학, 천문학 등 다양한 분야에서 인류사에 족적을 남긴 거장들의 진품이 모여 있다.

작곡가 헨델의 「알렐루야Alleluia」 원본 악보도 여기서 봤다. 예전에 성가대로 활동할 때 합창한 적이 있다. 곡의 마지막은 "Forever, and ever, and ever" 즉 "주님의 영광을 영원, 영원, 영원히 찬양하리"로 힘차고 웅장하게 끝난다. 헨델이 이 부분을 얼마나 힘 있고 급하게 휘갈겨 썼는지 필체는 점점 알아보기 힘들게 날아가고 모든 걸 끝마치는 마침표가 징밀 익보를 '뚫어버릴 듯이' 씩혀 있나. 노래를 무를 때 정말 있는 힘 없는 힘 다 짜내 마지막 음을 발산했던 몸의 기억을 떠올리며 1600년대 사람인 헨델과 2000년대의 사람인 내가 이어지는 듯한 묘한 느낌을 받았다.

작곡가의 성향 그리고 그 노래를 쓸 당시의 느낌은 신기하게도 악보에 고스란히 나타나 있다. 엘가의 「사랑의 인사」는 대단히 깔끔하고 아기자기하게 그려져 있는 반면 드뷔시의 「안개」는 정말 안개처럼 흐릿하고 섬세하게 그려져 있다. 비틀스 코너에는 존 레넌이 친필로 적은 가사가 있었는데, 아무리 애를 써도 그의 손글씨를 알아보기가 어려워 포기할 수밖에 없었다. 각 음악 전시관 옆에는 헤드폰이 있어 전시를 보며 원곡을 들을 수 있게 배려했다.

이 밖에도 「마그나카르타」, 소설 『돈키호테』 원본 등 어마어마한 가치를 지닌 작품을 볼 수 있다. 영국 사람들이 새삼 부러웠다. 어렸을 때부터 영국에 한정된 것이 아닌 인류사 전체에 족적을 남긴 사람들의 친필 흔적을 가까이 두고 자라다니. 옛것이지만 아직 내 곁에 살아 숨 쉬고 있다. 인류사를 하나의 긴 선으로 본다면 그 위에 하나의 점과 같은 내 위치를 생각해본다.

국회의사당

의회 민주주의로 유명한 영국 국회의사당에서 영국 정치의 현주소를 엿보고 싶었다. 사전 예약을 하지 않아도 신분만 확인되면 무료로 통행증을 발급해주기에 자유로이 들어갈 수 있다. 국회의사당 건물은 마치 중세 영화에 나오는 고성 같은 느낌이다. 지붕 위 뾰족한 첨탑, 광장에 우뚝 세워진 올리버 크롬웰과 그 밑에 엎드린 사자 동상이 고풍스럽다. 입장하는 길에 영국 민주주의에 기여한 사람들 동상이 죽 늘어서 있으니, 직업이 의원이라면 출근길에 민주주의 정신을 되새기지 않을 수 없다.

토론이 진행되는 곳은 1층이며 관람객은 2층 'ㄷ'자형

의회장 입구가 마법사의 고성처럼 생겼다.
누구든 '하나의 역할'을 부여받아 수행해야 할 것 같은 근엄함이 감돈다.

객석에서 유리창 너머로 내려다보며 구경한다. 이미 객석에
는 꽤 많은 사람이 앉아 호기심 어린 눈길로 토론을 지켜보
고 있었다. 의원들은 질서 있지만 대단히 자유로운 분위기
에서 토론했다. 가운데에 모차르트처럼 가발을 쓴 두 명의
법관들이 있고, 누군가의 진행하에 주≠연사가 발언을 하며
양쪽에 갈라 앉은 각 당 소속 의원들이 손을 들고 의견을
발언한다. 진행자가 발언권을 주지 않으면 발언할 수 없기
에 저마다 발언권을 얻으려고 엉덩이를 들썩들썩하며 손을
번쩍 드는 게 재미있다. 다른 사람의 말을 가로채거나 주어

진 시간을 어기고 자기 의견을 계속 이야기하는 모습은 보이지 않는다. '목소리가 큰 사람'이 이기는 것도 없다. 발언권을 얻은 사람은 짧은 시간 최선을 다해 자기 생각을 호소하려고 애쓴다. 전반적으로 진지하지만 몇 번 웃음소리도 있다. 화를 내거나 멱살을 잡는 등 과격한 사건도 당연히 일어나지 않는다.

생각보다 인종은 다양하지 않다. 거의 모두 백인이고 동양계는 아예 없다. 흑인이 한 명 보일 뿐이다. 우리 국회도 크게 다르지 않다. 우리 국회에 인종의 다양성이 자리잡는 날은 언제 올까. 언제쯤이면 다문화 가정에서 자란 베트남한국인 혼혈 혹은 흑인한국인 혼혈 국회의원이 나와서 국회에서 그들의 목소리를 대변할 수 있을까. 한국에서 다문화가정의 비율은 점점 증가하는데, 그들의 목소리를 대변하는 스피커의 수는 아직 너무 적다. 그래서 일부러 관심을 두지 않는 한 그들의 목소리를 들을 수 없다. 내 옆에 있지만 존재하지 않는 그림자 같은 이웃이다.

국회의사당에서 무료 공용 와이파이가 잡히길래 소파에 앉아 한국으로 돌아간 무무와 통화했다. 무무는 내 영국인 친구 세레나의 메주 때문에 걱정이 한 가득이었다. 나와 사찰요리 강습에서 만나 인연이 된 영국인 친구 세레나는 한 프로그램에 참가해 직접 콩을 심고 길러 메주를 만들었고 그 메주로 장을 담가달라고 내게 부탁했다. 곧 영국으로 돌아가야 했기 때문이다. 일단 귀한 메주를 무무가 맡기로 했다. 무무는 생각할수록 부담스러운 모양이었다.

"장독이 깨져서 장독도 사야 해. 생각해보니 볕 드는 공간도 충분치 않고…… 메주가 와봐야 아는데 상태가 어떤지 모르니 장독을 먼저 사놓을 수도 없고…… 게다가 이미 메주를 담을 시기도 한참 지났잖아."

친구의 메주를 무무한테만 맡겨놓은 게 너무 무책임한 처사인 듯해 한 시간가량 함께 메주 걱정을 했다. 영국 국회의사당 소파에서 영국 아이가 담근 메주 걱정을 하는 사람은 세상에 나밖에 없다는 생각에 슬며시 웃음이 나왔다.

국회의사딩 앞에서 '사브첸코를 석방하라Free Savchenko'는 소규모 시위가 벌어지고 있었다. 같이 지켜보던 영국 햄프셔에서 온 영국인 가족들이 저게 무슨 소리냐며 궁금해했다. 우크라이나 여조종사가 정당한 이유 없이 러시아에 강제 억류돼 있고, 이는 국제법 위반과 인권 침해이니 풀어주라는 데모가 세계적으로 있는 모양이었다. 약자를 위한 목소리는 양상은 다르지만 본질은 비슷하다. 벌써 억류된 지 2년 남짓 지났다는데 국내에서는 전혀 알지 못한 사실이라서 놀랐다. 누군가에게는 애절한 현실일 텐데 말이다.

세 번째 호스트는
'이상한 나라의 앨리스' 증손녀

세 번째 호스트, 바네사는 런던 근교에 산다. 쉥겐조약에 따라 나는 90일간만 쉥겐조약국 내에 체류할 수 있었고, 나머지 여행 일정은 쉥겐조약에 가입하지 않은 나라에서 머물러야 했다. 그래서 고민하다가 고른 나라가 영국이다. 이 볼거리 많은 나라의 어디에 가서 누구네 집에 있어볼까. 맛있는 메뉴들을 앞에 놓은 듯 나는 즐거운 고민에 빠졌다.

그렇게 해서 인연이 닿은 곳이 런던의 바네사네 집이다. 바네사는 소설을 쓰는 작가로 탈고 막바지 작업을 남겨두고 있다고 했다. 할 일은 네 살짜리 막내를 데리고 집 앞 놀이방에 가서 오전 네 시간 정도를 놀아주는 것. 아이와의

도대체 어느 집이??

아니, 아무리 똑같다고 해도 이렇게 똑같을 수가!
정신 똑바로 차리지 않으면 휙 지나치곤 만다.

유착 관계가 중요하기 때문에 최소 한 달 정도는 머물러주
면 좋겠다고 했다. 영국에 한 달쯤 머물 예정이던 나는 바
네사네로 정하면 다른 곳은 볼 수 없다는 아쉬움이 있었다.
하지만 기차를 타고 30분 이내로 런던 시내에 도착한다는
위치상 장점이 있어 선택했다. 바네사의 집은 텔레그라프힐
Telegragh Hill이라는 이름이 붙은 런던 동남부 외곽의 서민적
인 주택가에 있었다. 르네상스풍으로 똑같이 디자인된 2층
주택이 다닥다닥 붙어 죽 늘어선 조용한 곳이다. 구분 지을
수 없는 똑같은 벽돌집과 현관들 사이에서 주소에 적힌 대

로 숫자판을 보고 나는 벨을 눌렀다.

잔뜩 헝클어진 머리에 지쳐 보이는 표정, 허리 아래로 청바지를 내려 입은 젊었을 땐 꽤 잘 생겼을 성싶은 중년 백인 남자가 문을 열어줬다. 부엌에서 마른 몸에 큰 눈, 예민하게 생긴 소년이 호기심 어린 눈길을 던졌다. 바네사의 남편 트리스탄과 첫째 아들 대쉬다. 집은 발 디딜 틈 없이 어지러운 상태였다. 7개월 전에 이사 왔다는데, 왜 갓 이삿짐을 푼 상태인지 웃음이 났다. 집은 전체적으로 꽤 아늑했다. 내 방은 지붕 바로 밑 다락방이었다. 비스듬히 하늘을 향해 난 창문이 아주 낭만적이랄까. 둘이 써도 넓은 킹사이즈 침대가 새하얀 담요와 함께 준비돼 있었다. 키가 큰 사람이라면 허리를 항상 굽히고 다녀야 해서 힘들겠지만, 키 작은 동양인 여자에게는 최적의 환경이다. 한 번 정도 장대비가 오면 좋겠다는 생각이 들었다. 벌써부터 창밖으로 볼 빗줄기가 기대된다.

남편 트리스탄은 미국인으로 런던 브로드웨이에서 일하는 배우란다. 남성미가 넘치는 스타일은 아니고 키도 보통이었음에도 배우라 그런지 스타일이 좋았다. 약간 초조해 보이는 그는 전자 담배를 항상 지니고 다니며 피워댔다. 바네사는 머리를 하나로 길게 땋은 영국인 여성이다. 그녀는 감정 표현이 많지 않고 표정도 거의 변화가 없다. 세 아이를 양육하는 일이 웬만큼 피곤한 일이 아닌지 대부분 무표정하다. 기분이 좋아도 알 듯 말 듯 희미한 미소를 지을 뿐이다. 바네사는 소설 『이상한 나라의 앨리스』와 인연이 깊었다. 그와 관련된 현대 소설을 이미 한 권 출판했고 지금은 두 번째 작품을 쓰는 중이란다. 그도 그럴 것이, 놀랍게도 바네사는 그 소설 주인공인 앨리스의 실제 모델의 증손녀였다. 맙소사!

이 집의 아이들은 장난기가 많았지만 다들 착해 보였다. 잘 지낼 수 있으리라는 느낌이 들었다. 영어로 의사소통이 가능하기는 해도 속도가 빨라지거나 영국식 억양과 발음이 나오면 내가 잘 알아듣지 못한다는 사실을 알아차린 아이들은 하루에 다섯 개씩 새로운 단어를 알려주마고 약속했다.

첫째 대쉬는 그림 그리기나 종이접기 등을 좋아한다. 남자아이치고는 여리고 섬세한 감성을 가진 듯하다. 주근깨 소녀인 둘째 이다는 터프하다. 팔굽혀펴기 다섯 개쯤은 거뜬하고 팔씨름을 하면 승부욕이 불타오른다. 오빠와 다르게 축구에도 흥미가 있어 축구부로 활동하는 씩씩한 꼬마였다. 막내 아르테미스(미미라고 줄여서 부른다)는 이제 22개월 정도 된 아기다. 인형처럼 생긴 이 아이가 앞으로 나와 대부분 시간을 함께할 녀석이었다. 처음에는 조금 낯을 가리더니 이내 "저거, 저거^{That, That}"라고 외치면서 나를 향해 말을 한다. 'That'은 미미가 말할 수 있는 유일한 단어다.

저녁으로 트리스탄이 리소토를 만들었다. 먹을 만 하지만 이 집 식구들은 그다지 요리에 재능이 있는 것 같지는 않다. 버터를 많이 쓰고 캔 통조림을 많이 활용하는 탓에 음식이 대체로 다 밍밍하고 기름기가 많다. 내가 요리를 할 줄 안다고 하자 눈빛이 반짝였다. 도착한 다음 날이 대쉬의 생일이었다. 나는 무엇을 준비할까 하다가 파티 음식으로 매작과를 준비했다. 한식 조리사 과정에서 배운 건데 밀가루와 기름과 설탕 그리고 옷을 입힐 견과류만 있으면 되기에 재료 준비도 간단하고 보기에도 썩 좋다. 매작과는 히트였다. 앞으로 기회가 되는 대로 많은 한국 요리를 선보여 주마고 약속했다.

작가들,
이웃에게 집을 개방하다

이 집에 처음 올 때 마을 축제를 한다는 광고지를 여기 저기서 볼 수 있었다. 웬 축제인지 소식도 얻을 겸 다음 날 집 근처 카페에 앉아 커피를 홀짝였다. 안내서는 어렵지 않게 얻을 수 있었다. 정말 이 지역의 축제였다. 안내서에는 요가 클래스, 우쿨렐레 클래스, 드럼(퍼커션) 클래스, 벼룩 시장, 티 댄스^{Tea dance} 등 뭔지 모를 다양한 축제 프로그램이 날짜별로 실려 있었다. 한 가지 정도는 참여해봐야지. '사는 여행'을 하고 있기에 가능한 일이다.

마침 그날 저녁에 성당에서 마을 뮤지컬을 한다고 해서 모두와 함께 보러 갔다. 입장료는 5파운드 정도였는데, 바네사가 내줬다. 이미 객석은 손에 손을 잡고 온 마을 사

누가 이걸 마을 사람들이 만든 '마을 뮤지컬'이라고 하겠어?
과연 뮤지컬의 도시, 런던 주민들답다.

람들로 초만원이다. 뮤지컬의 수준은 생각보다 높았다. 게다가 참여하는 인원이 어마어마했다. 아이들만 해도 백 명 이상이 출연했다. 아빠도 엄마도 할머니도 할아버지도 한 가지씩 배역을 맡아 참여했다. 얼마나 모여 연습을 했는지 노래도 춤도 연기도 의상과 무대 연출도 기대 이상이다. 마을 주민들로 이루어진 라이브밴드가 배경음악을 연주한다. 참여하는 사람들 모두가 이 마을에 살거나 연고가 있으며 다들 자원해서 참여하고 있단다. 대단하다. 어디서 주관해 연습시키고 필요한 비용은 어떻게 마련하는 걸까. 커뮤니티 지원금이 따로 있을까. 연습하는 기간에 어린이는 어린이대로 어른은 어른대로 얼마나 가까워질까. 사람들을 모으고 힘을 모아 무엇인가를 성취해내기에 이만큼 좋은 콘텐츠가 없지 싶다. 공간을 성당이 제공했다는데, 커뮤니티와 밀접한 종교의 모습이 보기 좋았다.

지금 서울시에서도 마을 커뮤니티를 활성화하고자 노력하고 있다. 마을활동가에게 무대 연출이나 극 연출 등을 교육해 마을 연극단을 만들어도 좋겠다는 생각이 들었다. 마을 사업은 사회적 경제의 한 꼭지다. 사회적 경제를 간단히 정의하면 '사람의 가치를 잊지 않는 자본주의'라고 나는 이해한다. 그러기 위해서 중요한 것은 사람 그리고 사람 간의 관계이다. 그것들은 정량화된 수치로 측정할 수 없다.

이 마을은 어떤 곳이기에 이렇게 크고 강한 커뮤니티를 형성하는지 궁금했다. 나는 그 답을 곧 얻을 수 있었다. 주말에 '오픈스튜디오Open Studio'가 열린다며 바네사가 종이 한 장을 건네줬다. 종이 앞면에는 간단히 그려진 일러스트 지도 위에 스무 곳 정도의 장소가 빨간 핀으로 표시돼 있다. 걸어서 10분 이내의 이 근방을 그린 지도다. 종이 뒷면에는 각 장소에 대한 설명이 표로 상세하게 나와 있다. 주인 이름, 상세 주소, 간단한 전시 내용이 쓰여 있어 마음에 드는 곳을 골라서 찾아갈 수 있다. 이 스무 곳은 마을에 사는 아티스트들의 집이다. 그들이 거주하는 가정집이자 개인 작업실(스튜디오)이기도 하다. 오픈스튜디오는 이 공간들을 마을 주민들 모두에게 공개하며 이틀 동안 열린다. 작가들은 집을 꾸미고 자신들의 작품을 걸어 홍보하고 판매하며 자신이 추구하는 작품 세계를 알린다. 주민들은 걸려 있는 작품을 자유로이 감상하고 작가와 교류하며 설명도 듣는다. 아티스트들끼리의 커뮤니티도 이루어지지만 아티스트 이전에 마을 주민으로서 서로 인사를 나누고 살아가는 이야기를 나눈다.

나도 지도 한 장을 받아들고 가까운 곳부터 찾아가보기로 했다. 이 동네의 집들은 외관으로는 거의 구분이 가지 않는다. 1층과 2층의 새하얀 창문, 세모꼴의 벽돌 지붕, 굴뚝의 생김새까지 똑같이 생긴 빅토리안 양식의 주택이 각각의 골목이 시작되는 지점부터 끝까지 촘촘하게 늘어서 있다. 내가 가려는 곳은 월러Waller 가 50번지다. 똑같이 생긴 현관에 붙은 숫자를 하나씩 세며 지나친다. 54번지, 53번지, 52번지, 51번지…… 여기군! 현관에 붙은 종이 한 장이 반겨준다.

텔레그라프힐 축제, 〈오픈스튜디오〉
토요일 2~6시, 일요일 2~6시

왼쪽부터>
보물찾기처럼 문득 발견한 어느 현관의 '오픈스튜디오' 안내문.
잘 정돈되어 진열된 개인의 역사를 구경하는 것은 언제나 즐겁다.
"PRIVATE!" 아무데나 다 볼 수 있는 건 아니에요!

세라믹, 금속, 직물 위 조각과 2D 직물 작품

Telegraph Hill Festival, <Open Studio>

Saturday 2pm to 6pm, Sunday 2pm to 6pm

Scupiture in ceramics, metals, textiles and 2D textiles

조소 작업을 하는 작가 할머니, 앨리스의 집은 작은 갤러리처럼 자유롭게 구경할 수 있도록 꾸며져 있었다. 카펫과 고풍스러운 가구로 아담하게 꾸며진 영국식 거실에는 나뭇잎을 소재로 한 조각상, 철사를 구부려 표현한 인체 등의 작품이 유머러스한 필체로 제목이 달려 전시돼 있었다. 부엌 테이블에서는 동료 할머니 몇 분이 티타임을 갖고 계셨다.

"안녕, 이 동네 살아요? 어떻게 알고 왔어요?"

작품을 구경하던 나도 얼떨결에 테이블로 초대돼 차와 간식을 대접받았다. 작가 할머니는 이 마을 사람 같지 않은 동양인 아가씨가 어쩌다가 오픈스튜디오에까지 놀러 오게 됐는지 궁금해하셨다. 내 여행 이야기를 듣고는 더욱 놀라워하셨다. 할머니는 한국은 몰랐지만 예전에 자신의 아버지가 일본에서 산 경험이 있다며 가보지 않은 아시아의 작은 나라에서 온 나를 환대해주셨다. 나는 할머니의 자부심이라고 할 수 있는 대단히 멋지게 꾸민 뒷마당의 화단까지도 구경하는 행운을 누렸다. 뒷마당에 얼마나 다양한 꽃과 화초들이 싱싱하게 가꿔져 있는지 입을 다물 수가 없었다. 나는 답례로 한국 전통 문양이 새겨진 엽서에 짧은 감상을 적어 드렸다. 에너지가 넘치는 아이들을 위해 뭐라도 흥밋거리를 찾아야 했던 바네사는 집 주변을 마실 다니듯 부담 없이 즐기는 프로그램이 생겨 신이 났다. 덩달아 이 시점에 이곳에 여행자로 머무는 나도 신이 났다. 관광지 여행하듯이 런던을 돌아봤으면 절대 하지 못했을 소중한 경험이다.

두 번째로 들른 곳도 역시 똑같이 생긴 빅토리아 주택 중 하나다. '보스키'라는 털북숭이 괴물을 모티브로 그로테스크한 작품을 주로 작업하는 이 집의 주인은 키가 큰 브라이언이다. 구경하려는 사람들이 이미 여러 팀 와 있어서 브라이언의 집은 작은 스탠딩 파티룸처럼 보였다. 이미 얼굴을 아는 사람들이 끼리끼리 모여 조용히 이야기를 나누는 틈에 나는 브라이언의 집을 즐겁게 구석구석 구경할 수 있었다. 이날을 위해 꽤 준비를 많이 했는지 몇몇 작품은 액자에 담겨 벽에 진열돼 있었고 옆에는 200유로, 250유로 등의 가격표도 붙어 있었다. 이렇게 자신의 작품을 홍보하고 판매로까지 이어지는 경우도 있나 보다.

집주인 브라이언과 인사할 기회가 있어 지금은 여행 중이며 저 아래 작가 바네사의 집에서 머물고 있다고 간단하게 내 소개를 했다. 브라이언은 대단히 흥미로워하는 눈치였다. 브라이언의 부인까지 대화에 합류해 내 이야기를 들려 드리던 중 나는 궁금했던 이 텔레그라프힐 마을에 관해 물어보기로 했다.

"이 마을은 어떤 마을인가요? 이렇게 축제도 크게 할 정도면 굉장히 역사가 오래된 마을 같은데요."

브라이언의 부인은 이곳에서 산 지 오래되어 꽤 많은 것을 알고 있었다.

"저 위쪽 언덕에 작은 통나무집들이 있는 걸 봤어요? (나는 고개를 끄덕였다. 안 그래도 산책을 하다가 빅토리아 주택촌과는 영 어울리지 않던 수상가옥처럼 생긴 통나무집들을 발견하고 궁금해하던 차였다.) 그게 이 마을의 첫 시작이에요. 몇몇 집이 함께 모여서 그 통나무집을 함께 짓고 산 거죠. 당시만 해도 이곳의 집값이 쌌거든요. 예술인들도 하나둘씩 모여들고 이곳에 터를 잡는 사람들이 많아지면서 점점 마을이 커진 거랍니다."

영국식 악센트의 영어를 이해하기 위해 입을 헤 벌리고 듣던 나는 고개를 갸우뚱했다. '가만있자. 어디서 많이 들어본 이야기인데.' 내가 지금 사는 서울의 공동체마을, 성미산마을의 이야기와 매우 흡사했다. 성미산마을도 몇몇 가족이 아이들을 함께 기르기 위해 모여 살기로 하면서 마을

이 시작됐다.

"저도 서울의 그런 마을에 살아요!"

그렇게 이야기를 했더니 그녀가 깜짝 놀랐다. 예전에 한국의 어떤 공동체마을에서 이곳 커뮤니티에 '그룹 스터디'를 온 적이 있었다는 것이다. 그녀의 이야기를 듣고 나도 깜짝 놀랐다. 설마 하고 집에 돌아와서 인터넷 검색을 해보니 이게 웬 인연인지 성미산마을에서 견학을 온 곳이 바로여기 텔레그라프힐 마을이다. 당시 이 만남을 연결해준 사람의 블로그 댓글을 검색해서 찾아낸 사실이다. 오, 정말 신기한 일이다. 난 전혀 이런 걸 모르고 왔는데 인연이란 정말 있는 걸까.

마을 놀이방과
대안학교

평일 오전 10시쯤, 나는 먹을거리와 휴지 등을 넣은 조그만 가방을 들고 한 손에는 미미의 손을 잡고 (혹은 유모차에 태워) 집 뒤편 3분 거리인 공원으로 간다. 바네사가 사는 동네는 텔레그라프힐의 언덕 언저리인데, 업힐Uphill과 다운힐Downhill로 나뉘어 각각 넓은 공원이 조성돼 있다. 다운힐 공원에는 잔디와 나무, 모래가 많고 아이들을 위한 각종 놀이기구가 가득하다. 공원의 울타리 안쪽으로 미미와 내가 향하는 자그마한 놀이방 건물이 있다.

'텔레그라프힐 놀이모임Telegraph Hill Play Club'이라는 곳으로 장난스러운 글씨의 간판이 걸려 있다. 마을 주민들이 평일에 이용할 수 있는 놀이방인데, 주로 2~3세의 영유아부

왼쪽> 마을 놀이방 '텔레그라프힐 놀이모임' 표지판.
오른쪽> 책 읽어주신대, 같이 듣자, 친구야!

터 본격적으로 유치원에 들어가기 전까지의 아이들이 온다.
원래는 정부에서 주는 커뮤니티 지원금으로 운영했지만, 지
금은 지원이 끊겨 마을 사람들이 기부금 형식으로 내는 돈
으로 자체 운영한다고 한다. 보육교사 역할도 순번제로 돌
아가거나 자원봉사 형식으로 한다. 대부분 아이를 데려오는
것은 엄마들이지만, 우리보다 조금 더 높은 비율로 아빠들
도 심심찮게 볼 수 있다. 특히 주말이면 아이 손을 잡고 공
원에 데려오는 사람은 거의 아빠다.

　건물 안은 아이들의 천국이다. 간단한 간식을 챙겨 줄
수 있는 부엌이 있고 아이들을 위한 온갖 것—동화책, 장난
감, 놀이도구, 천, 미끄럼틀—이 있다. 매일 오는 곳이지만

미미는 다른 것에는 눈길 한번 안 주고 마당의 빨간 두 바퀴 씽씽카만 붙들고 놓지를 않는다. 그런 미미도 씽씽카를 집어 던지고 자리에 얌전히 앉는 시간이 있다. 바로 11시부터 12시까지의 노래 시간이다.

엄마들이 둥그렇게 둘러앉아 한 엄마의 지휘 아래 다 같이 동요를 손뼉 치며 부른다. 신난 아이들은 원 안에 모여 함께 손뼉을 치고 율동을 한다. 또 가끔은 동화 구연을 하기도 한다. 다양한 자극과 경험이 필요한 아이들에게 엄마 혼자서 줄 수 없거나 혹은 자칫 너무 과중해질 수 있는 '만능 배우'의 부담을 나눌 수 있어서 엄마와 아이는 모두 행복하다. 나도 보호자이니 의자를 끌어다 앉았지만, 아는 동요가 없어서 율동만 따라 했다. 동요라는 것이 별로 어렵지도 않아서 영어 공부를 하고 있다는 생각으로 즐겁게 들었다. '작은 토끼가 손뼉을 쳐~' 할 때는 같이 손뼉을 치고, '작은 토끼가 잠이 들었어요~' 할 때는 다른 아이들과 같이 바닥에 가만히 누워 자는 시늉을 하는 미미를 보니 너무나 귀엽다.

미미가 즐거워하는 동안 나도 친구를 사귀었다. 아이들끼리 놀게 내버려두면 지켜보는 보호자들은 수다가 이어지기 마련이다. 슬쩍 옆을 보니 갈색 머리의 내 또래 유럽 여성이 노래는 부르지 않고 눈치로 율동만 따라 하다가 같이 온 친구와 자기들끼리 이야기를 나누는 것이 눈에 보였다. 나와 비슷한 상황인 것 같아 말을 걸자 우리는 곧 친구가 됐다. 우르슬라와 바이올렛은 스페인의 엘체Elche라는 도시에서 온 스페인 사람이다. 해변과 이국적인 야자수 나무가 가득한 정열의 도시다. 둘은 나와 다르게 전업 보모이다. 각각 다른 집의 아이들 한 명씩을 맡아 하루에 여덟아홉 시간 정도 돌보는데, 종종 이곳에 놀러 온다고 한다.

다른 날에는 오스트레일리아에서 온 '시아'가 내게 말을 걸었다. 시아는 영국인과 결혼했는데, 슬하에 21개월의 귀여운 남자아이를 두었고, 영국인 남편은 전 부인과의 사이에 또 다른 아들이 있단다. 그런데 이 배다른 형제는 사이가 좋아서 그녀도 남편을 따라 다음 달에 전 부인이 사는 베를린으로 놀러 간다는 희한한 이야기를 들려줬다. 여전히 전 부인과 사이가 좋은 남편, 전 부인과 전 부인의 아들, 현 부인과 현 부인의 아들이 한자리에 모여서 노는 광경이라니. 서양 사람들이 쿨하다고는 생각했지만 이 정도일 줄이야. 어떤 사고방식으로 살면 그렇게 쿨해지는지 궁금해졌다. 이런 경우가 많냐고 물어보고 싶었지만 초면에 실례될까 봐 다음을 기약했다.

오후에는 대쉬와 이다가 다니는 대안학교의 부활절 파티에 갔다. 대쉬와 이다는 차로 10분 거리에 있는 대안학교에 다닌다. 영국에서도 기계적인 공교육에 반대하는 부모들이 자유로운 대안교육을 시키는 듯한데, 그 수가 많지는 않다고. 다만 공교육보다 크게 비싸진 않은 게 장점인 것 같았다. 한국에서는 대안학교를 다니자면 돈이 꽤 많이 들고 서울에서는 거리상으로 먼 곳이 많아 통학은 거의 불가능하다. 내 동생은 초/중/고등학교를 모두 대안학교를 나왔는데, 초등학교는 충청북도 제천, 중학교는 강원도 원주, 고등학교가 그나마 가장 가까운 강화도였지만 모두 기숙사 생활을 할 수밖에 없었다. 런던 근교에 이렇게 자연과 어우러진 작은 대안학교가 있다는 것은 신기한 일이 아닐 수 없다.

학교는 공원만큼이나 넓은 공터에 컨테이너 건물 한 채뿐이었다. 교실도 한 개, 교사는 세 명, 아이들은 스무 명 정도밖에 되지 않는 작은 규모다. 건물 앞의 공터에는 '모험공원Adventure Park'이라는 푯말이 붙어 있다. 기어 올라가고 매달리고 뛰어다니고 붙잡으며 놀 수 있는 2층 아파트 높이의 거대한 나무 구조물이 서 있다. 조그만 학교 건물과 비교하면 후크 선장의 대함선 한 척이 운동장에 가득 들어서 있는 듯하다.

나는 특히 나무가 잔뜩 우거진 한쪽 구석에 비밀스럽게 자리 잡고 있는 해먹과 멋진 텐트가 마음에 들었다. 마치 인디언 소굴 같았다. 어린아이들이라면 누구나 저런 곳

나뭇가지로 감싸진 거대한 동굴처럼 생긴 아이들의 놀이터.
제일 오른쪽에 다리 하나 치켜올리고 신나서 뛰어가는 게 둘째, 이다.

에서 놀고 싶어 할 게다. 둘째 이다가 인디언 소녀처럼 자유
분방하고 씩씩하고 에너지 넘치는 것도 이곳의 야성미를 지
니기 때문이 아닐까. 오전 9시 30분부터 오후 3시까지는
학생만을 위한 곳이고, 3시 이후부터는 모든 시설이 일반인
을 위해 개방된다. 대안학교인 만큼 커리큘럼도 대단히 자
유로웠다. 게다가 이곳은 주4일제다. 아이들로서는 천국이
아닐 수 없다.

　　다들 가져온 먹거리들을 하나씩 풀어놓고 본격적인 파
티가 시작됐다. 누군가 큰 철판 그릇에 파에야를 만들어 와

서 우리는 모두 즐거워졌다. 직접 만든 케이크와 쿠키 등 디저트도 푸짐했다. 어른들은 차를 마시며 바깥 벤치에 둘러앉아 회의를 하고 아이들은 숨겨놓은 부활절 달걀을 찾느라 여념이 없다. 학부모들은 '폭력에 쉽게 노출되고 있는 아이들'에 대한 토론이 한창이었다. 요즘 아이들이 장난감 총을 너무 많이 갖고 놀아서 폭력에 쉽게 노출되는 것 같다는 이슈였다. 전쟁/폭력 등에 대해 어떻게 교육할 수 있을지에 대해 부지런히 아이디어를 모으고 있었다.

이 파티에서 유일한 동양인(!)인 나의 존재에 다들 큰 관심을 보였다. 바네사가 헬프엑스로 만난 인연을 이야기하니 다들 눈이 반짝거린다. 헬퍼로서의 여행을 부러워하기도 하고, 본인이 직접 호스트가 되어 나 같은 헬퍼를 구하고 싶다고도 한다. 본의 아니게 헬프엑스와 한국의 홍보대사가 돼버렸다. 물론 난 적극 찬성이다. 아이들이 있는 집이라면 더더욱 그렇다. 누군가는 처음 보는 사람을 어떻게 믿고 아이들을 맡길 수 있느냐고 말하기도 한다. 물론 위험은 항상 존재한다. 하지만 엄마들은 아이들을 위해 본능적으로 '좋은 사람'을 알아보는 눈을 가지고 있다고 믿는다. 개인적으로는 약간의 위험보다는 헬프엑스를 통해 얻는 것이 더 많다고 생각한다.

오늘 하루 교육에 대해 생각하다 보니 어쩌다 다시 펴

든 전자책도 『거창고 아이들의 직업을 찾는 십계명』이다. 어떤 직업을 가질지에 대한 내용 같지만 결국 어떤 삶을 살지에 대한 내용이다. 나도 헬프엑스를 통해 그런 고민의 조그만 실마리라도 찾고 싶었는지 모른다. 나는 내 아이에게 뭐라고 말해줄 수 있을지 종종 생각한다. 『거창고 아이들의 직업을 찾는 십계명』이 그 질문에 같이 고민해주는 책인 것 같아 반가웠다.

필자가 말하듯 무엇보다 필요한 것은 먼저 삶에 대한 자신(부모)의 기준이 잘 정립되어야 한다. 대원칙(큰 아웃라인) 정도는 부부의 합의하에 정리하면 좋겠고, 작은 원칙들은 계속 달라진다 할지라도 그 흔들림을 어떻게 받아들이고 해결해살 수 있을지 정도라도 정립되면 좋겠다. 3분 2 정도를 읽었는데, 이점도/성윤제/이종진 씨의 에피소드가 특히 마음에 들었다. 아직 읽지 않은 나머지 내용을 기대하며 책장을 덮고 잠이 들었다.

영국 아이들과는
이런 걸 하고 놉니다

만화영화 「심슨」 시청

이 집 아이들은 만화영화 「심슨」을 정말 좋아한다. 모든 시리즈를 DVD로 갖고 있다. 첫날, 아이들과 소파에 앉아 처음 본 「심슨」은 좀 충격적이었다. 사회 풍자적이고 해학적이며 냉소적인 조크를 한다. 예를 들어 감옥에 바트 심슨과 A가 발목이 쇠사슬로 묶인 채 있는데, A가 바트를 죽이지 않은 이유는 단지 시체를 계속 끌고 다니려면 귀찮기 때문이라는 식이다. 별로 마음에 드는 조크는 아니었다. 냉동된 인간을 구해주기는커녕 쇼를 해서 돈을 벌 생각을 하다가 실수로 그 사람이 깨어나자 장사를 못함에 아쉬워하며 냉장고 온도를 낮춰 다시 얼리는 이야기도 있다. 아이들이 과연 조크를 조크로만 이해할지 의문스러웠다. 비슷한 이유로 대쉬의 생일날에도 놀란 일이 있다. 뒷마당에 매달아놓은 알록달록 당나귀 모양 인형을 아이들이 나무막대로 마구 때려 터뜨리면 안에서 사탕과 젤리 등이 쏟아진다. 나는 호전적이고 폭력적인 어린 인간의 모습에 상당한 충격을 받았다. 놀이라고는 해도 어린이가 저렇게 폭력에 노출돼도 괜찮은 걸까. 내가 너무 심각하게 대응하는 걸까.

바나나그램

바나나색 알파벳 네모 조각을 조합해 '말이 되는' 영어 단어를 만드는 놀이. 자신에게 주어진 알파벳 네모 조각들로 아는 만큼 단어를 만들고 나면 남은 조각들로 '협상'을 할 수 있다. 즉 내 조각을 주고 다른 사람의 조각을 가져올 수 있다. 어휘력도 어휘력이지만, 자신에게 필요한 알파벳과 상대에게 필요한 알파벳을 파악하고 바꾸자고 제의하는 협상 능력을 기른다. 내 생각만 하면 절대로 이길 수 없다. 상대가 원하는 것을 빨리 파악하여 서로 윈-윈win-win하는 것이 중요하다.

나만의 박물관 놀이

런던에는 각종 박물관이 많다. 그 박물관들은 대부분

무료이며 돈은 기부금Donation 형식으로 받는다. 대쉬와 이다의 대안학교는 주4일제이기 때문에 가끔 주말에 시내의 박물관에 놀러 간다. 아이들이 가장 좋아하는 박물관은 뭐니 뭐니 해도 과학박물관과 자연사박물관. 아이 손님을 위한 게임도 많고, 몇 시간을 보아도 다 보지 못할 흥미로운 내용도 가득하다. 밖에서 보고 들은 것은 집 안의 놀이로 고스란히 옮겨진다.

이다는 뭔가를 보여주겠다며 자기 방에 책을 쌓아 구획을 나누더니 '이다의 보물'을 전시한 박물관 전시가 시작됐음을 선언했다. 이다는 당당한 태도로 '표3Ticket3'이라고 쓰인 꼬불꼬불한 종이 쪼가리를 내게 내밀었다. 선심 쓴다는 듯이 관람은 무료라고 덧붙였다. 나는 기꺼이 받아들고 이다가 소중하게 모은 멋진 소라, 상어 이빨, 구슬, 진주 팔찌 등을 구경했다. 이다는 물건에 얽힌 이야기를 알고 싶으면 언제든 자기에게 말하라며 친절한 가이드처럼 옆에 서 있었다. 뭔지 모르겠지만 상어 이빨 이벤트가 오늘 열린다고 해서 참석을 요청했더니, 어떻게 상어 이빨이 자신에게 오게 됐는지를 잔뜩 지어서 말해줬다. 다 알아듣진 못했지만 꽤 재미있었다. 옆에서 대쉬도 박물관을 만들었다며 1파운드를 내면 50펜스는 자선사업에 쓰고 50펜스는 또 다른 컬렉션을 사는 데 쓰겠다고 마구 지어냈다. 노는 것이 과연 영국 아이답다.

간식 만들기

이 집 아이들은 간식거리를 직접 만든다. 쿠키를 구워서 위에 그림도 그리고 자기 마음대로 모양도 만든다. 이 시간을 얼마나 좋아하는지 뭔가 잘못했을 때 이 시간을 없애버리겠다고 하면 다들 울상이 되어버린다. 하루는 디저트로 크럼블을 만들었다. 설탕에 졸인 시큼털털한 빨간색 셀러리(?)를 켜켜이 쌓고 커스터드 크림과 설탕과 밀가루 범벅으로 덮어 오븐에 구웠다. 맛이 꽤 괜찮았다. 한식은 칼로 자르고 불을 써야 하는 요리가 많다. 디저트라고 해도 아이들와 같이 만들기에 알맞은 요리도 잘 떠오르지 않는다. 기껏해야 만두 빚기나 산적 꽂기 정도랄까. 반면 서양 디저트는 아이들과 함께 만들기에 꽤 괜찮다는 생각이 들었다. 밀가루를 버터에 넣고 반죽하는 일 등은 손가락 힘도 기를 수 있고 아이들에게 성취감도 줄 수 있다. 나중에 내게 아이가 생긴다면 이렇게 말하며 함께 만들어 먹고 싶다.

"엄마가 옛날에 유럽에 여행 가서 거기 가족들과 이런 것을 해서 먹었단다. 그때 나중에 네가 태어나면 같이 해보면 좋겠다고 생각했어."

그 외에도 많은 놀이를 하며 시간을 보냈다. 아이들에

우리나라 전통놀이도 알려주고 함께 해봤다!
그중 하나인 실뜨기 놀이에 몰두한 대쉬와 이다.

게 내가 아는 놀이들—실뜨기, 숫자, 알파벳, 색깔, 나라나
과일 이름으로 하는 빙고 놀이, 손가락 제로, 가위바위보
해서 다리 찢기—을 알려줬다. 사물놀이, 해금, 택견 등 한
국에 관한 영상도 가끔 보여줬다. 아이들은 새로운 놀이를
배우면 자신만의 새로운 규칙을 덧붙여 응용한다. 나는 아
이들의 이런 상상력이 좋다. 저녁 먹고 보드게임을 하며 놀
고 있는데, 이다와 대쉬가 내게 언제 떠나는지 물었다. 내가
좋다며 '2백만 년'이나 더 머물면 좋겠단다. 귀여운 녀석들.
나도 너희가 좋으니 한국에 헬프엑스로 놀러 오라고 했다.
대쉬가 나한테 아이를 낳을 거냐고 물어 아마 너희 같은 아
이들을 낳겠지 했더니 계속 연락하며 지내잔다. 내가 임신

한 사진이 궁금하다고. 아마 내가 미미랑 잘 놀아주니 아기랑 잘 어울린다고 생각하나 보다. 미미는 원래 할 줄 아는 단어가 '그거That'밖에 없었는데, 내 이름을 계속 이야기해주니 요즘은 "모모Momo……" 하면서 졸졸 따라다닌다. 바네사는 내가 떠나면 미미가 그리워할 거라고 했다.

이 가족과 같이 지낸 지 벌써 3주가 지났다. 처음에 느낀 소외감과 외로움 따윈 눈 녹듯 사라진 지금, 헤어져야 하다니 아쉬울 뿐이다. 내가 알기론 한 호스트의 공간에서 머무는 건 최소 2주 이상이라는 암묵적인 합의가 있지만, '관계 맺기'를 하려면 한 달 정도의 시간은 필요하지 싶다. 헬프엑스의 진정한 의미는 사람들과의 새로운 관계. 사실 어디에 가서든 '살 수는' 있다. 원하는 일을 해주고 머물고 바깥 구경을 하고 시간 되면 자고 제공되는 음식을 먹으면서 말이다. 하지만 내가 그들을 진심으로 대하고 그들과 한 공간에서 부대끼며 시간과 우정을 쌓아가다 보면 서서히 서로 간에 믿음이 생기고 마음이 열린다. 그리고 바로 그때, 그들에게는 일상이지만 나에게는 새로운 영감을 주는 어떠한 '경험' 속으로 나를 초대한다. 이런 경험들이 없었다면 헬프엑스는 단순히 '그뤠잇! 하게 돈을 아끼는' 여행 방법 정도로만 머물렀을지도 모른다.

공간이 갖춰지면
사람들은 모인다

어느 날 평일 오전, 웬일인지 텔레그라프힐 놀이모임이 닫혀 있었다. 하지만 날이 좋아서 그런지 공원에 아이들이 꽤 많이 나와 있었다. 아빠가 아이를 데리고 공원에 와서 몇 시간이고 놀아주는 모습도 많이 눈에 띈다(갓 걸음을 뗀 아이를 데려오는 아빠들도 꽤 보인다). 그 모습이 매우 자연스럽다. 우리나라라면? 주말이 아니고서는(주말이라도) 조금 상상하기 어려운 풍경이다. 집에서 걸어 3분 거리에 공원이 있다는 것은 모두에게 축복이 아닐 수 없다.

이 공원을 중심으로 주택들이 퍼져 있기에 어디에 살더라도 찾아오기 쉽다. 그리고 이 공원은 그냥 단순한 공원이 아닌 가족, 아이와 부모를 위해 특화된 공간이다. 넓은 잔디 언덕과 나무, 언덕의 지형을 이용해 만든 연령대별 놀이기구 그리고 그 옆에 아담하게 위치한 텔레그라프힐 놀이모임 건물. 날씨가 흐리면 그곳으로 들어가면 되니 그 또한 좋다. 미미는 두 시간가량 볕을 받으며 신나게 뛰어놀았다. 나무로 만든 다리를 건너고, 미끄럼틀을 타고, 어린이용으로 플라스틱으로 디자인된 그네를 타고, 나무로 만든 스프링 오리에 올라타 흔들거리고, 굴러다니는 공을 차고, 언덕의 경사를 활용해 만들어진 긴 미끄럼틀을 열 번 정도나 기어 올라가서 타고 내려오기를 반복했다. 네 살짜리 아이로서는 거의 산에 오르는 만큼의 체력이 필요한 일이다. 덕분에 미미는 점심을 양껏 먹은 후 금방 곯아떨어졌다.

안타깝게도 내가 사는 서울에서는 이런 공간을 본 적이 없다. 나는 신림동, 개포동, 둔촌동, 대치동, 잠원동, 성산동 등에서 살았는데, 이런 조건들이 모두 갖춰진 곳은 주위에서 찾아보기 힘들었다. 한강이나 양재천 혹은 뒷산에 운동 기구가 갖춰져 있지만 영유아를 위한 시설은 아니고 주로 성인들을 위한 것이다. 공간이 갖춰지면 사람들은 자연스럽게 모인다. 그리고 커뮤니티는 그곳에서부터 시작한다. 요즘 각종 창업 지원, 조직 지원을 위해 '공간 지원'이 최우선으로 꼽히는 것도 이것을 알기 때문이리라. 성미산마을의 한 공동체주택에 입주민으로 산 지 3년이 넘었다. 나는 이곳에서도 동일한 경험을 했다. 내가 사는 곳과 같은 공동 주택이 여러 채인데, 각 주택마다 입주한 가구들의 의견을 반영하여 지어졌기에 건물마다 집마다 인테리어와 디자인이 모두 다르다. 하지만 공통적으로 공동의 공간이 있으니 공용 옥상과 공용 거실 그리고 공용 신발장과 복도다.

공용 옥상

우리 건물은 옥상을 반으로 나누어 절반은 아스팔트 바닥 위에 긴 빨래 건조대를 설치하고 절반은 흙을 깔아 텃 밭으로 만들었다. 거의 가꾸지 못해 풀이 우거지는 텃밭이 지만 들풀이라도 사시사철 갈은 새 없는 자연스러운 아름 다움이 가꿔진 아름다움 못지않다. 아이들은 여름에 긴 호 스로 신나게 물을 뿌리며 무지개를 만들며 놀았다. 그늘막 을 쳐놓고 물놀이장을 만들어 놀기도 하고 가끔 고기 파티 가 벌어지기도 한다.

공용 거실

우리 건물 2층에는 '커뮤니티실'이 있다. 모든 입주 가 구가 조금씩 돈을 갹출하여 지어진 공간이다. 7~8평 내외 의 이 공간에는 부엌 조리 시설, 책꽂이, 앉은뱅이책상, 빔 프로젝터 등이 있다. 그릇과 조리도구들도 각 집에서 쓰지

위> 공용 옥상. 최근 여기서 빨랫줄을 배경으로 각 집의 가족 사진을 찍었다.
아래> 공용 거실. 빔프로젝터가 있어 가끔 영화도 보고 음주가무를 즐긴다.

않는 것을 갹출해서 놓았다. 우리는 여기서 주로 한 달에
한 번씩 입주자 회의를 하고 다 같이 축하할 행사를 치른
다. 입주자들은 사전 예약을 통해 무료로 이용할 수 있어서
지인들을 초대했을 때 집이 비좁으면 이곳에서 먹거나 재

각 층의 현관 앞 공용 거실은 이렇게 생겼다.
현관 앞에 모여 앉아 이웃의 동화책 구연을 듣는 아이들.

우기도 한다. 외부인에게는 시간당 이용료를 받고 대여하는데, 같은 층에 위치한 '마을 방과 후' 커뮤니티 등에서 정기 대여를 하기도 한다. 또 마을의 크고 작은 모임들이 열리기도 한다.

공용 신발장과 복도

공동체주택에 이사 간다고 했을 때 내 지인들은 "어떻게 같이 살아? 프라이버시가 중요하지 않아?"라고 물었다. '같이' 산다는 것은 꼭 물리적으로 연결된 곳에 산다는 의미만이 아니다. 결론부터 이야기하면 프라이버시는 완벽하게 지켜지며 내가 하기에 따라 무한정 보장받을 수도 있다. 1층에서 비밀번호를 누르고 들어와서 엘리베이터를 타고 원하는 층으로 이동한다. 엘리베이터 문이 열리면 각 집의 현관이 보인다. 왼쪽엔 501호, 오른쪽엔 502호, 정면엔 503호, 이런 식이다. 우리 집 현관문을 닫고 들어가면 다른 집과 연결될 일은 전혀 없다. 여기까지는 다른 연립주택과 똑같다. 하지만 우리 건물의 경우, 엘리베이터 문이 열리면 그 앞에서 바로 신발을 벗게 되어 있다는 점이 다르다. 벗은 신발은 공용 신발장에 넣고(호수별로 구획은 정해져 있다), 각 집으로 들어간다. 즉 501호에서 502호로 신발을 신지 않고도 갈 수 있다. 서로 현관문을 열어두면 두 집이 하나의 공간처럼 연결되는 셈이다.

　이 차이를 가장 먼저 받아들인 것은 아이들이었다. 어른들이 다른 집의 현관 문턱을 넘는 것을 많은 이유 때문에 힘들어하고 조심하는 반면 아이들은 변화에 솔직하다. 우리 집 현관문이 열려 있으니 옆집 아이가 '모모' 하면서 쏘옥 들어온다. 우리도 아이들의 그런 솔직함이 좋았다. 아이들이 쏙 들어오니 아이들을 좇아 어른들도 잠시 쑥 들어온다. 세 가구의 현관을 이어주는 5층의 '공용 복도'에서 술판이 벌어진 적도 있었다. 신발을 신지 않고 어딘가로 갈 수 있다는 것은 생각보다 새롭고 신나는 일이다.

　원래는 각 층, 그러니까 3층에서 4층으로, 4층에서 5층으로 올라오는 계단도 모두 신발을 벗고 다닐 수 있게끔 나무를 깔거나 바닥재를 깔자고 했지만, 누군가 화재의 위험을 제기해서 그 아이디어는 실현하지 못했다. 지금은 다들 신발을 신고 다니는 일반적인 복도가 됐다(어떤 공동체주택은 아예 1층에서 신발을 벗고 넣게끔 공용 신발장을 한꺼번에 만들어버리고, 계단은 맨발로 걸어 올라갈 수 있도록 한 곳도 있다). 이 점이 지금도 조금 아쉽긴 하다. 편안하게 이용할 수 있게 만들어진 공간에서 생길 가능성은 무궁무진하다. 공간은 사람의 마음을 움직이고 말랑말랑한 상상력을 불러일으킨다. 가끔은 여름에 4~5층 나무 계단에 담요를 깔고

차 한 잔을 마시며 책을 보다가 나처럼 책을 보러 나온 다른 이웃과 마주 앉아 두런두런 이야기하는 상상을 해본다.

물론 특정 목적을 위해 '없던' 공간을 새로 만드는 건 돈이 많이 든다. 하지만 나는 공간이란 생각보다 많은 것을 포함하는 넓은 개념이라고 생각한다. 들은 이야기로는 셰어하우스에 사는 어떤 이는 '식탁'을 하나 구해놓는 것만으로 사람들과의 관계가 부드러워지는 경험을 했다고. 식탁을 구하기 전까지 공용 거실에는 앉은뱅이 협탁 하나만 덜렁 있었기에 엉덩이를 바닥에 대고 좌식으로 앉고 싶은 마음이 별로 들지 않았단다. 우편물을 쌓아놓는 장소 정도였다. 같은 층에 함께 사는 사람들은 생활방식이 달라서 마주치는 일이 적었고 어쩌다 부엌에서 마주치더라도 어색하게 웃으며 각자 방으로 들어갔다. 그러다가 공용 거실에 의자와 식탁을 놓고 약간 장식을 했더니 사람들이 방으로 얼른 들어가지 않고 거실에 앉아 시간을 보냈다. 그리고 어슬렁어슬렁 거실에서 시간을 보내던 사람들이 서로 조금씩 이야기를 나누더란다. 관계는 바로 그렇게 만들어진다.

죽은 이들의 재래시장
그리고 커뮤니티 텃밭

오늘 런던의 날씨는 최악이었다. 오전부터 잔뜩 찌푸린 날씨에 바람까지 불었다. 하지만 데드포드마켓Deptford market에 가지 않을 이유는 없었다. 이곳은 일명 '쓰레기 시장'이라고 불리는데, 죽은 사람들의 물건들이 한자리에 모여 판매되는 장터다. 죽은 이들의 물건들은 가족에게 남겨지기도 하지만 때론 주인 없이 떠돌다가 전문적으로 사고파는 바이어에게 넘어가기도 하는데, 누군가의 역사를 담은 그런 물건들이 마지막으로 오게 되는 곳이 바로 여기다.

나는 이 장터를 앞에서 말한 오픈스튜디오에서 만난 작가 브라이언과 함께 가기로 했다. 그는 집 벽에 아주 오래되어 보이는 엽서들을 진열해 두었는데, 내가 이것들을 어디서 구했는지 물었더니 바로 이 '쓰레기 시장'에서 구했다고 알려줬다. 내가 매우 큰 흥미를 보이자 브라이언은 나를 이곳에 데려가 주겠노라고 내 호스트 바네사를 통해 메모를 보내왔다. 그렇게 브라이언, 바네사, 대쉬, 나는 일요일 오전에 쓰레기 장터로 출발했다. 브라이언과 바네사도 같은 동네 주민이지만 처음 만난 사이다. 이웃이지만 서로 잘 모르고 지내던 사람들이 여행자인 나를 통해 같이 하루를 보내게 되었으니 꽤 희한한 인연이 아닐 수 없다.

데드포드마켓은 정말 온갖 구질구질한 물건들의 천국이었다. 누군가가 평생에 걸쳐 수집광처럼 빠져서 모은 잡지 시리즈, 컬렉션, 아주 오래된 영어책, 옷, 신발, 엽서, 피아노에 끼워서 소리를 낼 수 있는 오래된 피아노 롤이나 사신 인화를 위한 구리 필름 판, 섬세한 꽃장식이 새겨진 오래된 재봉틀, 50년대 라디오…… 저마다 둘째가라면 서러울 사연이 담겨 보이는 물건들을 구경하느라 눈이 세 개라도 모자랄 지경이었다. 가격은 말도 안 되게 쌌다. 잡지 한 권에 50센트, 엽서 다섯 장에 1파운드. 사실 여기에서까지 팔리지 않는다면 '누군가가 훔쳐 가주기라도 했으면' 싶은 처치 곤란한 물건들이었다. 브라이언은 꽤 자주 들르는 듯 익숙하게 이곳저곳을 돌아다녔다. 물건 하나하나에 깃든 세월에 경외의 눈길까지 보내며 말이다.

과거와 현재가 공존하는 잡동사니의 천국, 데드포드마켓.
수많은 물건들 사이를 찬찬히 걷다 보면 뜻밖의 보물과 만나게 된다.

"모모, 과연 누가 이 앤티크한 세월을 모방하겠어?"

브라이언과 함께 이곳에 오게 된 것은 행운이었다. 그
는 처음 보는 물건들에 대해 설명해줄 수 있을 만큼 적당
히 나이가 많았다. 또 대쉬의 관심사에도 자연스럽게 대화
를 이어갈 수 있을 만큼 온갖 기기묘묘한 것을 이야기하기
를 좋아하는 최고의 가이드였다. 춥고 바람 불고 자신의 발
보다 사이즈가 한참 큰 빨간 신발에 넣을 놓은 미미가 악을
쓰며 울어댔지만, 어쨌든 우리는 마켓을 즐겼다. 마지막 가
판대에서 나는 결국 탐내던 오래된 엽서를 찾아냈다. 브라

이언과 나는 한동안 정신없이 엽서를 구경하며 즐거워했다. 그는 자신이 열 살 무렵 오스트레일리아에서 네덜란드로 건너올 때 탔던 큰 배 그림이 그려진 엽서를 찾아내고선 좋아했다. 나는 내가 영국으로 처음 올 때 이용했던 개트윅공항의 1900년대 사진을 찾아냈다.

오픈스튜디오에서 만난 인연은 더 있었다. 같은 작품을 옆자리에서 구경하다가 친구가 된 네덜란드인 애니크와 영국인 리치로 둘은 근처에 살며 건축 일을 하는 30대 커플이다. 펍에서 맥주 한 잔을 시켜 이야기를 이어가다가 자신들이 가꾸고 있는 '커뮤니티 텃밭' 이야기가 나왔다. 여러 사람이 멤버가 되어 참여하고 있고, 마침 내일 함께 모여 풀뽑기를 하려고 하는데 멀지 않으니 놀러 오라며 초대했다.

텃밭은 바네사의 집에서 걸어서 10분 거리였다. 주말 아침이라 동네가 모두 조용한 가운데 나는 알려준 주소 주변을 두리번거렸다. '정원 오픈Garden Open'이라는 글씨와 나뭇잎과 풀들을 그려 놓은 하얀 나무 간판이 눈에 띄었다. 서툰 솜씨지만 여러 색으로 색칠해서 생동감을 살렸다. 판자문을 열고 들어가니 저 멀리서 애니크가 나를 알아보고 손을 흔들었다.

판자문 안쪽은 꽤 넓고 생명력 넘치는 푸른빛으로 가득하다. 비탈을 따라 푹신하게 자란 잔디가 펼쳐져 있고, 직접 제작한 나무 화단은 널찍하다. 봄기운을 타고 벌써 고개를 내민 싹들도 있고, 이미 어느 정도 솎아 내주어야 하는 길이의 풀도 있다. 애니크와 리치 커플, 또 다른 커플, 나 그리고 뒤늦게 온 아줌마 한 명이 서로 간단히 인사를 하고 화단을 하나씩 나누어 맡았다. 리치는 이미 화단에 코를 박을 듯이 몸을 숙이고 뭔가에 열심이다. 테이블 위에는 텃밭 가꾸기 책자가 나뒹굴고 있었으며 누군가 주섬주섬 꺼내놓은 먹을 것도 있었다.

애니크는 이 텃밭이 루비숌 지역에서 '가장 멋진 커뮤니티 텃밭상'을 받았다고 자랑스럽게 알려줬다. 이곳은 원래 버려진 공터였는데, 애니크와 리치가 정부 지원금을 신청해서 온실 조립 세트를 짓고 작업 도구를 갖추고 텃밭 화단을 만들고 각종 작물을 심었다고 한다. 이 젊은 커플이 느리지만 애정을 갖고 공들여 가꿔나간 흔적이 곳곳에 스며있었다. 서툰 솜씨로 못을 박고 비닐을 둘러친 창고 겸 비닐하우스는 보기와는 달리 튼튼했고 필요한 공구도 꽤 잘 갖춰져 있었다.

감탄하며 칭찬을 아끼지 않는 나에게 애니크는 의미심장한 눈웃음을 지었다. 오픈된 모임인 만큼 찾아오고 또 떠나는 많은 멤버들을 관리하는 일도, 숟가락만 얹으려는 무임승차 이웃을 적당히 경계하며 참여를 이끌어내는 일도

왼쪽> '커뮤니티 텃밭'의 활짝 열린 현관. 누구나 호기심에 들어가고 싶게 생겼다!
오른쪽> 텃밭 풀 뽑기 모임의 이사벨라와 리치와 함께.

쉽지는 않았을 것이라고 짐작한다. 이렇게 자리 잡기까지 남몰래 속상했던 일은 그녀만이 알 일이다. 나는 리치를 도 와 수북이 자란 풀을 뽑고 달팽이와 슬러그(민달팽이)를 잡 아냈다. 의욕에 넘치던 리치가 공벌레 소굴을 건드리는 바 람에 끝없이 쏟아져 나오는 공벌레를 피해 도망가야 하기 전까지는. 깔깔 웃고 소리 지르며 즐거운 오전 한때가 지나 갔다. 노동의 대가로 싱싱한 부추(로 보이는 풀) 한 줌을 얻 었고, 쌉쌀한 맛의 생맥주를 한잔 얻어 마셨다.

호스트 가족이 없는 빈집에 8일간을 더 머무르기로 했
다. 급작스럽게 아테네 크레타로 긴 휴가를 가기로 결정한
이 가족은, 일정이 애매해진 나를 빈집에 더 머물도록 배려
해줬다. 대신 둘째 이다 방에 놓을 옷장 서랍과 책꽂이 하
나를 예쁘게 페인트칠해달라는 미션이 주어졌다. 그쯤이야,
식은 죽 먹기지!

이들이 없는 동안 이 집에 나와 함께 머물게 된 또 다
른 이가 있었는데, 캘리포니아에서 날아온 70세의 미국인
여성, 다이애나였다. 그녀는 트리스탄의 대모代母다. 얼굴에
는 주름이 자글자글했지만, 젊었을 때는 매우 예뻤을 것 같
은 다이애나는 어깨까지 오는 까만 생머리에 청바지를 즐겨

집 뒷마당에서 날 잡고 페인트칠하는 모모.
노란색을 붓으로 쓱쓱, 재미있는 일이다.

입는다. 내게 익숙한 '70세'의 모습은 아니다. 그녀는 살아
온 이력도, 이곳에 머물게 된 경위도 독특했다. 다이애나는
30대에 연기 학교에 입학하여 배우의 길을 걷기 시작했는
데, 유명한 영화감독 쿠엔틴 타란티노와 함께 공부했다고
한다. 그녀는 1960년대의 미국 히피 1세대이기도 하고 가수
마이클 잭슨의 전속 마사지사로 일하기도 했다고 한다. 그
녀의 약력에 등장하는 유명 인사들의 이름을 듣고 나는 입
을 딱 벌리고 말았다. 그녀는 이제껏 몇십 년을 뉴욕에 살
고 있었는데, 최근에 어떤 나쁜 일을 당해 아파트에서 더

이상 살 수 없게 되어 이참에 아예 집과 물건들을 정리하고 죽기 전에 전 세계의 친구들이나 만날 생각으로 긴 여행을 시작했다.

다이애나에 대한 내 기억은 바네사네 가족이 크레타로 떠난 직후부터 시작된다. 떠나기 직전까지도 우리 모두는 궁극의 혼돈 속에 제정신을 차리려고 애쓰고 있었다. 악을 쓰며 울어대는 미미와 잔뜩 골이 난 아이들 그리고 출발전에 이미 기력을 소진해버린 것 같은 바네사와 트리스탄과 간신히 작별인사를 하고 우리 둘은 부엌 의자에 나란히 앉아 잠시간 말이 없었다. 바로 그때부터 20대의 한국인 여성과 70대의 미국인 여성 사이에 특별한 우정이 시작됐다. 헤르만 헤세가 자신의 소설에서 썼듯이, 누군가와의 진정한 대화는 '행운'과 '특별한 우정'과 '마음의 준비'가 필요하다. 그 집에서의 마지막 8일 동안 우리는 그걸 누렸다.

우리의 첫 번째 대화 주제는 당연히 이 가족들에 대한 것이었다. 이 아이들은 더없이 똑똑하고 사랑스러웠지만, 바네사와 트리스탄이 아이들을 훈육하고 관리하는 것에는 성공하지 못했다는 데 우리 둘은 의견을 같이했다. 예를 들어 이 집의 저녁 식사 자리는 가끔 악몽을 방불케 한다. 제발 밥을 먹으라고 열 번은 넘게 이야기해야 아이들은 겨우 자리에 앉고 편식도 심하다. 대쉬는 한번 '발동'이 걸리면 주위는 전혀 신경 쓰지 않은 채 자신의 이야기만 들으라고 큰 소리로 계속 떠들어댄다. 누구도 자신이 머물다 간 자리를 전혀 청소하지 않기 때문에 이 집의 환경은 그야말로 '발 디딜 틈 없는' 상태다. 이미 이 부모들은 아이들을 적절히 훈육할 타이밍을 놓친 듯하다. 트리스탄은 난장판을 청소하고 다섯 식구의 빨래를 하느라 거의 항상 지쳐 있어서 자신이 머문 자리조차 치우지 못한다. 아이들은 아버지의 행동을 보고 다시 똑같은 행동을 되풀이한다. 도저히 참을 수가 없을 지경이 되면 화를 내보지만, 아이들은 잠시 위축될 뿐 무엇이 잘못됐는지 전달되지 않는다.

다이애나는 이 모든 것에 대해 심각한 우려를 표했다. 가정에서 기본적인 예의범절을 배우지 못힌 아이들이 사회생활에서 똑같은 행동을 하면 아무도 그들을 좋아하지 않을뿐더러 더 심각한 것은 그때가 되면 아무도 그들에게 조언을 하려고 하지 않는다는 것이다. 우리는 각자 어렸을 때 기억나는 훈육 방식에 대해 이야기를 나눴다. 나는 초등학교 1학년 때 반찬 투정을 한 적이 있다. 아버지는 그 즉시 내 밥을 수거(?)했고, 그로부터 세끼를 내리 굶은 기억이 난다. 마음이 약해진 어머니가 과일이라도 하나 깎아 먹으려고 했지만 아버지에게 제지당하는 것을 보면서 나는 울다가 잠이 들었다. 그리고 그 이후 나는 두 번 다시 반찬 투정을 하지 않았다.

나는 체벌에는 반대하지만 적절한 시기의 강력한 훈육 경험은 중요하다고 생각한다. 특히 '타인'이 필연적으로 전제되는 사회적 상황에 대해 그렇다. 그 이유는 다이애나가 이미 언급했다. 우리 중 누구도 사회—타인으—로부터 동떨어져서 혼자만 살아갈 수 있는 사람은 없다. 누구나 어떤 면, 어느 시점에서는 사회의 일부가 되어 살아간다. 가정은 나 이외의 타인을 경험하는 최소 단위의 사회생활이라고 할 수 있다. 여기서 우리는 타인과 공존하는 법을 배워야 한다.

요즘 우리 사회는 고립된 개인주의로 인해 남의 아이에게 '주제넘는' 훈육을 하는 사람을 이상한 눈길로 쳐다보는 상황에 이르렀지만, 개인주의가 정당성을 확보하려면 먼저 내 가정의 울타리 안에서 사회의 일원으로 살아가기 위한 적절한 교육이 담보되어야 한다. 가게에서 아이와 같이 온 손님들을 대하다 보면 가끔, 다른 손님들도 함께 있는 공간에서 정신없이 뛰어다니고 큰 소리로 떠드는 아이들을 제지하지 않는 학부모들을 어떻게 이해해야 할지 모르겠다. 그 학부모들도 바네사와 트리스탄처럼 아이들을 훈육할 '기회'를 놓쳤거나 적절한 방법을 모르는 것이 아니길 바란다. 만약 다른 사람이 아이들을 제지하고 훈육한다면 받아들일

지 모르겠다. 나중에 그 아이들이 성장해서도 다른 사람을 배려하지 않는 똑같은 행동을 한다면, 다른 사람들이 점차 그들을 멀리하고, 이미 어른이 되어버린 그들에게 '그런 행동을 하는 네가 싫다'라고 말조차 하지 않고 다만 웃는 얼굴의 가면을 쓰고 거짓으로 대하는 것에 대해서도 받아들일 수 있을지 모르겠다.

다이애나와 나는 전반적으로 관심사가 비슷했다. 1세대 히피 문화를 직접 겪으며 산 다이애나의 신념을 가장 잘 보여주는 것은 의료보험에 대한 생각이다. 그녀의 말에 따르면 모든 사람은 두 가지 길을 선택할 수 있는데, 한 해가 지날수록 의사의 충고와 진찰 결과에 의지하며 자신이 나이가 들었음을 인식할지 아니면 한 해가 시날수록 한 살씩 거꾸로 먹는다고 생각하며 점점 어린이와 같은 순수함으로 세상을 대할지, 바로 이 두 가지 길이다. 사람들은 새로운 개념을 앎으로써 세상을 더 풍성하게 바라보기도 하지만, 반대로 개념에 갇혀 세상을 바라볼 수도 있기에 그 개념을 '지워버림'으로써 생각이 자유로워진다는 설명을 덧붙였다.

그런 연장선상에서 그녀 자신은 의료보험 제도에 반대하는 입장이었다. 왜 꼭 오래 살아야 하지? 왜 만약을 대비해 보험을 들어야 하지? 왜 아프면 병원에 가야 하지? 이러한 개념들로부터 자유로워질 때 진정한 자유가 온다고 믿

고, 그녀는 병원의 의료 서비스보다는 자연치유법, 채식 등에 관심이 더 많았다. 그리고 아파서 죽을 때가 되면 병원보다는 숲으로 가서 조용히 묻히고 싶다는 말도 덧붙였다. 우리는 몸의 건강, 채식과 건강한 먹거리, 명상, 코코넛오일, 스피루리나, 자연치유 등에 대해 이야기를 나눴다.

다이애나가 이야기해준 비밀 정부Secret Government의 존재는 미국 드라마에 나올 법한 소재라서 흥미로웠다. 9·11 테러는 사실 이슬람 테러리스트가 자행한 게 아니라 미국 정부 혹은 전쟁으로 돈을 버는 기업들과 자본가들이 사주한 사건^{event}이라는 것이 이야기의 주요 골자였다. 그녀는 빌딩이 무너지는 것을 직접 보았는데, 마치 공사현장에서 빌딩 내부에 폭발물을 설치해 위에서 아래로 도미노처럼 차근차근 무너지는 방식이었다고 한다. 절대로 외부 충격으로 인해 무너지는 방식이 아니었다는 말이었다. 다이애나는 9·11 테러가 발생한 날에 또 다른 비행기가 백악관 테러를 시도하다가 실패하고 건물 바로 옆에 처박혔다는 이야기도 해줬다. 사람이나 여행 가방 등을 추락한 비행기 어디에서도 찾을 수 없었다는 점으로 보아 조작으로 움직이는 대형 드론 같은 게 아니었을까 하는 이야기도 덧붙였다.

그 밖에도 몇백 명이나 되는 대규모 인원이 뉴욕 한가운데에서 반전시위를 벌였는데 뉴스에 단 한 선도 보도되지 않았다는 것, 미국의 방송사 중 가장 큰 방송사가 사우디아라비아의 자본에 의해 점령(구매)당했고 그것을 막아야 할 미국 내 법률이 소리 없이 누군가에 의해 무력화됐다는 것 등을 이야기해줬다. 나도 우리나라의 이슈였던 테러방지법에 대해 말해줬다. 다이애나가 말하는 것들이 음모론으로 치부해버리기에는 너무 생생한 내용들이라서 나는 그만 입을 딱 벌릴 수밖에 없었다.

우리는 언어 학습에 대한 이야기도 나눴다. 다이애나의 어머니는 초등학교 교사였는데, 국제영어^{International English}라는 것을 개발했다고 한다. 간단히 설명하자면 29개의 약속된 기호를 사용하여 영어의 발음을 익히고 음표와 같이 특수 고안된 표기법을 이용해 억양을 익히는 방법이라고 했다. 아마 중국어를 배울 때 각각의 한자 밑에 병음을 병기하듯 발음과 억양을 위한 약속된 표기법을 새롭게 주석처럼 달아놓는 것으로 이해했는데 정확하지는 않다. 나는 그것이 표음문자인 한글의 원리와 비슷한 것이 아닐까 하고 생각했다. 예를 들어 한국어에는 영어의 'Th' 발음이 없지만, 그것을 한글로 '쓰쓰'라고 표기하자고 약속을 할 수는 있다. 그런 식으로 약속하다 보면 한글로 세상에 표현하지 못할 소리는 없다.

억양을 표현하는 특수 표기법이 어떤 것인지에 대해서는 더 이야기할 기회가 없었다. 다이애나는 실제로 2주 정도 기간 만에 이 방법으로 영어 학습에 커다란 진전을 보인 사람들을 많이 봤단다. 영어만이 아니었다. 그녀의 동료였던 러시아인 배우와 일본인 배우는 이 기호를 사용해 서로의 언어를 단기간에 꽤 완벽하게 바꿔 말할 수 있었단다. 다이애나의 어머니는 자신이 개발한 이 방법으로 지역의 이민자들을 많이 도와줬다고. 이민자들 특유의 억양을 없애고 꽤 완벽한 영어 발음과 억양을 학습하게 했다. 그것이 그들이 이민자로서 받는 차별을 희석시키는 데 도움이 돼

많은 이들이 고마워했단다.

우리는 밤에 맥주를 사다 마시며 함께 영화도 보고 동화책도 읽었다. 1978년작 잉그리드 버그만의 「가을 소나타」를 함께 봤는데, 다이애나는 지금의 내 나이였을 때 막 개봉한 이 영화를 봤다고 했다. 엉망진창으로 쌓여 있던 어린이 동화책—베아트릭스 포터의 『스튜어트 리틀』, 『101마리 달마시안』, 『샬롯의 거미줄』, 이 집에서 빼놓을 수 없는 『이상한 나라의 앨리스』—도 조용한 부엌의 백열등 밑에서 함께 읽었다.

뒷마당에서 별도 함께 쬐었다. 빅토리아시대 양식의 주택에는 넓고 멋진 뒷마당이 딸려 있다. 아침부터 이른 오후에 걸쳐 따스한 햇볕이 뒷마당의 잔디와 나무, 꽃들을 차례대로 비춘다. 아침 이슬을 머금은 잎사귀와 꽃들이 햇살에 반짝반짝 빛난다. 은방울꽃이라고 했던가. 아래로 고개를 숙인 종 모양의 보라색 꽃이 무더기로 피어 있다. 옅은 분홍색, 개나리의 노란색, 잔디의 싱그러운 초록색, 덤불의 짙은 갈색, 회색빛이 도는 차분한 나무의 갈색이 어우러져 뒷마당은 더할 나위 없이 사랑스럽다. 옆집의 뒷마당도 끝없이 이어져 집 뒤는 마치 하나의 작은 숲과 같다. 영국의 식생은 다이애나가 살던 미국과도, 내가 살던 한국과도 달라서 우리는 나무와 꽃들, 풀들을 구경하며 종종 시간을 보냈다.

떠나기 5일 전, 다이애나의 16년 전 연기학교 동기인 드니스가 아일랜드에서부터 날아왔다. 40대인 드니스는 호빗의 나라에서 왔기 때문인지 몰라도 정말 호빗처럼 키가 작았다. 드니스를 보며 나는 '키득거리는 웃음'이 무엇인지 알았다. 드니스는 정말 '키득거리며' 웃는다. 마냥 장난꾸러기 소녀 같은 그녀의 삶도 들어보면 평범하지 않다. 그녀는 늦은 나이에 오랜 친구와 결혼을 했다고 한다. 이미 암 말기 진단을 받은 남자였다. 어렵사리 가진 아이는 정신지체의 숙명을 안고 태어나 어린이의 영혼에서 성장이 멈춰버렸다. 너무나도 짧고 행복했던 시간을 나누고 그녀의 남편은 먼저 세상을 떠났다. 그녀가 얼마나 힘든 시기를 보냈을지 나는 상상도 할 수 없다. 하지만 드니스는 자신의 딸, 니오베를 '작은 부처Little Budda'라고 불렀다.

"니오베가 내게 온 것은 축복이야, 모모."

니오베는 아일랜드의 특수학교에 있는데, 드니스는 일주일에 한 번씩 딸을 보러간다고 한다. 거기서 일하는 교사들은 모두 가족과 같아서 언어 이상의 무언가로 아이들과 교류하며 누구보다도 행복한 시간을 보내는 사람들이라고 한다. 내가 들었던 드니스의 딸, 니오베는 세상에 행복을 가져다주는 아이였다. 드니스는 내가 한 번도 가보지 않은 그녀의 고향, 아일랜드에 대해서도 이야기해줬다. 범사에 기뻐

하는 아일랜드 사람들, 자연과 일체 되는 경험들, 나무와 돌이 가져다주는 느리지만 변함없는 어떤 느낌에 대해서. 드니스는 아일랜드의 킬라니Killarney라는 곳에 사는데, 아일랜드에서 꼭 가보아야 할 도시 1위로 꼽힌 곳이란다. 조지 버나드 쇼와 같은 문학가들이 그 도시에서 글을 썼다.

우리 세 명은 사람을 사람답게 만들어주는 정신적인 가치인 나눔, 친절, 우정, 사랑 등에 대해 이야기했다. 나보다 훨씬 오랜 시간을 살았고 특수한 경험을 한 그들은 삶에서 중요한 어떤 것을 깨달은 사람들처럼 보였다. 언젠가 아일랜드에 가서 드니스의 딸과 드니스를 다시 만나고 싶다고 생각했다. 아일랜드라는 나라를 가보겠노라고 생각해본 적이 없었는데, 이제는 친구라고 부를 수 있는 누군가를 만나러 가기 위해 그 나라를 생각한다는 것이 즐겁다. 세계와 나를 잇는 연결점을 발견한 느낌이다. 내가 바네사네 집을 떠나는 날, 다이애나와 드니스는 우리가 꼭 자매 같다며 어깨를 걸고 기차역까지 데려다줬다.

3

★★★

독일 트레벨의
장애인 전용 게스트하우스

여행의 소파,
카우치 서핑

물가가 비싼 유럽에서 '카우치 서핑'은 그다지 낯선 여행 방법이 아니다. 카우치는 한국어로는 '소파'를 말하니, 말 그대로 다른 사람이 내준 소파에서 머무는 여행 방식인 셈이다. 내 영국인 친구 세레나는 서울에서 사는 1년 동안 서너 명의 여행객에게 자신의 원룸 소파를 제공했다. 즉 그녀는 카우치 서핑 호스트다. 그때만 해도 모르는 사람을 집에 들인다는 개념이 나는 영 께름칙했다. 하지만 세레나는 종종 새로 만난 카우치 서퍼(여행객) 이야기를 해주며 즐거워했다.

"생각해봐, 퇴근하고 집에 오면 칠레 요리로 저녁 식사가 차려져 있는 게 얼마나 근사하다고!"

뭐 까짓것, 헬프엑스와 다를 게 뭐냐. 사이트에 회원가입을 하고 자기소개를 작성했다. 가입은 물론 무료다. 카우치 서핑 자기소개는 헬프엑스보다 조금 더 작성 항목이 많다. About me(나에 대해), Why I'm on Couchsurfing(왜 카우치 서핑을 하는지), What I can share with Hosts(호스트와 나눌 수 있는 것들), Interests(관심사) 등을 기입해야 한다. 이메일 인증도 거친다. 나는 어김없이 요리(특히 채식)에 관심이 많다고 적었다. 또 베를린 여행을 하며 '공주님의 정원'이라는 도시 텃밭과 베를린 필하모닉 콘서트를 보고 싶다고 덧붙였다. 신중하게 호스트들을 살펴보고 만일을 위해 '여성' 호스트만 골랐다. 내가 고른 카우치 서핑의 첫 번째 호스트는 베를린에 사는 대학생 밀티나였다. 세익스피어와 비틀스 음악을 좋아한다는 그녀의 자기소개에는 이런 문장이 적혀 있었다.

카우치 서핑은, 인간애를 보여줄 수 있는 좋은 메타포(은유)라고 생각한다.

완전히 이해는 안 되지만 뭔가 멋있어 보이는 말이었다. 말리나의 자기소개가 마음에 들었고, 몇 번 연락을 주고받은 우리는 페이스북 친구가 됐다. 그녀의 지난 피드를

더듬이 머리를 한 말리나.
큰 키만큼이나 마음도 넓고 여유로운 동생.

살펴보며 그녀가 어떤 사람인지 알아보고 싶었지만 별다른 정보를 알기가 어려웠다. 다만 그녀가 인턴으로 일한다는 곳을 검색해보니 장애인을 위한 기관이었기에 왠지 모르게 조금 마음이 놓였다.

내 느낌은 정확했다. 시내의 한 기차역에서 곤충 더듬이 모양으로 머리를 묶은 190센티 장신의 여대생과 조우했다. 말리나는 웬만한 남자보다도 키가 커서 멀리서도 눈에 띄었다. 그녀는 이스라엘의 공동체마을로 1년간 봉사활동을 다녀온 경험이 있는 그야말로 이미 세계 시민이었다. 우리 둘 다 대안적 삶, 자연, 유기농, 채식 등에 관심이 많았기에 끊임없이 대화를 나눴다. 말리나는 내 헬프엑스 경험을 매우 흥미로워했다. 다른 두 명의 친구들과 아파트를 빌려 사는 말리나는 친구들이 방학을 맞아 고향에 내려가서 공간이 비자 처음으로 카우치 서핑 호스트로 등록했단다. 나는 그녀의 집에 온 첫 번째 서퍼였다. 예술적인 포스터가 집 벽 곳곳에 붙어 있는 베를린 대학생의 아파트에서 나는 그녀가 즐겨 말아 피우는 잎담배를 한 대 얻어 피우다 콜록거리기도 하며 즐거운 시간을 보냈다.

말리나는 자신이 자주 가는 중동 식당, 서점, 중고 물품 상점(베를린의 '아름다운가게'와 같은데 그 규모가 거의 작은 백화점 수준이다), 채식 선용 식료품섬 등을 소개해줬다. 감사의 표시로 나는 감자를 갈아서 한국식 감자전을 아침으로 만들어줬다. 비록 말리나가 하노버의 부모님 댁으로 떠나야 해서 우리는 1박 2일밖에 함께하지 못했지만, 나는 그녀 덕분에 카우치 서핑의 매력을 알아버렸다.

그녀 말대로 카우치 서핑은 휴머니즘의 발현이다. 내 해석을 조금 더 보태자면 세계와 관계 맺는 매력을 알아버린 사람들이 주축이 되어 운영되는 온라인 플랫폼이다. 나를 게스트로 초대해줘서 고맙다고 했더니 그녀는 도리어 와줘서 고맙다고 화답했다. 서로에게 '첫 번째' 호스트와 게스트였던 우리는 아마 서로를 오래도록 기억하리라. 나와 일곱 살이나 차이 나는, 농구선수만큼이나 큰 키에 순진하고 귀엽게 생긴 동그란 얼굴, 크게 소리 내어 웃는 모습이 더할 나위 없이 이 사랑스러운 내 첫 번째 베를린 친구를.

말리나의 집에서 버스로 30분 거리의 두 번째 카우치 서핑 호스트를 구했다. 깔끔한 9층 아파트의 문을 열자 긴 생머리의 예쁜 호스트가 반겨줬다. 이 벨로루스 아가씨가 카리나다. 독일에서 유학 중인 그녀는 독일인 남자친구와 함께 살고 있는데, 정말 예쁘고 똑똑하고 착한 그야말로 '엄친아' 같은 아가씨다. 러시아어/이탈리아어/영어/독일어를 거의 완벽하게 구사한다.

어머니는 프랑스어 교수이며 아버지는 독일/프랑스와 관계된 자선단체에서 일하시는 분이란다. 어렸을 때부터 집에 외국인 손님들이 묵어가는 글로벌한 환경에서 자란 이 아이는 이탈리아에서만 카우치 서핑으로 스무 명의 집에서 묵으면서 여행을 계속했을 정도로 카우치 서핑 유경험자다. 내게 '카우치 서퍼 파티'라는 것을 가보라며 추천해줬다. 각 나라 대도시에서 열리는 이 파티에서 카우치 서핑에 관련한—서퍼, 호스트, 관계자들—정말 다양한 사람들을 만날 수 있단다.

카리나는 자신이 다른 집에 머물러본 경험이 많아서인

지 여행자가 궁금해할 생활 정보들을 아주 자연스럽게 소개해줬다. 집의 와이파이와 보조키 정보, 식수는 어디서 마셔야 하는지 등 기본적인 생활 정보들을 먼저 이야기해주는 그녀의 섬세한 배려가 고맙게 느껴졌다. 손님의 입장에 대한 감각이 깨어 있지 않으면 쉽지 않은 일이다. 심지어 숙박업 종사자조차도 이런 배려의 감각을 익히는 데 시간이 걸린다.

여행이 끝난 뒤 게스트하우스 창업을 도울 때, 나는 호스트로서 이 배려의 감각을 계속 유지하기 위해 노력했다. 신나게 서로의 여행담을 이야기하다가 자정이 가까워서야 나는 거실의 '카우치'에 몸을 뉘었다. 남의 집에서 신세 진다고 생각할 때부터 최악의 환경도 각오했는데, 호텔 침대보다 더 편안한 소파라니 얼마나 운이 좋은가. 흐흐흐, 웃음이 절로 나왔다.

다음 날 저녁, 우리는 함께 베를린 필하모닉 공연을 보기로 했다. 차이콥스키와 라흐마니노프의 클래식이다. 조금 여유 있게 도착해서 1등으로 공연 입석표를 구할 수 있었다. 줄을 기다리면서 베를린에서 지휘자 과정을 밟고 있다는 한국인 남성을 만났다. 입석표를 구하기 위해 두 번이나 허탕 친 이야기를 해줬다. 내가 운 좋게 베를린 필하모닉의 홈그라운드 공연장에서 구매한 입석표는 단돈 10유로. 그

감동의 물개박수.
내가 베를린에서 산다면 첫째는 맥주, 둘째는 베를린 필 공연을 보기 위해서다.

러니까 1만 3천 원이다. 맙소사. 이 가격에 베를린 필하모닉의 공연을 가까이서 볼 수 있다니, 꿈만 같았다. 베를린 필하모닉은 오후 8시에 공연이 있다. 오후 6시 30분부터 당일 입석표를 판매하므로 5시 즈음에는 도착해서 미리 앞쪽에 줄을 서는 것이 좋다. 입석표는 한정 판매이기 때문에 자칫 줄을 섰다가 표를 사지 못하는 불상사가 일어날 수 있다.

공연은 정말 환상적이었다. 대영도서관의 '보물의 방'과 함께 지금까지도 가장 좋은 기억으로 꼽는다. 라흐마니노프의 「Piano Concerto No. 2 in C minor」. 연주가 시작되자마자 지휘자의 지휘봉을 따라 모든 오케스트라 단원들이 마치 하나의 큰 파도처럼 넘실거리기 시작했다. 오로지 베를린 필하모닉 악단만을 위해 디자인된 원형의 공연장 전체에 울리는 소리가 그야말로 아름다웠다고밖에 표현할 길이 없다. 자신들의 홈그라운드라서 그런지 연주자들은 매우 편안해 보였다. 각 파트의 소리는 절묘하게 맞아 떨어졌고 특별 게스트인 러시아인 피아니스트는 '왼손을 위한 피아노곡'에서 왼손만으로 양손을 쓰는 것만큼 풍부한 음역을 넘나들며 출중한 실력을 보여줬다. 카리나와 나는 너무 좋아서 눈물이 날 뻔했다. 하도 열심히 손뼉을 쳐서 팔과 어깨가 떨어져나가는 것 같았다.

베를린과 독일에 대해서 더 많은 것을 설명해주고 싶어 하는 카리나 덕분에 집에 오는 길에 베를린에서 제일 맛있다는 커리부어스트Currywurst 구운 소시지에 케첩과 커리 소스를 뿌려 먹는 독일의 유명 요리를 야식으로 사 먹은 뒤 베를린 시내의 주요 관광 명소를 버스 안에서 야경으로 감상했다. 어마어마한 친절을 베풀어준 내 두 번째 호스트에게 뭐라도 보답하고 싶은 마음에 역시 단시간 고효율 메뉴인 감자전과 달걀찜을 아침으로 만들었다. 감자는 워낙 보편적인 재료라 감자를 이용한 요리는 전 세계에 많지만, 우리나라처럼 감자를 일일이 갈아서 전분을 가라앉힌 다음 다른 것을 전혀 섞지 않은 채 요리한 덕에 감자 그 자체의 쫄깃한 식감을 즐길 수 있는 감자전은 이들에게 꽤 신선한 음식이다. 달걀찜은 원하는 재료를 무한정 넣을 수 있기 때문에 간단하면서도 화려해 보인다. 우리는 함께 재료를 다듬고 요리를 하고 음식을 나누어 먹었다.

베를린의 공유 텃밭,
'공주님의 정원'

베를린의 공유 텃밭, '공주님의 정원Prinzessinnengärten'은 베를린에 가면 꼭 들러보리라 생각했던 곳이있다. 첫 번째 카우치 서핑 호스트 말라나도 가본 적이 없다며 흔쾌히 동행했다. 베를린의 남쪽 크로이츠베르크 지역에 위치한 이곳은 베를린 시민들이 회원제로 이용하는데, 조성된 이야기가 독특하다. 2009년, 2차 세계대전 때 파괴된 백화점 부지에 두 청년이 운영하는 사회적 기업이 자리를 잡으면서 도시 텃밭으로 운영할 계획이 본격화됐다고. 1백여 명의 베를린 시민이 파괴된 건물의 잔해를 함께 치운 뒤 자원봉사자 2천여 명과 크라우드 펀딩 등 시민들의 적극적인 참여로 텃밭 경작지가 조성됐다. 회원이 되면 이 넓은 부지의 한구석에 자신의 텃밭을 할당받아 작물을 기를 수 있다.

넓은 부지 가득 들어선 크고 작은 텃밭 상자들에서는 각종 채소들이 자랐다. 도시와 텃밭의 만남을 상징하듯, 공장의 파이프를 이어 거대한 텃밭을 만든 모양이 재미있다. 넓은 공터 옆에는 여기서 기른 작물로 요리를 해서 판매하는 '정원 부엌Garden Kitchen'과 음료를 마실 수 있는 바가 있다. 사람들은 커피 한 잔을 손에 들고 벤치에 자유롭게 앉아 오전의 햇살을 즐기며 수다를 떨었다. 한쪽 구석의 가게에서는 종류별로 심을 수 있는 감자 종자가 판매되고 있다. 이곳은 종 다양성, 생태 도시, 자급과 순환, 시민 권리 등의 가치를 자연스럽게 시민들에게 알리는 교육의 장이었다.

나중에 알게 됐지만, 학교와 유치원 등과 연계한 도시 농업 공간 조성과 교육, 컨설팅 등도 운영하고 해마다 종자 다양성장터를 열기도 한다. 필요한 모든 기구나 설비 등은 DIY 워크숍을 통해 제작하고 정원 안에 여러 협력단체-자전거공방, 폐자재공방, 실내작농연구팀, 도시연구팀, 농업기술연구자-등이 공존하며 협업한다. 화장실은 물을 내리는 대신 톱밥을 뿌리는 생태 화장실인데, 깜짝 놀랄 정도로 청결하고 전혀 냄새도 나지 않게 잘 관리되고 있었다. 역시 이 공간 자체가 하나의 살아 있는 교육 현장이라는 생각이 들었다. 말리나와 나는 커피 한 잔을 시켜놓고 한껏 빈둥거리

개인에게 할당된 붉은 텃밭 상자의 안내판. '주인 이름일까? 작물 이름일까?'
'공주님의 정원' 조성에 참여한 사람들의 모습이 담긴 사진들.
이것이 진정한 친환경! 물 대신 톱밥으로 뒷처리하는 생태 화장실.

며 베를린 오후를 즐겼다.

도시에서 혼자 텃밭다운 텃밭을 가꾸려면 일단 구비해야 할 물건들이 많고 품도 적잖이 들기 때문에 웬만한 의지가 아니고서는 '때려치우기'가 쉽다. 개인이 혼자 구비하기에는 가격이 부담스러울 장비들도 공용 비용으로 갖추어져 있는 이곳은 정말 최적의 도시 텃밭 공간이다. 재활용 워크숍, 요가 워크숍, 벼룩시장 등 다양한 프로그램이 수시로 열려 새로운 만남도 주선한다. 한쪽 벽에는 커다란 현황판이 걸려 있다. 베를린 곳곳에서 운영되는 도시 텃밭의 위치와 개수를 적은 현황판이다. '공주님의 정원'이 멀다면 자기 집 근처에 있는 공유 텃밭을 확인하고 함께할 수 있다.

서울에도 이런 곳이 있다면 어떨까. 바라보고 있자니 덧붙이면 좋겠다 싶은 아이디어가 반짝였다. 이를테면 '우리 동네 오리 기르기 아이디어' 같은. 예전에 제주도 성산리에 있는 '지구마을평화학교'라는 곳에서 생각했던 기획이다. 간디학교를 만든 양희창 선생님께서 새로이 추진하는 프로젝트인데, 동아시아의 청년들이 모여 평화를 공부하는 대안대학교를 만드는 일이다. 얼떨결에 간 곳이라 나에게 평화는 너무 먼 이야기였고 내 눈에 들어온 건 '오리' 한 마리였다. 그곳에서 나오는 음식물 쓰레기를 모두 싹 먹어치우는 오리의 식탐이 놀라웠다. 심지어 라면 면발도 물로 살

살 헹궈 주면 꿀꺽 먹어치운다. '와, 서울의 동네마다 저 오리 열 마리씩만 있어도 음식물 쓰레기통이나 비닐봉지가 필요 없을 텐데.' 이런 생각을 했더랬다.

서울에도 구마다 두어 개씩만이라도 공유 텃밭을 만들고 주민참여형으로 운영한다면 어떨까. 그리고 텃밭의 한쪽 구석에 작은 우리를 만들어 오리를 기르는 거다. 지금의 쓰레기 수거업체는 '오리 우리 및 사료 관리'라는 새로운 비즈니스 기회를 갖게 되지 않을까. 실행은 또 다른 일이지만 상상은 자유다. 과학계에서 쓰레기를 빨리 분해하는 미생물을 연구/개발하는 것처럼 사회도 이제는 자연과 협력-순환하는 쪽으로 장기 계획을 잡아야 하지 않을까. 지금 이대로 간다면 지구는 얼마나 버텨줄 수 있을까.

네 번째 호스트,
시골의 장애인 게스트하우스

베를린과 하노버, 함부르크를 점으로 찍고 삼각형을 이
으면 그 한중간에 작은 시골 마을, 트레벨Trebel이 있다. 독일
의 내 헬프엑스 호스트가 이곳에 산다. 많은 선택지 중 굳
이 이 시골을 택한 이유는 이곳이 '장애인 전용' 게스트하
우스라서였다. 이나와 로터는 부부인데, 로터가 걷지 못하
는 장애를 가졌다. 이들은 신체적 정신적으로 불편한 사람
들만을 위한 게스트하우스를 운영하며, 일손이 필요하다고
했다. 장기 요양원이나 병동 등은 한국에도 있지만 장애인
을 위한 '게스트하우스'는 생소했다. 또 다른 이유는 이곳에
나 말고도 다른 헬퍼들이 있다는 것이었다. 어딜 가나 혼자
인 헬퍼 신분으로 여행하는 것이 살짝 외로워져 나와 같은

방법으로 여행하는 사람들을 만나 이야기를 나누고 싶었다. 베를린 중앙역에서 호스트가 알려준 기차역까지는 두 시간이 넘었다. 버스도 없는 시골이라 기차역까지 나를 데리러 나오기로 했다.

"네가 모모니?"

기차에서 내려 배낭을 둘러메고 두리번거리는 나를 알아보고 새하얀 머리의 독일인 노부부가 말을 걸었다. 호스트의 남동생인 요하임과 그의 부인 안나다. 오는 길이 힘들지 않았냐며 친절히 짐을 실어주시는 노부부의 차에 올라타 시골길을 달렸다. 차는 주인들만큼이나 여유롭게 달려 차창 밖으로 스쳐 가는 독일 시골 풍경을 아쉽지 않게 감상할 수 있었다. 끝없이 펼쳐진 잔디밭과 길쭉하고 섬세한 가지를 뻗은 전나무 숲, 당장이라도 뛰어들 수 있는 바다처럼 새파란 하늘과 순백 구름의 대조, 지나쳐 가는 당나귀, 말, 양 떼……. 그 유명한 엘베강이 옆으로 흐르는 이곳 트레벨은 독일에서도 가장 아름답다고 꼽히는 시골이라고 한다. 드문드문 인적 없는 마을 주택을 지나가는데 희한하게도 집마다 노란색 페인트를 칠한 엑스[X] 자의 나무판이 세워진 것이 눈에 띈다.

"그건 핵폐기물 매립에 반대한다는 이 마을의 정신을 보여주는 표시야. 정부에서 이 아름다운 마을의 땅에 핵폐

게스트하우스의 풍경이 한 폭의 그림 같다.
하늘색 컨테이너에는 예의 '핵폐기물 매립을 반대하는' 노란 엑스 표시가 있다.

기물을 묻겠다고 결정을 했다는데, 우리는 당연히 결사반대하는 입장이지. 몇 년 전에 이 지역 사람들이 주축이 되어 반대 운동이 대대적으로 벌어졌었어. 저 노란색 표시는 그때의 투쟁 표식이지."

전나무 숲 옆에 아담하게 자리한 게스트하우스에 도착했다. 좁다란 시골길을 경계로 두 채의 주택이 양편으로 자리하고 있다. 왼쪽이 손님들이 머무는 게스트하우스이고 오른쪽이 주인 내외와 가족들이 사는 생활공간이란다. 나보다 먼저 이곳에 머문 두 명의 헬퍼가 반겨줬다. 스페인 마드리드에서 온 호세 그리고 홍콩에서 온 메기다. 반갑게도 모두 내 또래였다. 호세는 자국 내뿐만 아니라 프랑스, 독일 등 인접 유럽 국가를 헬프엑스로 1년에 두어 달 여행한다고 한다. 세상에, 부럽기 짝이 없다. 버스를 타고 갈 수 있는 인접 국가를 헬프엑스로 여행하다니! 우리도 언젠가는 통일이 되어 북한을 거쳐 러시아도 헬프엑스로 여행을 할 수 있는 시대가 오길 진심으로 바란다.

호세는 맥주와 축구를 사랑하는 유쾌한 남자다. 메기는 작년에 여기에서 두어 달을 머물다가 다른 지역에 가서 독일어를 공부하고 왔는데, 이곳이 너무 좋아서 다시 돌아왔단다. 동양 정서를 공유하는 우리 둘은 서로 잘 통했다. 좋은 친구가 될 수 있을 거라는 느낌이 들었다. 메기 덕분에 생활에 필요한 모든 정보를 두 시간 만에 거의 다 파악할 수 있었다. 정확히 말하면 헬퍼는 원래 세 명이다. 크리스틴이라는 동갑내기 독일인 헬퍼가 한 명 더 있었다. 원래 헬퍼로 왔던 그녀는 이 집의 막내아들과 연애를 시작하면서 아예 길 건너 가족들의 생활공간으로 옮겨 갔단다. 헬프엑스로 왔다가 거의 가족이 된 이런 인연도 있구나.

이곳에서는 매일 아침에 로터가 배당해주는 일을 하루 다섯 시간 정도 하고 가끔 토요일에 일하는 날도 있다고 했다. 부지런한 독일인들에 맞추어 부지런히 몸 노동을 해야

지만 머물 수 있는 곳이었다. 시간이 있으면 자전거를 빌려 타고 근처 마을에 놀러 갈 계획도 세웠다. 얼핏 '왕복 세 시간'이라는 말이 들렸지만 걱정은 나중에 하기로 했다. 중국어(만다린)를 공부하고 있다는 호세와 스페인어에 관심을 보이는 메기를 위해 중국어/영어/스페인어/광둥어를 아우르는 야심(에만 가득) 찬 어학 스터디가 만들어졌다.

배정받은 숙소는 원래 손님 객실로 쓰이는 방. 원래 휠체어 이용자가 사용하는 방이라 그런지 1인실임에도 굉장히 공간이 넓다. 게스트하우스답게 간결하고 단순한 디자인에 대단히 깨끗할 뿐더러 화장실도 각 방에 딸려 있다. 창문을 열면 푸른 잔디가 눈앞에 바다처럼 펼쳐지고, 저 멀리 흐릿하게 전나무 숲의 정경이 보인다. 곰 한 마리가 손을 흔들 것만 같다. 여태까지 묵었던 헬프엑스 공간 중 단연 최고로 꼽을 수 있는 쾌적한 환경에 아주 기분이 좋았다.

나는 독일을 참 좋아하고 인연도 많다. 고등학교 때는 제2 외국어로 독일어를 배웠고, 독일어 연극부 동아리 활동을 했다. 독일어 선생님은 독일어에 재능이 있다며 나를 참 예뻐하셨다. 외국어 공부를 즐기고 좋아하는 편인 나는 '자신과 합이 맞는' 외국어는 따로 있다고 생각한다. 개인적으로 그것을 판단하는 나만의 방법은 어떤 문장을 듣고 그대로 따라서 발음해보는 것이다. 뜻도 구조도 모르는 문장이지만 내가 그 발음을 한 번 듣고 비슷하게라도 따라 할 수 있는가, 즉 내 입에 그 발음이 맞는가가 나의 판단 기준이다. 그렇게 '합이 맞는' 외국어는 계속해서 말하고 싶고 듣고 싶다. 하지만 반대의 언어는 그렇지 않다.

사람들은 프랑스어가 아주 우아하고 듣기에 아름답다고 하는데, 의외로 나에게 프랑스어는 그렇지 않았다. 오히려 독일어가 그렇게 들린다. 마치 군대에서 쓰는 말처럼 딱딱하고 남성적인 독일식 발음이 어떻게 아름답게 들리느냐고 반박하는 사람이 많지만, 희한하게도 나에게 독일어는 음악처럼 들리는 면이 있다. 내 5촌 고모는 어렸을 때 외국인과 결혼하겠다고 마음을 먹고 펜팔을 열심히 하더니 정말로 독일인과 결혼해서 지금은 독일에 정착해서 사신다. 내 사촌 오빠는 성악을 공부했는데, 대구의 한 수녀님이 오빠의 재능을 알아보고 뒷바라지를 해주셔서 독일로 유학을 갔고 지금은 독일에서 성악가로 활동하며 산다. 누구나 심리적으로 가깝게 느끼는 나라가 하나쯤은 있을 텐데, 나에게는 가까운 일본, 중국보다 독일이 그렇다.

잔디 깎고 장작 패고,
하루가 모자라!

게스트하우스의 아침은 오전 8시 30분부터 시작한다. 1층의 공용 거실에 내려가면 주방에서 갓 내온 신선한 독일 빵과 커피가 준비돼 있다. 나는 브뢰첸이라고 부르는 이 손바닥만 한 딱딱한 독일빵을 정말 사랑한다. 근처 어딘가에 빵을 굽는 곳이 있는지 매일 아침 따끈따끈하게 구워진 빵이 종류별로 실려 온다. 그것으로 아침 식사가 차려지는데, 주방 옆의 밖으로 향한 판매대에 가지런히 진열해놓고 위탁 판매도 하고 있다. 마을 주민들이 개당 0.5유로 정도의 가격으로 독일빵을 종이봉투에 담아간다. 갓 구운 독일빵은 겉은 딱딱하지만 속은 부드럽고 쫄깃하며 씹을수록 고소한 맛이 난다. 혹자가 이야기하듯 겉으로는 딱딱하고 원칙주의자 같지만 그 부드러운 속의 매력을 알면 빠져들 수밖에 없는 독일 사람들을 닮았다. 독일 사람들은 브뢰첸을 반으로 쓱 갈라서 버터와 잼을 바르고 오이, 햄, 치즈 등을 끼워 먹는다. 신선한 커피와 오렌지 주스, 삶은 달걀을 곁들이면 더 이상 바랄 것이 없는 아침 식사다.

로터에게 받은 첫 미션은 뒷마당의 진흙 치우기와 잔디 깎기였다. 메기와 내가 한 조가 됐다. 모든 것이 다 처음 해보는 일이다. 서울의 아파트, 주택에서만 살던 내가 언제 삽을 들고 진흙을 치우고, 잔디 깎는 기계를 다루어 봤겠는가. 진흙을 꼭 치워야 하는 이유는 휠체어 바퀴에 진흙이 묻기 때문이다. 신발을 신고 다니는 우리야 진흙이 신발에 묻더라도 현관에 벗어놓고 실내로 들어오면 되지만 휠체이에 탄 이들에게는 휠체어의 바퀴가 신발이자 맨발이다. 실외와 실내의 경계를 구분할 수 없는 바퀴를 위해 길은 항상 깨끗하게 관리돼야 했다.

잔디밭은 넓었고 잔디도 꽤 많이 자라 있었다. 단순한 디자인의 독일제 잔디깎이의 성능은 결코 나쁘지 않았지만, 종종 칼날에 억센 잔디가 턱턱 걸리면 칼날을 역으로 돌렸다가 정방향으로 다시 돌리는 작업을 반복해야 했다. 20분 정도 깎으면 잔디로 가득 찬 통을 정기적으로 비워주어야 했다. 잔디가 턱턱 걸릴 때, 남동생의 머리를 깎아주겠

왼쪽부터>
전기톱 든 모모. 텍사스 전기톱 연쇄살인사건의 주인공이 이랬던가?
커다란 나무를 기계로 척척 자르면 장작 완성. 참 쉽죠잉!
잔디 깎는 메기. 하루에 다섯 시간 몸 노동하고 맥주 한잔 걸치는 게 딱 적당한 것 같다.

노라며 화장실 변기에 보자기를 두르고 앉히고서는 아버지의 면도기를 들이대던 어린 시절 추억이 생각났다. 여섯 살이나 어린 초등학생 남동생은 누나의 '밥'이었다. 무딘 면도날에 남동생의 머리카락이 턱턱 걸릴 때 '이게 왜 이러지?' 하며 힘을 주어 밀다가 어린 동생의 머리에 두어 군데 '땜빵'을 냈었다. 땜빵 난 머리를 매만지며 항의하지도 못하고 볼멘소리를 삼키던 어린 동생을 생각하면 미안하면서도 웃음이 나온다.

어떤 날은 호스트 이나를 도와 봄맞이 텃밭 솎음을 했다. 어린 사과나무 가지를 개미가 파먹지 않도록 테이프로 감는 작업도 했다. 따뜻한 햇볕을 등 뒤로 쏟아지게 받으며 손에 흙을 묻히는 감촉이 만족스럽다. 토양이 좋은 건지 볕이 좋은 건지 도시에서 자란 허브와는 비교도 되지 않는 깊은 그윽한 향내가 페퍼민트와 바질을 감돈다.

그러나 무엇보다도 모든 헬퍼가 달려들어 가장 많은 시간을 할애한 미션은 이 집의 겨울 난방용 장작을 마련하는 일이었다. 로터의 집 앞에는 장작이 될 통나무들이 잔가지만 겨우 정리된 채 작은 언덕처럼 수북이 쌓여 있다. 우리 네 명은 환상의 호흡으로 움직였다. 호세가 이 나무들을 전기톱으로 적당한 크기로 나누어 주면 나와 메기 그리고 새로 온 멕시코 헬퍼 세르지오가 나무 자르는 기계에 그 나무 둥치들을 올려 장작이 될 만한 크기로 자른다. 하루에도 백 번은 넘게 나무를 자르다 보니 우리는 나무 둥치만 봐도 견적을 낼 수 있는 수준에 이르렀다. 이 둥치는 어떤 방향으로 어떻게 기계 날을 조준해서 넣으면 잘 잘리겠는지 어떤 옹이에는 날을 넣으면 안 되는지 등등. 잘못해서 옹이에 기계 날이 걸리면 모두가 달라붙어서 20분을 족히 씨름하고서야 떼어낼 수 있었다. 그곳에서 머무는 몇 주 동안 며칠을 빼고는 모두 이 장작 패기 일을 한 것 같다. 바지런히 움직인 네 명의 외국인 노동자는 우리의 키보다도 훨씬 높고 길게 쌓인 장작을 보며 뿌듯하게 독일 맥주 한 잔을 걸쳤다.

홍콩 사람,
메기의 속사정

　메기는 평생 홋콩에서만 살아온 홍콩 토박이다. 원래 대학에서 애니메이션을 전공했는데, 애니메이션 산업이 크게 발달하지 않은 홍콩에서는 일자리를 구하기가 어려웠다고 한다. 졸업 후 큰 카페에서 바리스타로 일한 지 몇 년 뒤 독일에서 애니메이션 공부를 해보고 싶어 독일어 공부를 하러 왔다는 메기는 계획이 잘 풀리지 않았는지 1년 여행을 마치고 이제 다시 홍콩으로 돌아갈 계획을 세우고 있었다. 메기는 내가 알게 된 첫 홍콩 사람이다. 그리고 그녀를 통해 들은 홍콩의 사정은 우리만큼이나, 어쩌면 우리보다도 갑갑했다.

　잘 알다시피 홍콩은 아편전쟁 이후 영국에게 종속됐다

가 1997년 중국에 반환됐다. 그때 거의 반세기 가깝도록 영국의 사회, 교육, 정치 시스템에 따라 건설된 홍콩이 중국에 자연스레 편입될 수 있을지 많은 사람이 우려했다. 중국 공산 당국은 그 우려를 진정시키기 위해 1국 2체제 (중국과 홍콩은 한 나라가 되겠지만 홍콩이 현 체제를 유지하는 것을 존중한다)를 약속했다.

하지만 메기는 지금 홍콩의 정치 상황은 중국이 당시 약속한 것과 다르다고 했다. 홍콩의 고위급 정치인은 모두 중국이 지명해주는 후보 중에서만 투표가 진행되는 현실이 어떻게 진정한 1국 2체제이냐며 과연 홍콩에게 자치권을 줄 의향이 있는지를 지적했다.

사회/경제적으로도 심각해 보였다. 세금이 적고 외국 제품의 수입이 비교적 용이한 홍콩에서는 중국 본토에서보다 손쉽게 고품질의 제품들을 구할 수 있는데, 그것을 악용하는 사례들이 있단다. 예를 들어 본토의 일부 중국인들이 홍콩에 와서 외국 분유를 터무니없이 사재기하는 바람에 결국 홍콩 정부가 한 사람이 살 수 있는 분유의 양을 제한하는 조치를 취하기도 했다. 또 영어 교육을 바탕으로 한 홍콩의 영국식 교육제도가 매력적이기에 홍콩에서 교육을 받기를 희망하는 중국인들이 많은데, 홍콩에서 출생한 자에 한해 교육받을 자격이 있어 본토 중국인들이 홍콩으로 원정 출산을 온다고 한다. 문제는 홍콩의 병원이 그 인원을 모두 수용할 수 없다는 것. 결국 홍콩 원주민들이 홍콩 병원을 이용할 수 없는 사태가 일어난다. 병원뿐만이 아닐 것이다. 학교가 수용할 수 있는 학생 수에도 한계가 있다. 사실 한 사회 시스템이 수용할 수 있는 인원 자체가 물리적으로 한계가 있다. 홍콩과 가까운 국경 지역으로라도 몰려드는 중국 사람들 때문에 정작 홍콩의 원주민들의 삶이 힘들어진다며 메기는 안타까워했다. 언어 교육에 대해서도 할 말이 많았다.

"대륙(중국 본토) 사람들이 홍콩에 오면 광둥어를 배워야 하는 것 아니야? 왜 우리에게 만다린(북경어)을 하지 못한나고 닦하는 거지? 이곳은 엄연한 홍콩이라고. 그리고 중국의 사주를 받은 정치인들이 정책을 바꾸어서 학교에서 북경어 교육 시간을 늘리고 있어. 옛날 식민 통치를 할 때 지배국이 가장 먼저 한 일이 무엇인지 알아? 바로 그 나라의 언어를 없애는 일이었어. 언어를 없애는 건 그 나라 사람들의 정신을 없애는 거니까. 이런 식으로 가다 보면 홍콩은 중국이 원하는 대로 아주 자연스럽게 중국으로 편입될 거고, 진정한 홍콩을 기억하는 사람들은 난민이 되어 섬처럼 떠돌아다니게 될 거야."

우리에게도 그런 경험이 있다. 과거 일본이 우리의 말

과 글을 없애려고 했던 시간. 엄연히 다른 두 나라 사이에서, 한 나라가 다른 나라를 식민통치 하고자 했던 의도와 지금 중국/홍콩의 상황이 똑같지는 않지만, 적어도 메기는 많은 홍콩인이 본질적으로 이와 동일하게 받아들이고 있다고 생각했다. 메기의 말을 듣고 보면 홍콩은 중국에게 점차 잠식당하고 있었다. 이에 대해 내 중국인 친구들은 무슨 말을 할지 궁금해졌다. 사실 대만과의 관계에서도 같은 입장을 취하는 중국 정부인데, 원류(뿌리)를 강조하며 모두 중국이라는 기치 아래 편입되어야 한다는 강경한 입장을 취하는 이상 민감해질 수밖에 없는 문제다. 이렇게 나는 또 하나의 지구촌 이슈에 눈을 뜬다.

장애인의
성 워크숍

여느 날과 분위기가 사뭇 다른 아침이었다. 로터도 이나도 조금 긴장한 표정이었다. 우리는 아침 식사가 끝나는 대로 마당의 작은 컨테이너 사무실로 와 달라는 부탁을 받았다. 평상시에는 굳게 닫혀 있던 하늘색 컨테이너 안은 완벽한 워크숍 공간이었다. 깔끔한 흰색 방에 긴 회의용 테이블, 빔프로젝터, 칠판이 놓여 있고 로터와 처음 보는 사람들이 몇 명 앉아 있었다. 로터는 중앙에 앉은 젊은 독일인 여성을 '사라'라고 소개했다. 착하고 똑똑하게 생긴 사라는 우리에게 꽤 유창한 영어로 며칠 뒤 진행될 워크숍에 대해 설명을 시작했다.

워크숍의 주제는 '장애인의 성性'. 성욕은 인간이라면

누구나 자연스럽게 가지는 기본적인 욕구다. 적절하고 현명하게 다루지 못하면 당연히 문제가 생길 수 있는데 사라는 그것을 '심리적인 불구'라고 표현했다. 이러한 상황에서 사라는 장애를 가진 사람들의 성 문제가 자연스럽고 편안하게 다루어지기가 어렵다는 것에 주목했다. 이성異性을 대하는 주제에 대해 부모들조차도 장애를 가진 자녀에게 가르침을 주기는커녕 그 주제 자체를 터부시하기도 한단다. 한 번도 생각해보지 않은, 민감하면서도 당황스러운 이 주제에 대해 어떤 부모는 왜 그런 걸 궁금해하냐며 아이에게 화를 내기까지 한다고. 아이가 장애를 가졌더라도 부모가 비장애인이라면 더욱 그렇게 되기 쉽다. 부모조차도 성에 대해 한 번도 고민해본 적 없고, 교육받은 적도 없을 테니. 비장애인의 성도 '은밀하게 숨겨야 하는 어떤 것'으로 다루어지기 쉬운 사회에서 장애인의 성 이슈가 얼마나 방치되고 숨겨졌을지 상상조차 하기 어렵다.

로터는 비장애인들도 장애인 본인들도 이 주제에 대해 함께 생각해볼 수 있는 시간을 통해 서로의 (억눌려 있던) 경험을 나누며 치유 받아 실제적인 지침을 가지고 돌아가기를 바라는 마음에서 몇 년 전부터 2박 3일의 워크숍을 기획해서 운영하고 있다. 이 워크숍은 마음으로 배우는 곳이라는 말을 덧붙이면서 로터는 우리의 이해를 돕기 위해 다

DVD 「특별하지 않은 욕망」 표지.

큐멘터리 영화 DVD를 하나 보여줬다. 간단히 내용을 설명하자면 이러하다.

　　30대 후반 정도의 젊은 남자 장애인, 이네아가 있다. 배경은 이탈리아. 이네아의 소원은 '여자 애인을 만나는 것'. 사회활동도 나름 꾸준히 해왔고 이성을 만날 기회가 전혀 없지도 않았지만 그중 장애를 받아들일 수 있는 여자는 없었다. 이네아도 자신의 상황을 잘 알고 있기에 쉽사리 다가가지 못했다. 그는 문학 작품, 영상물 등을 통해 점점 여성에 대한 환상을 키워간다. 한국의 남자들이 군대에서 텔레비전 속 '아이돌'만을 바라보다가 정작 제대하면 주위의 '일반인 여자'가 눈에 들어오지 않아서 그렇게 바라던 연애가 쉽지 않다는 우스갯소리와 비슷하다. 마음에 드는 이성을 발견해도 마음을 전하는 것은 너무도 서툴다. 마음과는 다르게 부드러운 대화가 이어지지 않는다. 이네아가 농담이라고 건네 보는 장애에 대한 조크는 상대 여자에게는 냉소적이다 못해 공격적으로 비치기까지 한다. 이네아에게는 두 명의 절친한 비장애인 친구가 있다. 알렉스와 카를로다. 죽기 전에 여자를 꼭 한번 만나보고 싶다는 이네아의 소원을 들어주기 위해 두 친구는 30대의 생일날 그를 '좋은 곳'에 데려간다. 성매매 업소다. 분위기를 만들어 이네아와 한 여자를 방 안에 들여보내고 뿌듯한 기분으로 결과를 기다리는 두 친구의 표정을 카메라가 잡는다. 하지만 이네아는 시간이 얼마 지나지도 않아 방을 나와버리고 만다. "했어? 어땠어?" 하고 퍼붓는 친구들의 질문 공세에 이네아는 눈을 피한다. 돈이 충분하지 못했다는 둥 온갖 변명을 늘어놓는다. 친구들은 뭔가 다른 이유가 있을 것만 같은 이네아를 추궁한다. 이네아가 어렵사리 시작한 길고 긴 대화 끝에 이들 세 명은 깨닫는다. 그가 정말로 원한 것은 이성과의 '진정 사랑하는 관계'임을. 그가 정말로 원하는 것은 사랑하는 사람의 '마음'임을. 몸과 마음, 그 어느 쪽도 어떻게 시작해야 좋을지조차 모르는 이네아는 절대로 답을 알 수 없는 문제지 한 장을 들고 있는 셈이다. 이네아가 진정 원하는 것이 무엇인지 알게 된 친구들은 진지하게 고민하기 시작한다. 이네아의 고민을 들어주고 상담해줄 수 있는 전문가를 찾다가 독일의 어느 마을에 장애인의 성 문제를 공론화하고 상담하는 워크숍이 있다는 사실을 알고 참가하기로 한다.

어디서 많이 본 내용이 아닌가? 바로 이곳이다. 이 다큐멘터리는 실제 인물 이네아가 이곳, 로터의 워크숍에 참가한 내용을 담은 그들 자신의 이야기다. 로터는 간단히 워크숍 내용을 설명했다. 워크숍은 탄트라(힌두교, 불교, 자이나교 등에서 행해지는 밀교 수행법)식 명상으로 시작하고 명상과 이야기가 주를 이룬다. 둘째 날 저녁 시간은 이 워크숍의 하이라이트다. 경건하고 엄숙한 분위기 속에서 참가자들은 꽃과 촛불로 아름답게 꾸며진 각자의 객실로 도우미의 손을 잡고 입장한다. 워크숍의 취지를 이해하는 여성 도우미(일종의 마사지사)들이다. 이곳에서 성행위는 이루어지지 않는다. 도우미들은 참가자들이 생전 처음으로 자신의 몸의 감각을 사랑하고 자신의 몸을 느끼게 해주는 사람들이다.

간단히 생각하면 요가에서 배우는 것과 비슷하다. 내가 예전에 요가를 배우면서 들었던 말은 자신의 몸에 관심을 갖고 사랑해주라는 것이었다. 나 같은 비장애인들에게도 그것은 익숙하지 않은 일이다. 그전까지 몸이라는 것은 그냥 주어진 것이고, 당연히 잘 작동하는 것이고, 가끔 고장이 나면 그때그때 약으로 고쳐서 다시 쓰면 되는 것이라고 생각했다. 몸의 욕망(식욕, 성욕, 수면욕, 배설욕)은 고귀하거나 아름다운 무엇이 아니라 제어하고 참아야 하고, 남몰래 해결해야 하는 어떤 것이었다. 하물며 장애를 가진 자신의 몸을 있는 그대로 인정하고 사랑하는 경험이 쉽겠는가. 내 육신을 사랑하지 못하는 마음은 정신과도 이어져 내 자존감을 낮추고, 그것은 결국 관계의 문제까지 귀결됐다. 로터는 바로 이 지점을 짚어주고 싶었던 게 아닐까. 다른 사람의 사랑을 구하기 전에 내가 먼저 내 자신을 사랑해주라는 것.

2박 3일의 마지막 날 아침, 몸과 마음이 열린 상태에서 로터와 참가자들은 둥그렇게 둘러앉아 이야기를 나눈다. 오로지 장애인들만을 위한 시간이며 이 시간에 비장애인은 참여할 수 없다. 영화 속에 로터가 이네아에게 솔직하게 말하는 장면이 있다. 그 모습은 마치 아버지가 아들에게 진심 어린 충고를 해주는 것 같다. "이네아, 이제는 환상 속에서 나와." 그 말을 듣고 이네아는 운다. 이네아가 무엇을 깨달았는지는 모른다. 하지만 확실한 건 그가 완벽하게 자신과 같은 처지의 사람들 사이에서 위로받고 치유 받았다는 사실이다.

여기까지가 며칠 뒤 시작될 워크숍의 사전 안내였다. 로터는 이번 기수 참가자들이 곧 게스트하우스에 도착한다며, 한꺼번에 너무 많은 사람을 보거나 워크숍 중에 누군가 울거나 묘한 분위기가 흐르더라도 너무 놀라지 말라고 당부했다. 이 게스트하우스는 1년에 2회 정도 진행되는 이 워크숍을 위해 존재한다고 해도 과언이 아니었다. 모든 사람과 자원이 이 워크숍을 위해 동원됐고 귀한 경험을 할 참가자들을 맞이하러 게스트하우스 곳곳을 꾸미는 손길이 정성스러웠다. 나와 메기도 참가자들을 위한 음식을 만드는 역할을 맡았다.

오해해도 괜찮아,
무서워해도 괜찮아

이도는 워크숍 참가자 중 한 명이다. 그를 처음 본 건 워크숍 첫날의 점심 즈음. 그때는 이름이 '이도'인 줄도 몰랐다. 키가 2미터가 넘고 바람막이 잠바와 청바지를 입은 이도는 나이가 많은 건 아니지만 주름살 깊게 팬 얼굴에 항상 기묘한 웃음을 띠고 다녔다. 나는 그의 미소가 왜인지 모르게 기분이 좋지 않았다. 거인과 같은 덩치에 느린 몸짓은 둘째 치더라도 눈도 깜빡이지 않고 나를 향해 빤히 꽂혀 있는 그의 눈빛 때문이었지 싶다.

'지적장애.' 어른이지만 어린이의 정신연령을 가진 사람들이 있다는 건 알고는 있었지만, 그런 사람을 어떻게 대해야 하는지 나는 아는 바가 없었다. 그의 시선이 더 이상 보

무서워. 왜 자꾸 쳐다보는 거야. 왜 그런 미소를 짓는 거야.
······ 미안해.

이지 않을 때까지 나를 따라오는 것을 느끼면서도 할 수 있
는 것은 없었고 단지 어색하게 그를 스쳐 지나갈 따름이었
다. 이후에도 이도와 몇 번 마주칠 일이 있었고 그는 나에
게 뭔가 말을 걸고 싶은 눈빛이었지만 나는 얼른 그 자리를
피했다. 독일어로 대화도 할 수 없을뿐더러 그런 사람과 같
은 공간에 있는 것이 편하지 않았다.

　　어느 날 밤 그 느낌은 당황스러운 수준으로까지 변해
버렸다. 방에서 그날따라 와이파이가 잘 잡히지 않았다. 그

래서 나는 스페인에서 머물 헬프엑스 호스트를 검색하려고 어두운 공용 거실에 전등 한 개만 킨 채 이것저것 찾아보고 있었다. 자정이 넘은 새벽 시간, 모두들 자고 있었다. 주위는 어둡고 고요했다. 누군가 계단을 비척비척 내려오는 소리가 들렸다. 이도였다. 이도는 나를 보자 차를 담은 머그잔을 들고서 예의 기묘한 웃음을 지으며 맞은편에 앉았다. 할 일도 남았고 일어날 타이밍을 놓쳐버린 탓에 나는 이도의 시선을 느끼며 애매하게 컴퓨터 화면을 바라보고, 이도는 그런 내 얼굴을 빤히 바라보는 이상한 구도로 거의 30분을 있었다. 허둥지둥 할 일을 마무리한 나는 짧게 인사를 하고 그 자리를 피하기 위해 일어섰다. 이도의 표정에는 변화가 없었다. 그냥 내가 떠나는 것을 가만히 지켜볼 뿐이었다.

이도가 2박 3일의 일정을 마치고 떠나는 날이었다. 나는 메기와 부엌에서 게스트들의 점심식사를 천천히 정리하고 있었다. 마음속에는 2박 3일 워크숍의 여운이 감돌았다. 게스트하우스는 여느 때처럼 조용했다. 호스트 이나가 잠시 부엌에 들러 곧 손님들이 떠난다고 알려줬다. 그러다가 게스트들에 대한 이야기가 잠깐 나왔다. 이도의 이야기도 했는데, 이나는 이도가 이곳을 참 좋아하는 것 같다고 말했다. 테이블을 닦으러 나온 거실에 이도가 있었다. 그는 특유의 멍한 눈빛으로 게스트하우스 뒤뜰을 바라보다가 거실

테이블을 느린 손길로 천천히 쓸어보기도 하고 뭔가를 만지작거리기도 했다.

나는 테이블을 훔치면서 곧 나와는 다시 볼 일이 없는 이 거대한 사람의 뒷모습을 봤다. 이도는 떠나기 싫은 것처럼 보였다. 이제 버스를 타러 가야 한다는 부름에 천천히 느린 걸음으로 일어섰지만 그의 시선은 계속 게스트하우스를 향해 있었다. 계속 뒤를 돌아보는 이도의 모습이 부엌 창문 너머로 희끄무레하게 비쳤다. 메기와 함께 서 있던 나는 살짝 눈물이 났다. 왠지 모르게 긴장이 풀리는 느낌과 동시에 그에게 미안한 느낌이 들었던 것 같다. 그때였다. 버스를 타고 떠난 줄 알았던 이도가 부엌문으로 살짝 들어온 것은. 메기가 건네준 휴지로 눈가를 닦는 나와 이도의 눈이 마주쳤다. 이도의 얼굴이 일그러지면서 그대로 다가와 나를 꼭 안았다. 우리는 대화가 전혀 통하지 않았다. 그의 말은 어린아이보다도 어눌했다. 하지만 이도의 포옹은 마치 내게 괜찮다고 말하며 어깨를 두드리는 것 같았다.

"오해했어도 괜찮아."

"무서워했어도 괜찮아."

버스를 타라는 가이드의 말이 이도에게는 전혀 들리지 않는 듯했다. 내 손을 잡고 거실에 나란히 앉은 이도는 한참이나 내가 괜찮은지 확인하고 또 확인했다. 내 흐느낌이 잦아들고 숨이 진정되기를 기다려 이도는 메기의 도움으로 더듬더듬 자신의 주소를 적어줬다. 한 번도 들은 적 없는 독일 어느 마을의 주소였다.

"편지해."

나는 내가 왜 울고 있는지도 모른 채 고개를 끄덕이고 있었다. 이도는 그 뒤로도 내가 우는 모습을 한참이나 걱정스럽게 바라보고, 눈물을 닦아주고, 어깨를 쓸어주고를 반복하더니 가이드의 마지막 재촉을 받고 버스에 올라탔다. 버스 뒤 차창으로 손을 흔드는 이도의 얼굴에는 예의 그 기묘한 웃음이 떠올라 있었다. 하지만 나는 처음으로 그 웃음이 무섭지 않았다. 이도가 그저 한 마리의 슬픈 곰을 닮았다는 생각을 했다. 여행이 끝나고 한참이 지난 지금도 나는 가끔 이도를 떠올린다. 그 거대한 육체에 갇힌 어린이의 순수한 마음을.

시골길
자전거 여행

　트레벨은 독일인들에게도 아름답다고 손꼽히는 시골 마을로 이웃이 많지 않다. 저녁 식사 시간이면 게스트하우스 바로 옆 마을 술집(펍)에 꽤 손님들이 들어차는데, 모두 어디에 숨어 있다가 나타나는지 신기할 정도다. 낮에 열심히 일한 우리는 술집에서 지역 맥주 한 잔을 즐기거나 메기가 사온 독일 카드게임을 하거나 굉장히 오래된 성당 옆 묘지를 거닐며 쉬는 시간을 보냈다. 메기와 나는 노을이 지는 저녁 시간에 길게 드리운 묘비의 그림자를 바라보며 말없이 앉아 있는 걸 좋아했다. 끝없이 펼쳐진 풀밭으로 떨어지는 해를 보고 있으면 지금 독일의 어느 한 시골 마을에 머물고 있다는 사실이 새삼 묘하게 느껴졌다.

자전거 타고 마을로!
아직 22킬로미터 남았다니……
정신줄 놓기 전에 말짱할 때 한 컷!

마을의 아주 오래된 성당. 바로 옆 묘지에서 종종 산책을 즐겼다.
묘지에서 하는 산책은 여느 산책과 느낌이 다르다.

일을 하지 않는 휴일에는 자전거를 빌려 타고 시내로 향했다. 시내까지는 왕복 30킬로미터, 경주용 자전거가 아닌 바구니가 달린 산책용 자전거로는 쉬지 않고 왕복 세 시간 정도 거리다. 메기는 그 길을 먼저 다녀온 사람으로서 제발 맞바람만 불지 않기를 기도하자며 고개를 절레절레 흔들었다. 시내로 가는 길은 대단히 아름다웠다. 숲의 오솔길을 통과하고 한가로이 풀을 뜯는 양들과 노란 물감을 쏟아 놓은 듯한 유채꽃밭을 지나쳤다.

하지만 풍경의 아름다움을 뒤로하고 페달을 재촉하여 도착한 첫 시내 나들이는 아쉬움을 삼키는 것으로 끝내야 했다. 일을 마치고 점심을 먹은 후 자전거를 끌고 출발한 것이 4시가 다 되어서였으니 우물쭈물하던 사이에 상점들이 문을 다 닫아버렸다. 아기자기한 독일 상점들의 쇼윈도만 긁어대다가 결국 대형 슈퍼마켓으로 발걸음을 옮겨야 했다. 이렇게 귀하게 얻은 기회를 날릴 수는 없었다. 나는 결국 과욕에 눈이 멀어 여행 배낭 가득히 각종 독일 맥주를 쑤셔 넣고 기쁨과 후회가 (돌아오는 길의 등짐이 너무 무거웠기 때문에) 묘하게 뒤섞인 상태로 게스트하우스에 돌아왔다.

마을 축제에서 만난 옆 마을 사람의 집에 초대되어 간 적도 있다. 역시 자전거로 왕복 세 시간 거리의 길이었다. 세르지오, 나, 메기는 한 번도 가본 적 없는 전나무 숲 너머

마을의 위치를 지도를 보며 열심히 연구한 후 자전거에 올랐다. 세상에 우리밖에 없다는 착각을 하게 될 정도로 한참을 달려도 독일의 한적한 시골길에는 우리뿐이었다. 가끔 마을은 보여도 사람은 보이지 않았다. 앞서거니 뒤서거니 하며 한참을 달려 도착한 마을 사람의 집에서 우리는 직접 구운 쿠키와 차로 성대한 환영을 받았다. 스튜어디스로 근무하면서 홍콩을 여러 번 방문했던 독일인 할머니는 이 근방에서 전혀 찾아볼 수 없는 두 동양인 여자의 이야기를 궁금해했다.

그녀가 구경시켜 준 옛날 독일식 목조 건물은 흥미로웠다. 지금으로부터 거의 백 년 전, 자신의 조부祖父가 살던 그 건물을 남편과 근근이 보수하며 유지하고 있었다. 문 위에는 마을 전체에 큰 화재가 있던 이후로 근방의 모든 건물에 써넣었다는 화재 방지를 기원하는 진언眞言이 아직도 희미하게 보였다. 묘하게 끝이 꺾여 내려간 타이포그래피가 마치 구약성경의 「소돔과 고모라」에 나오는 표식을 닮았다. 구리로 만든 난로, 손잡이가 나무로 된 다리미, 나무 테이블과 그릇들 위에 시간이 멈춰 있었다.

독일의 지난 역사를 담은 물건들에 우리가 큰 흥미를 보이자 그녀는 귀한 손님에게 선물하고 싶다며 무언가를 안쪽에서 꺼내왔다. 놀랍게도 그것은 2차 세계 대전 때 발행

된 이 지역 화폐였다. 깃발을 든 사람도 그려져 있고, 어느 건물을 세밀하게 그려놓은 것도 있다. 독일의 옛날 화폐인 마르크 표시가 있었다. 전쟁 시기의 사람들은 밀가루, 생선, 달걀 등의 생필품을 이 화폐와 교환했다고 한다. 우리에게 세 장씩을 나눠줬다. 이 귀한 것을, 하고 손사래를 쳤지만 그녀는 한사코 그것들을 우리에게 안겼다.

"이 집에 아주 많아요. 동양에서 온 손님들에게 선물하고 싶어요."

그녀는 당시 배급받은 물품을 하나하나 수기로 빼곡히 적어놓은 목록도 액자로 만들어 보관하고 있었다. 개인의 역사이자 한 나라와 인간의 역사이다.

ㄴ
★★★★

자연과 더불어 사는
스페인의 피코스데에우로파

　　나는 지금 마드리드공항에서 누군가가 도착하기를 기
다리고 있다. 믿어지지 않게도 바로 엄마 무무와 남동생이
다. 나와 로마에서 헤어져 한국으로 돌아간 무무는 이탈리
아에서의 기억이 너무 좋은 나머지 마지막 스페인 여행을
함께 하고 싶어 했다. 남동생은 내 헬프엑스 여행담에 넘어
가 군 제대 후 일주일도 채 되지 않아 스페인으로 날아오는
중이다. 둘은 모두 한국에서 출발했지만 항공권 예매 시점
이 달라 같은 비행기는 아니다. 무무는 암스테르담을 경유
해서, 남동생은 카타르를 경유해서 마드리드공항으로 온다.
공항장애를 앓은 경험과 약간의 폐소공포증까지 있어 장거
리 비행은 꿈도 꾸지 않던 무무가 혼자서 암스테르담을 경

남동생 '숫돌'.
23세,
제대 일주일만에
스페인으로 날아오다

드디어 3가족, 합체했습니다!

유해 유럽으로 날아올 정도로 여행은 많은 것을 변화시켰다. 그렇게 우리는 세 명이 됐다.

먼 이국땅에서 재회하는 기쁨이 컸음에도 세 명이 함께 머물 호스트를 구하는 것이 생각보다 쉽지 않아 나는 애를 좀 먹었다. 헬퍼를 여러 명 받는 곳은 대부분 몸 노동이 필요한 농장인데, 사실상 무무가 강도 높은 노동을 할 수 없었기 때문이다. 한 명은 부엌살림(요리), 두 명은 몸 노동을 하는 호스트를 검색해야 했다. 적절한 조건의 호스트가 몇 명 보이긴 했지만 시간 내에 연락이 오지 않거나 이미 다른 헬퍼들이 있어 세 명 모두 받을 수 없다는 답변을 받았다. 나는 점점 초조해졌다. 좁히고 좁히다가 마지막까지 남은 두 곳 중 하나가 바로 진정한 마지막 호스트, 사이먼네 집이다. 다른 한 곳은 숙소가 캠핑카인 탓에 무무를 생각해서 기각했다.

사이먼의 집은 꽤 괜찮아 보였다. 소개만 읽고서는 말이다. 그는 프랑스와 거의 맞닿은 스페인 최북단 산속에 살았다. 피코스데에우로파^{Picos de Europa, 유럽의 꼭대기}라고 불리는 그 지역은 마치 우리나라의 태백산맥과 같은 곳으로, 사이먼은 마을 사람들을 위한 요가센터를 운영한다고 했다. 사진은 없었는데 요가 '센터'라는 말에 나는 널찍하고 깔끔한 공간, 요가 매트 수십 개가 나란히 놓인 공간을 상상했다. 산속의 요가센터라니, 뭔가 건강해지는 느낌이 아닌가.

우리 세 명의 조합을 환영해준다는 점에서 더 고민할 것은 없었다. 나는 마드리드에서 꽤 멀긴 했지만 이 긴 여행의 마지막 여정을 사이먼 집에서 마치기로 결정했다. 이 호스트와의 생활이 여태까지의 헬프엑스 여행 가운데 가장 난이도가 높으리라고는 가보기 전에는 미처 몰랐다. 시작부터가 생각보다 더 난관이었다. 우리는 수도 마드리드에서 오비에도Oviedo라는 북부 도시까지 버스를 타고 네 시간 동안 달려갔다. 사이먼이 '시간이 맞으면' 오비에도로 데리러 나오겠다고 했지만, 나는 와이파이가 없는 길 위에서는 메일 확인이 불가능했다. 그래서 그가 데리러 나온다는 건지 만다는 건지 확인하지 못한 채였기에 결국 오비에도에서 사이먼을 만나지 못하고 엇갈려버렸다.

우리는 털털거리는 시외버스로 갈아타고 또 한 시간가량 달려 조용한 어느 시외버스 정류장에 내렸다. 역에는 역무원도 매표원도 없었다. 주전부리를 파는 나이 든 매점 주인만이 스페인 뉴스를 물끄러미 바라보고 있었다. 겨우 와이파이를 연결해 사이먼과 연락을 주고받고는 희엷없이 기다렸다. 꽁무니로 배기가스를 담배 연기처럼 뿜어내는 지프차가 역 마당에 와서 멈춰 설 때까지. 오비에도까지 우리를 데리러 갔다가 돌아오는 사이먼의 지프차였다.

사이먼과 파트너인 앨리 그리고 곧 쓰러질 것 같은 작은 지프차는 한눈에도 범상치 않아 보였다. 아일랜드인 사이먼은 큰 키에 쇠꼬챙이처럼 말랐고 제멋대로 자라게 내버려둔 곱슬머리와 형형한 눈빛이 예사롭지 않았다. 깨어 있는 시간 대부분은 말이 없고 정말 꼭 필요한 말만 하는 지극히 과묵한 남자였다. 가끔 들리는 그의 낮은 목소리는 이

한 마리 잠든 용을 닮은 피코스데에우로파 산맥.
계속 보고 있으면 낮은 숨을 쉬는 듯, 천천히 오르락내리락 하는 것 같다.

상하게 마음을 편안하게 했다. 앨리는 하이톤 목소리와 약간의 주근깨를 가진 발랄한 미국인 여자였다. 둘 다 인도길거리에서 방금 사 입은 듯한 기묘한 무늬의 천 옷을 걸치고 있었다. 조금 특이해 보였지만 친절한 사람들이었기에 우리 세 명은 어서 그들 집에 가서 여장을 풀고 싶었다. 해도 뜨지 않은 오전에 출발해 길을 떠난 지 여덟 시간이 지나고 있었다.

하지만 사이먼의 집은 차로도 30분 정도 산길을 더 올라가야 도착했다. 산길로 들어서는 입구에 큰 캠프촌이 보였다. 연예인이 타는 밴보다 더 큰 캠핑카 10여 대가 일렬로 죽 늘어서 있고 사무실과 공용 샤워실, 세탁실 그리고 레스토랑도 있다. 피코스데에우로파는 자연이 아름다워 스페인 사람들이 여름에 캠핑카를 빌려 휴양을 오는 지역이란다. 캠핑카로 여행을 하다가 캠프촌을 찾아 차를 세우고 물과 전기 등을 보충하거나 사람들과 어울려 캠핑을 즐긴다.

구경하는 사이 사이먼이 잠시 차를 식수대에 세우고 트렁크에서 꼬질꼬질해 보이는 플라스틱 드럼통을 꺼내 물을 채웠다. 수도에서 물을 바로 마실 수 없다는 뜻이었다. 살짝 불편한 느낌이 스쳐 지나갔지만 피곤해서 깊게 생각하고 싶지 않았다.

꼬불꼬불한 산실을 딜덜기리며 올라가는 길에 웬 커다란 네발 달린 짐승이 도로를 가로막았다. 하마만 한 덩치의 황소 두 마리였다. 사이먼이 익숙하게 차를 후진시켜 소들을 한쪽으로 몰고 다시 길을 올라가려고 시도하는 동안 우리 세 명은 손 뻗으면 닿을 거리의 소를 멍청하게 입을 벌리고 쳐다봤다. 마치 쥐라기 공원에 들어온 것 같은 느낌이었다. 선사시대에도 있었을 법한 초대형 고사리와 이끼로 완전히 푸르스름하게 뒤덮여버린 나뭇등걸, 휘감긴 덩굴을 보면 만만한 산이 절대 아니라는 사실을 알 수 있었다.

주변은 온통 초록빛이었다. 조금 자세히 보면 나무와

풀의 색과 모습이 얼마나 제각각인지 '초록색'이라는 말로
다 묶어버릴 수가 없었다. 온통 갈색, 초록색으로 칠해진 도
화지에 가끔 보라색, 파란색, 빨간색 작은 산꽃이 점처럼 찍
혀 있다. 저 멀리 한 마리 거대한 용이 똬리를 틀고 잠들어
있는 듯한 부드러운 산줄기 곡선이 보였지만 희뿌연 안개
때문에 모든 것이 희미했다. 차에서 내리자 축축한 무거운
공기가 코로 다 밀려 들어오지 못하고 흩어졌다.

　사이먼의 '요가센터'는 벽돌도 아닌 그냥 돌을 쌓아 올
려 지은 작은 2층 오두막이었다. 모양과 크기가 하나도 같
은 것이 없는 돌을 이가 맞물리게 쌓고 남은 부분은 흙을
이겨 채운 벽은 태풍에도 끄떡없을 만큼 단단해 보였다. 주
변의 집은 모두 이런 식으로 짓는다고 했다. 집의 단단함
이 무색할 정도로 얼기설기 손으로 엮은 나무 대문이 웃음
을 자아냈다. 경계해야 할 사람도 없고 인간이 경계해도 소
용이 없는 자연의 힘만이 있다고 말해주는 것 같았다. 다만
집의 수호신처럼 울퉁불퉁한 목각 인디언이 평온한 미소를
띠고 합장을 한 채 버티고 있었다. 자연과 어울려 살고자
하는 자신들을 이웃으로 어여삐 받아 들여달라는 사이먼
과 앨리의 마음이려나.

　대문을 지나 현관까지 이어지는 짧은 오솔길에 나무 의
자와 이 지역의 전통 나막신 두 켤레가 가지런히 놓여 있었

왼쪽부터>
벽돌도 아니고 『아기돼지 삼형제』처럼 그냥 돌로 쌓은 집.
집을 지키는 수호신? "부디 잘 보살펴주소서!"
초록 풀숲과 너무나도 잘 어울리는 사이먼네 현관 입구.

다. 열 발자국도 채 되지 않는 오솔길을 제외하면 사이먼네
는 완전히 숲속에 '파묻혀' 있었다. 자연은 사람이 사는 공
간을 모조리 뒤덮지는 않겠다는 최소한의 예의만 지킬 뿐
이다. 인간의 손길과 발길이 닿는 곳을 제외하고는 모두 녹
색이었다. 집 뒤편에 작은 텃밭과 태양광 패널이 보였다. 텃
밭에는 먹을 수 있는 작물들이 조금, 그 옆으로는 세이지,
민트, 로즈마리 등 각종 야생 허브들이 텃밭보다 더 큰 공
간까지 넓게 퍼져서 자랐다.

　　집 안에 들어서자 느낌은 더욱 묘했다. 분명히 돌벽을
사이에 두고 있건만 집 안과 집 밖이 이어진 듯한 느낌이 드
는 집이었다. 내 상식대로라면 '오두막'이라는 표현이 더 적
절해 보였다. 전등이라고는 두어 개가 전부라서 해가 완전
히 뜨는 대낮이 아니라면 집 안은 항상 어스름한 어둠에 잠
겼다. 4~5평 남짓한 작은 거실 왼편에는 가스레인지와 부엌
시설, 오른쪽에는 식량이 될 통조림과 곡식 낟알이 놓인 찬
장과 나무 난로 그리고 1평도 안 되는 좁은 화장실이 있었
다. 나무 난로는 이탈리아에서 익숙해진 것보다 더 구식 난
로였다. 덩치에 비해 화구는 작고 연통은 온통 그슬려 있다.

　　"여기가 너희의 숙소야."

　　앨리가 거실 한쪽에 걸린 천을 젖히고 그 안 공간을 보
여주는 순간 우리는 잠시 할 말을 잃었다. 침낭을 꼭 챙겨

오라고 했을 때 어느 정도 각오는 했지만, 상황은 캠핑카에서 생활하는 것과 별반 차이가 없어 보였다. 부엌과 그 공간은 단지 큰 천 하나로 나뉘어 있었다. 원래는 서재 역할을 하는 듯 책들과 잡동사니들, 피아노와 기타, 벽난로와 소파를 겸하는 접이식 매트가 보였다. 먼지 풀풀 날리고 얼룩진 매트는 우리의 침대가 될 예정이었다. 방이라고 부를 수도 없는 그곳에 있다 보면 부엌과 바깥에서 일어나는 모든 일이 바로 내 뺨 옆에서 벌어지는 듯했다.

나와 동생은 아무래도 상관없다. 하지만 무무가 걱정됐다. 슬쩍 스친 무무의 표정은 어두워지는 저녁에 갈 곳이 아무 데도 없다는 사실을 빨리 받아들이고 있었다. 누가 뭐라고 말을 꺼내기도 진에 신속하게 여장을 풀고 매트의 먼지를 털고 깔개라고 할 만한 것들을 있는 대로 깔고 침낭 세 개를 나란히 펼쳤다. 산속 안개가 몰고 오는 습기에 온몸이 으슬으슬. 앨리에게 가스 사용법을 물어 무무에게 온수팩을 만들어 건넸다. 무무는 이내 여독을 이기지 못하고 잠이 들었고 동생도 그 옆에서 뻗어버렸다. 나도 무척 피곤했지만 거실로 나가 상황을 정리해보기로 했다.

집을 직접 지웠다는 사이먼과 앨리는 여기서 말 그대로 '최소한의' 문명 생활만 하고 있었다. 차츰 알게 된 사실이지만 이 집에는 없는 것 즉 3무無가 있었다. 냉장고, 와이파이 그리고 전기. 맙소사, 그랬다. 위의 세 가지가 없었다. 냉장고가 없다는 함의는 생각보다 크기 때문에 뒤에 좀 더 자세히 다루겠다.

먼저 와이파이가 되지 않았다. 사이먼과 앨리는 간단한 메일 확인 정도는 핸드폰 데이터로 하는 모양이었다. 핸드폰 데이터가 없는 우리에게는 곧 바깥 세계와의 완벽한 차단을 의미했다. 인터넷을 사용하려면 30분가량 산길을 걸어 내려가서 아까 본 캠프촌에 있는 펍에 가야 했다. 그보다 더 심각한 것은 이 집이 온전히 100퍼센트 태양열 발전으로'만' 전기를 얻어 생활한다는 점이었다.

물론 태양열 발전에 나는 적극 찬성한다. 스페인은 해가 많이 나기 때문에 태양열 발전이 꽤 일상화돼 있다는 이야기를 듣기도 했다. 문제는 '해가 많이 난다'는 것이 이 집에는 전혀 해당되지 않았다. 깊은 산속에다 해가 뜨는 시간 중 절반 이상이 짙은 안개로 싸여 있다. 당연히 태양열 발전량은 턱없이 부족했다. 그 말은 언제나 희미한 전등 불빛과 충분하지 않은 '온수'를 의미했다. 으슬으슬한 한기를 몰아내려면 따뜻한 물 샤워가 절실했지만, 채 세 명이 씻기도 전에 온수는 곧 바닥을 드러냈다. 세 번째 사람은 샤워하는 중간에 온수가 끊겨 냉수로 마무리를 해야 했다.

난방은 오로지 나무 난로로만 한다는 말은 이제 차라

리 애교인 수준이었다. 제니네 집에서의 악몽 같은 첫날이 떠올랐다. 나는 그만 울고 싶은 심정이 됐다. 그러나 다시 돌아가기에는 우리는 돈과 시간을 들여 너무 먼 길을 와버렸고 이제 와서 다른 호스트가 구해지리라는 보장은 더더욱 없었다. 길고 진지한 토론 끝에 일단 이곳에 적응해보기로 했다. 근심으로 가득 찬 마음을 안고 '생존'해보자.

다섯 번째 호스트,
요가인 사이먼과 앨리

사이먼과 앨리는 재미있는 사연을 가진 커플이다. 사이먼은 40대 후반의 아일랜드 사람으로 거의 표정의 변화가 없는 이른바 '목석' 같은 남자다. 꼭 필요한 말만 하고 그마저도 목소리가 아주 나직해서 귀를 기울여 듣지 않으면 잘 들리지 않는다. 하지만 낯을 가리는 사람은 아니었다. 우리 세 명을 바라보는 눈빛을 보면 알 수 있다. 그는 처음 보는 한국인에게 궁금한 것이 많아 보였지만, 결코 서두르거나 재촉하지 않았다. 그저 말없이 지켜볼 뿐이었다.

사이먼은 아일랜드부터 인도까지, 자전거로 1천 킬로미터를 여행했다고 한다. 그때의 감상을 모아 쓴 책을 내게 보여줬다. 그는 목적지인 인도에 도착해서 몇 년 동안 머물며

사랑에 용감한 '앨리'

진정한 요가인 '사이먼'

요가를 배웠다. 어쩌다가 스페인의 깊은 산속에 정착했는지는 모르겠지만, 아마 어떤 여성과 인연이 되어 그랬던 것 같다. 초등학교 1학년 나이의 아들이 가까운 시내에 전 부인과 살고 있는데, 가끔 아들을 이 집으로 데려와서 같이 지낸다고 한다. 사이먼의 과거에 대해 자세히 물은 적은 없다. 내가 본 그의 성품으로 미루어 보건대, 과거에도 지금도 '자기 자신'을 찾기 위해 살아가는 모습을 상상할 수 있다.

앨리는 30대 초반의 미국인이다. 그들이 우리의 나이

를 가늠하지 못하듯이 서양인들의 나이를 가늠하기는 쉽지 않다. 사이먼의 호스트 정보에는 거의 20명이 넘는 헬퍼들이 별점 후기를 달아놓았다. 앨리도 처음에는 친구와 함께 헬퍼로 여기 왔고 그러다가 아예 이곳에 살게 됐다고 한다. 대단한 인연이다.

실제로 그들은 정말 잘 어울리는 한 쌍의 요가인이다. 사이먼과 앨리는 2층에서 생활한다. 묘한 향냄새가 풍기는 2층에 몇 번 올라갈 일이 있었다. 매트가 열 개는 넉넉하게 깔릴 만한 상당히 넓은 공간이 몇 가지 장식물 말고는 텅 비어 있었다. 바로 그곳이 사이먼과 앨리의 생활공간이자 마을 사람들이 오면 함께 요가를 하는 공간이다. 마을 사람들이 요가를 배우러 오는 주말을 제외한 매일 아침 8시, 사이먼과 앨리는 그곳에서 수련을 한다. 아침에 일어나면 사위가 고요하다. 사이먼과 앨리는 아침을 먹지 않는다. 이른 아침인데도 마치 잠든 적이 없다는 듯 졸린 기색도 없는 그들을 보면 내 눈에 매달린 졸음이 새삼 기이하게 느껴질 정도다. 둘 다 아침에는 가벼운 목례를 할 뿐 말은커녕 굿모닝 인사도 하지 않는다.

사이먼이 아침 수련 시간에 함께하는 것을 언제든 환영한다고 말해줬기에 호기심에 몇 번 가봤다. 이내 후회했지만. 사이먼과 앨리는 내가 한 번도 본 적 없는 진정한 요가인이었다. 아니 수련인이라는 표현이 더 어울릴지도 모르겠다. 주민센터나 체육센터에서 생활요가를 배운 내게 이들이 하는 요가는 도저히 넘볼 수 없는 차원의 진짜 요가였다. 깊고 느린 호흡으로 몸의 모든 근육과 에너지를 통제해 만들어내는 중력을 거스르는 각종 자세—물구나무서기라고만 묘사하기에는 부족한—들. 나는 입을 딱 벌리고 구경하느라고 명상조차 제대로 할 수 없었다.

사이먼은 이것이 아쉬탕가 요가라고 했다. 나중에 찾아보니 '이효리 요가'로 유명한 현대요가의 일종이었다. 수련이 한창 무르익을 때면 사이먼과 앨리는 거의 무아지경 상태로 보인다. 한 시간 정도 수련을 하고 나면 편안한 표정과 대조되게 둘의 이마에서는 땀이 뚝뚝 흘러서 바닥으로 떨어졌다. 마치 짧은 여행을 다녀온 것과 같은 느낌으로 서서히 호흡을 가라앉히고 몸을 이완시키며 하루의 수련을 끝낸다.

사이먼과 앨리의 일과는 비교적 단순하다. 매일 아침 한 시간가량의 수련, 오전부터 오후까지는 생활에 필요한 각종 노동—농작물을 돌보고 장작을 패고 무언가를 만들고 요리와 청소를 하고—을 한다. 5월인데도 산속이라 오후 5시가 되면 해가 지기 시작하기에 그때부터는 휴식과 명상 시간이다. 생활비 지출이 아예 없는 것도 아닌데, 평소에는 직접적인 경제활동이라고 부를 만한 일을 거의 하지 않는다. 주말에 마을 사람들을 대상으로 하는 오픈 요가 강좌는 정해진 수업료가 없다. 참여자가 기부 형식으로 내고 싶은 만큼 통에 넣고 간다. 1년에 두어 번 외부인을 대상으로 며칠간 요가 캠프 같은 것을 운영한다고 한다. 참가자가 열 명도 되지 않지만, 이렇게 모은 수입으로 지출을 하며 사는 것 같다. 숨만 쉬어도 한 달에 1백만 원이 든다는 서울 생활을 생각해보면 이들의 여유로운 삶의 패턴은 생각할수록 신기할 따름이다.

냉장고가
없는 삶이란

냉장고가 없는 생활이란, 이를테면 이런 거다. 이튿날,
사이먼이 수프를 끓인다기에 그러려니 하고 있었다

"그럼, 수프 끓이게 밖에서 잎사귀를 좀 채집해 올까?"

"……?"

사이먼은 가위와 넓은 그릇을 들고 휘적휘적 밖으로
나섰다. 나와 동생에게 뭔가를 채집하는 방법을 알려준다
고 했다. 그가 원하는 것은 바로 집 앞에 지천으로 널려 있
었다. 내 허리춤까지 자란 네틀Nettle이라는 이름의 야생풀이
었다. 깻잎처럼 생겼는데 깻잎보다 더 얇고 길쭉했다. 사이
먼은 그걸 손으로 따지 않고 그릇을 받친 후 가위로 똑똑
끊어내기 시작했다. 설명은 가시가 있어 닿으면 아프다는

말 한마디뿐이었다. 별로 어려워 보이지 않아 내가 하겠다며 그릇을 받아들고 이파리를 끊어내려고 손을 갖다 댔다. 가시가 어디 있다는 거야, 안 보이는데. 그 순간 바람이 불어 이파리가 손목을 슬쩍 스쳤다.

"················!!!"

극도의 따가움. 동생과 나는 혼비백산해서 얼른 물러서서 손목을 살폈는데 겉으로는 아무 이상이 없었다. 그런데도 손목은 계속해서 따가웠다. 마치 보이지 않는 수십 개의 바늘이 얇게 박혀 있는 것 같았다. 갑자기 온몸의 신경이 집중되고 상처 부위에서 작은 심장이 뛰고 있는 것처럼 박동이 울렸지만 빨갛게 부어오르거나 하진 않았다. 사이먼은 그런 우리가 재미있는지 지켜보다가 장갑을 가져다주겠노라고 일어섰다. 나중에 알고 보니 네틀의 우리나라 이름은 쐐기풀이었다. 영어 이름은 '바늘'을 뜻하는 'Needle'에서 유래했다고 알려져 있다. 쐐기풀이라는 이름을 들어는 봤어도 유럽에 와서야 처음 봤다.

번식력이 아주 뛰어나 집 주변에 지천으로 널린 네틀은 사이먼에게는 귀중한 식량이었다. 영양 성분이 풍부해 '천연 멀티 비타민'으로 불리기도 한다는데, 사이먼은 이것이 류머티즘과 관절염 등에 효과가 아주 좋다고 알려줬다. 네틀 이파리를 따서 아픈 관절에 마구 비비면 굉장히 고통

스럽지만 하루 이틀 안에 관절염이 싹 낫는다나 하지만 네틀에 쏘여본 나는 차라리 관절염을 달고 살겠다고 중얼거렸다. 우리나라에서는 쐐기풀을 어떤 식으로 활용해서 먹는지 모르겠다. 아마도 잎사귀를 차로 마시는 것 같다. 사이먼은 네틀을 주로 두 가지 방법으로 요리했다. 하나는 뜨거운 물에 데쳐서(데치면 가시가 죽는다) 곡물가루 등을 넣고 걸쭉하게 끓인 수프이고, 하나는 견과류와 생마늘 등과 함께 갈아서 올리브유를 섞은 페스토Pesto다. 삶은 파스타 면에 섞거나 빵에 발라서 먹는다. 처음 먹어보는 양념이었는데 꽤 입맛에 맞았다. 특히 앨리가 만든 네틀 페스토는 홀

룽했다. 향이 과하지도 않고 고소하고 부드러우면서도 씹히는 맛이 있었다.

그 이후로도 사이먼네에서의 요리란 항상 이랬다. 이를테면 오늘 저녁은 버섯 요리를 해볼까, 그럼 내가 2주 전에 산속 어딘가에서 보아둔 버섯을 따러 가자는 식이다. 그 '어딘가'가 확실하지도 않았기에 우리는 산속을 실컷 산책만 하다가 돌아오기도 했다. 우리가 도대체 어떤 식물을 따서 어떤 식으로 조리해 먹어야 할지 도무지 감을 잡지 못한 채 난감해하자 사이먼은 예의 그 무표정한 얼굴로 종이 한 장을 가져오더니 집 주변에서 구할 수 있는 식물들 목록을 적기 시작했다.

사이먼에게는 브리태니커 백과사전만큼이나 두꺼운 식물도감이 있었다. 여유 시간에 그 책을 보며 식용으로 쓸 수 있는 식물들을 공부한다고 했다. 사이먼의 이야기를 들으면서 나는 같은 시간을 사는 그의 관심 영역이 이렇게까지 나와 다를 수 있다는 것에 대해 놀랐다. 대한민국의 대도시 서울에서 살아온 나 그리고 스페인의 깊은 산속에서 살아가는 사이먼. 우리의 관심사는 겉보기에는 모두 먹고 사는 것이었지만, 그 고민의 안을 들여다보면 지구에서 태양의 거리만큼이나 달랐다. 사이먼을 보면서 나는 '관심을 갖는 것'에 대해 생각했다. 그것은 동시에 '시간을 보내는 것'에 대한 생각이었다.

자연에서 먹을거리를 확보하기 위해 자연을 연구하는 사이먼의 관심사는 대단히 실제적이고 실천적이다. 건강하게 '살기' 위해서 그 관심사는 필수적이다. 나는 생존의 절박성을 담보로 이렇게 자연과 일차원적으로 연결된 고민을 해본 적이 있던가. 없다. 누군가는 사이먼을 보면서 '사서 고생한다'고 혀를 찰 수도 있다. 하지만 내가 그를 보며 느낀 건 진정한 '자연'으로 살아가는 한 인간이다. 자연의 일부로 태어나 다시 자연의 품으로 돌아갈 인간의 본래 속성. 그는 군더더기 없이 인간으로서의 핵심에 실제적이고 실천적으로 접근하고 있다.

또 그 방식은 대단히 주체적이다. 내면으로부터의 관심사를 자신이 주체적으로 선택한다는 것은 곧 자신이 시간의 주인이 된다는 것을 의미한다. 관심은 곧 시간을 의미하기 때문이다. 당연한 말이지만 시간은 유한하기에 소중하다. 지금 관심을 갖고 있는 어떤 것이 자신의 소중한 시간을 쏟을 만한 가치가 있는지에 대해 의문을 던져볼 필요가 있다. 우리의 관심사는 너무나 쉽게 외부의 영향을 받는다. 매체가 관심을 유발하기도 하고 혹은 주변 사람들이 관심을 가지니 관심을 갖기도 한다. 세상과 외따로 떨어진 삶이 아니라면 외부로부터의 영향을 배제할 수 없는 것은 당연하다. 하지만 적어도 그 영향을 받는데 있어 '자신'이 중심이 되어 취사선택을 할 수 있는 정신을 차리고 있어야 한다. 나는 나의 남은 시간을 어떤 것에 관심을 두며 살아갈 것인가. 내가 익숙했던 생활과 아주 거리가 있는 생활을 하는 사이먼을 보면서 이런 생각을 했다.

무무는 부엌살림을 맡은 헬퍼로서 자신의 본분을 다하고 싶어 했음에도 이 당황스러운 환경에서 무엇을 어떻게 해야 할지 난감해했다. 물론 사이먼과 앨리는 모든 것을 다 재배하거나 기르지는 않았기에 달걀, 우유, 빵, 각종 곡물 등 식료품을 사러 가끔 시내로 나갔다. 그러나 자주 있는 일이 아니어서 무무는 어떻게든 집 안에 있는 재료로 무언가를 만들어내야 했다. 육류나 어패류는 물론 구경할 수 없었다. 이렇게만 적으면 우리가 그 집에서 생활하는 동안 도대체 뭘 먹고 살았는지 영양실조 수준에 다다른 건 아닌지 의문을 제기할 수 있다. 자신만의 영양학적인 이론을 바탕으로 '채식주의'에 콧방귀를 뀌는 무무는 이 집의 식단에 대해 아직까지도 강한 불만을 제기한다. 하지만 야생의 식자재란 정말 신비하다.

"마트에서 파는 농산물을 봐. 잘생겼고 크기도 크지. 하지만 그건 다 '풍선' 같은 거야. 뻥튀기한 거라고. 자연에서 직접 얻은 것 안에는 모든 영양 성분이 대단히 밀도 있게 집약돼 있어. 먹어 봐, 조금 먹어도 별로 배가 고프지도 않아. 건강해진다고."

사이먼의 말대로 정말 그랬다. 사이먼네 있는 동안 배 고프다고 생각해본 적이 없다. 비록 강한 불만을 제기하던 무무도 지금 우리가 어디에서도 경험하기 힘든 것을 경험하고 있다는 사실에는 동의했다. 야생의 먹을거리들은 맛부터 향까지 자연의 정기精氣를 잔뜩 머금고 있다가 입으로 들어오는 순간 한꺼번에 터트려내는 것 같았다.

우리는 저녁을 먹고 난 후 사이먼이 텃밭에서 막 딴 허브로 작은 주전자에 허브차를 끓여주던 시간을 가장 좋아했다. 세이지, 로즈마리, 각종 민트 그리고 이름 모를 섬세한 작은 흰 꽃이 핀 허브가 있었다 그저 허브를 줄기째 따와서 물에 한 번 씻어 끓였을 뿐인데, 나는 이날 이때까지 이토록 진한 맛과 향을 지닌 허브차를 맛본 적이 없다. 변화하는 날씨와 산의 환경을 밤낮으로 겪어내며 자란 야생 허브는 도시에서 알던 어떤 허브와도 달랐다. 어둑어둑한 저녁, 노란 백열등 하나만을 켜놓은 채 부엌 테이블에 모여 앉아 허브차를 마시며 두런두런 이야기하던 그때의 평화로움을 잊을 수 없다.

이것이
진정한 몸 노동

　'무엇을 상상하든 그 이상을 보게 되는' 이곳에서의 미션은 이제까지 해온 헬퍼 미션과는 비교되지 않는 '진정' '단순한' '몸' 노동이었다. 직접 지은 집과 직접 일군 밭, 어디 하나 사람의 손길이 필요하지 않은 데가 없었다. 사이먼이 창고에서 꺼내준 작업용 장갑을 끼고 삽과 쇠스랑 등 도구를 하나씩 둘러메니 동생과 나는 영락없는 공사판 노동자였다. 도구라도 제대로 갖춰져 있으면 좀 더 쉬우련만, 전기가 부족하기에 인간을 편리하게 해줄 문명의 도구들은 구경도 하지 못한 채 오직 인력으로 모든 것을 해결해야만 했다. 나무 하나를 자를 때도 10초면 끝날 전기톱이 아닌 20분 넘게 걸리는 톱질이 필요하다는 뜻이다.

사이먼을 따라 산으로 밭으로 다니며 그가 심은 어린 배나무를 돌보고, 잡초를 뽑고, 돌을 고르고, 나뭇가지들을 긁어모아다가 내 키보다도 높게 쌓았다. 경계를 짓는 울타리 사립문을 몇 시간이고 붙어서 수리하기도 했다. 그중에서도 단연코 최고 강도이자 최악의 노동을 이야기하라면 사이먼의 인디언 텐트 옆에 돌벽을 만드는 일이다. 스페인 북부의 아스투리아스 지방은 스페인에서 목축업으로 가장 유명하다. 많은 소를 산속에 자유롭게 방목해서 기르고, 그로부터 진한 맛의 아스투리아스 산産 우유와 치즈를 얻는다. 이곳의 특산 치즈는 동굴 같이 밀폐된 곳에서 거의 1년 정도를 삭힌 치즈라고 하는데, 검은 곰팡이가 겉면에 활짝 피고 구린 냄새가 나는 것이 영 내 입맛에는 맞지 않았다.

어쨌든 이 이야기를 갑자기 하는 이유는 이 집 주변에도 그 '소'가 돌아다녔기 때문이다. 집 주변을 걸을 때는 신경을 곤두세우고 조심해야 했다. 방금 싸놓은 따끈따끈한 소의 똥이 마치 지뢰처럼 여기저기에 펼쳐져 있어서다. 이미 나는 그 소들을 처음 도착한 날 산길을 올라오며 마주친 적이 있었다. 하마와의 몸싸움에도 절대 꿀릴 것 같지 않은 덩치 큰 소들은 어마어마한 양의 똥을 싸놓았다. 끊임없이 주변을 맴도는 파리가 아니라면 그건 비 온 뒤의 작은 진흙 웅덩이처럼 보일 터였다.

한우보다 뿔이 큰 스페인 소들.
이곳저곳을 어슬렁거리면서 똥을 한 바가지 퍼질러놓는다.

사이먼은 며칠 전 인디언 텐트라고 부르는 싱글 침대 두 개 정도가 거뜬히 들어갈 만한 넓은 텐트를 장만했다. 나름 거금을 투자한 텐트였다. 그는 집에서 200미터 정도 떨어진 텃밭 옆 공터에 그 텐트를 설치하고서는 안에 침대를 옮겨놓고 담요까지 깔았다. 앨리는 기타와 램프와 과일 바구니로 그곳을 아늑하게 보이도록 꾸미기 시작했다. 인터넷 사이트에 올릴 사진 촬영을 위해서였다. 그 텐트를 이들이 운영하는 여름 요가 캠프 참가자들의 숙소이자 평소에는 에어비앤비 사이트에 등록해서 여행자들을 받는 숙소로 사용할 예정이었다.

하지만 역시 문제는 그 빌어먹을 소였다. 방목으로 기르는 소에게 경계 따위가 무슨 소용이 있겠는가. 소는 빈번히 사이먼의 텃밭을 침범했다. 그냥 두면 인디언 텐트가 소의 육중한 앞발에 깃털처럼 부서지는 것은 시간문제였다. 사이먼이 소들로부터 텐트를 지키기 위해 생각해낸 방법은 주위에 돌벽을 쌓는 것이었다. 텐트 주변의 큰 바위와 바위 사이에 작은 돌들을 쌓아올려 돌벽을 만든 다음 나무로 얼기설기 울타리 비슷한 것을 치는 게 그의 계획이었다.

사이먼은 그날부터 굳은 의지로 계획에 착수했다. 우리도 당연히 그를 따라 돌벽을 쌓기 시작했다. 시작부터 봉착한 난관은 벽을 쌓을 만한 적절한 크기의 돌을 찾는 일이었다. 사이먼은 소가 건드리더라도 잘 무너지지 않을 만한 되도록 무거운 돌을 원했다. 거의 하나에 20킬로그램 이내의 무게에, 농구공 두 개 정도를 합친 크기의 돌이었다. 우리는 텐트 주변의 산비탈을 헤매고 다니면서 적절한 크기의 돌을 찾아 '파내서'(화산지대가 아닌 이상 돌이 지상에 마구 굴러다니지 않으니) 너무 무거워 덜덜거리지조차 못하고 땅에 바퀴가 파묻혀버릴 것 같은 무게의 손수레를 끌고 텐트 주변으로 돌아오기를 반복했다. 서너 개만 실어도 손수레는 산비탈을 올라가지 못해 내가 앞에서 끌고 동생이 밀어야 했

이리저리 휘둘러서
풀을 벤다

안 끼면
손이 큰일 난다

뭔가 파낼 때
좋아요

다. 아마 우리 모습은 만리장성을 쌓는 노동자 같았을 게다. 그렇게 끌고 온 손수레의 돌을 또 하나씩 옮기고 아귀를 맞춰 가능한 틈새 없이 쌓았다. 이틀간 일을 하고 난 나는 도저히 이 일을 계속하는 것은 무리라고 사이먼에게 말할 수밖에 없었다. 허리 통증이 너무 심했다. 돌을 드는 일만 아니면 되니 다른 일을 시켜달라고 했더니 사이먼은 예의 무표정한 얼굴로 다른 미션을 주었다.

큰 바위 주변에 무질서하게 자라는 야생 블루베리 덤불을 뿌리째 긁어내어 뽑고 돌벽을 쌓을 수 있도록 땅을 고르게 만드는 미션이었다. 돌을 옮기는 일보다는 훨씬 나았다. 장미 덩굴보다도 억센 가시가 잔뜩 돋아난 야생 블루베리 뿌리가 땅속에 끝도 없이 깊숙하게 빅혀 있다는 것만 빼면 말이다. 역시 만만히 볼 수 없는 '야생의 자연'을 온몸으로 느끼며 며칠 투쟁으로 용케 허리 높이까지 쌓아 올린 돌벽을 보며 나와 동생은 한숨을 쉬었다. 과연 돌벽이 또 다른 자연인 소에게 얼마나 버틸 수 있을지는 미지수였지만.

안 되겠어,
다른 호스트네로 탈출하자

나와 남동생, 둘만이라면 사이먼네에서 지내는 것은 그렇게 큰 문제가 되지 않았다. 하지만 문제는 무무였다. 이탈리아에서의 기억이 참 좋아서 스페인으로 다시 돌아오기로 결정했던 무무였지만, 이곳이 50대 후반 고령인 무무에게 생각보다 더 가혹한 환경이었음을 부정할 수 없다. 무무는 언제나처럼 상황을 받아들이며 씩씩하게 적응하려고 했음에도 견디기 힘든 건 산속의 습한 공기로 인한 추위(5월인데도!). 그리고 독립성이 거의 보장되지 않아 충분한 휴식을 취하기 어려운 숙소였다.

앞서 이야기했듯 우리가 머무는 공간은 방이라고 하기에는 부엌과의 경계가 달랑 분홍색 천 커튼 하나로 나뉜 곳이었다. 빛과 소음이 전혀 차단되지 않는 환경에 무무는 불면을 호소했다. 나는 보다 못해 사이먼에게 부탁해 집 앞마당에 텐트를 쳐보기로 했다. 그래도 공간이 완전히 분리돼 있으니 좀 낫지 않겠냐는 생각이었다. 텐트를 친 날 밤, 내가 대표로 텐트에서 혼자 자보기로 했다. 잘 만하다고 생각이 들면 짐을 모두 텐트로 이동하고 우리의 숙소로 삼을 생각이었다.

"저…… 누나. 내가 군대에서 한 경험을 바탕으로 하자면 말이지……."

아무리 그래도 텐트는 텐트일 뿐이라는 남동생의 우려는 맞아떨어졌다. 절대 텐트가 집보다 나을 수는 없었다. 텐트 안 밤공기는 낮보다 더 차가웠다. 밤이 되자 더욱 깊어진 안개까지 더해져 엄청 추웠다. 나는 침낭 지퍼를 얼굴까지 올리고 간신히 코끝만 내밀고 애벌레처럼 잠을 청했다. 게다가 밤새 잠을 자지 않고 울어대는 불청객이 있었으니 부엉이였다. 나는 왜 그곳 부엉이가 영화에서처럼 작은 소리로 '부엉부엉' 하고 울지 않고 마치 부리를 틀어막혔다 풀려난 까마귀가 한순간 비명을 토해내듯 '와아아악' 하고 우는지 이해할 수 없다. 한 마리도 아니었다. 한 놈이 '와아아악' 하고 울면 다른 놈이 화답하듯 '와아아악!' 하고 밤새 울어대기를 반복했다. 저놈의 부엉이, 잡히기만 해봐라 목을 비

내 최후의 수단이었던 텐트. 기념품으로 망할 부엉이 인형을 사왔다.
길이길이 기억하리, 아스투리아스 부엉이 놈.

틀어 구워버리겠어. 나는 꿈속에서마저 중얼거리다 아침을
맞았다.

결국 내 텐트 계획은 보기 좋게 무산됐다. 결국 무무
를 위해 더 이상 사이먼 집에 머물 수 없다는 판단이 내려
졌다. 내가 사정을 이야기하자 사이먼은 걱정스러운 표정을
짓더니 다른 마을에 사는 친구에게 연락해보겠다고 했다.
루르데스라는 친구가 옆 마을에서 게스트하우스를 하는데
아마도 일손이 필요할 테니 그 집에 묵을 수 있으리라는 말
이었다. 무무를 생각하면 다른 선택의 여지가 없었다. 루르

데스에게 오케이 사인을 받자마자 짐을 꾸렸다. 세 명 다 떠날 수는 없어서 불쌍한 동생은 남기로 했다.

루르데스는 덩치가 아주 작은 스페인 중년 여성이었다. 그녀가 사는 곳은 사이먼네에서 차로 30분 정도 떨어진 다른 마을로 산티아고 순례길 코스에 있었다. 그녀는 마을에서도 조금 올라간 언덕에 방이 여섯 개쯤 되는 작은 게스트하우스를 운영하며 혼자 살고 있었다. 그들이이 어떤 인연으로 친구가 됐는지는 모르겠지만, 그녀의 첫인상은 사이먼과는 영 어울리지 않았다. 억척스러운 얼굴에 연신 피워대는 줄담배 때문에 웃을 때마다 누렇게 변한 이에 시선이 갔다. 항시 졸려 보이는 눈 탓에 잠시 그녀가 피우는 것이 담배가 아니라 마약이 아닌가 하는 의심도 들었다. 어떻게 억척스러움과 졸린 눈이 한 얼굴에 공존할 수 있는지 잘 모르겠다. 어쨌든 루르데스는 우리를 사이먼네에서 탈출(!)시켜준 고마운 인물이었다.

나는 최대한 열린 마음을 갖고 그녀를 돕기로 마음먹었다. 그저 소박한 게스트하우스였음에도 따뜻한 샤워를 하고 폭신한 이불을 덮고 누우니 인간 세상에 돌아온 듯했다. 우리는 요리를 하고 벽에 페인트칠을 하고 정원 일을 도왔다. 손님이 오기 전에 객실을 깨끗이 정돈하는 일도 했다. 어려울 것 없는 일들이었다. 무무와 나는 한가로이 풀을 뜯는 양 떼와 주변 경관을 즐기고 가끔 읍내에 내려가 이것저 것 구경하며 시간을 보냈다. 바라던 대로 여유롭고 편안한 며칠이 흘렀다. 하지만 이상하게도 무무와 나의 화제는 주로 사이먼 집 이야기였다. 무무가 그토록 힘들었던 사이먼 집이 그립다고 이야기하는 건 희한한 일이었다. 무무는 다시 그곳으로 돌아가고 싶다고 했다. 인질로(!) 두고 온 동생이 꼭 마음에 걸려서는 아니었다. 다른 어디에서도 하기 어려운, 그곳에서만의 강렬한 경험이 자꾸 마음 한구석 어딘가에서 말을 걸어왔다.

무무는 사이먼을 좋아했다. 영어로 대화가 전혀 통하지 않는 무무는 그 사람의 행동이나 표정을 관찰하는 데 익숙했다. 특히 무무는 누군가의 '눈빛'에 대해 자주 이야기를 했다. 눈은 마음의 창이라고 하던가. 반백 년 넘게 산 삶의 경험으로, 무무는 누군가의 눈빛으로 그 사람이 어떤 사람인지 대강의 이미지를 그려낼 수 있었다. 무무가 느낀 사이먼의 눈빛은 고독을 알기 때문에 옆에 있는 사람에게 더욱 따뜻하고 친절할 수 있는 사람이었다. 아마도 사이먼이 우리 중 무무에게 유독 친절했던 것은 이국땅의 어느 숲속에서 낯선 환경에 적응해가는 무무를 보면 자신의 어머니가 생각나서였을지도 모르겠다.

가끔 저녁을 먹은 후 사이먼은 2층으로 바로 올라가지

않고 남아 우리와 이런저런 이야기를 하곤 했다. 한국에 대해, 자신의 고향인 아일랜드에 대해 이야기하다가 아일랜드 민요를 불러줬다. 조용하고 슬픈 가락이었다. 나도 피아노로 우리의 「아리랑」을 연주해봤다. 사이먼은 눈을 지그시 감고 「아리랑」을 듣다가 즉석에서 아일랜드 전통 악기를 가져와 보조를 맞추었다. 어둡고 고요한 숲속에서 울려 퍼지는 두 악기의 절묘한 화음이 그곳에 있는 모든 이들의 마음을 울렸다. 무무는 지금도 가끔 그때의 즉석 연주를 다시 듣고 싶다고 이야기한다.

우리는 루르데스의 집에서 일주일 정도를 머물다가 사이먼네로 돌아왔다. 두어 번 산길 한중간에 예의 그림처럼 서 있는 소와 마주치며 다시 도착한 작은 오두막은 편안했다. 사이먼은 이미 우리의 친구였다. 자신이 평소 좋아하는 곳이라며, 차로 반 시간을 달려 데려다준 작은 해변은 한 폭의 그림처럼 아담하고 아름다웠다. 그 지역 사람들만이 아는 비밀스러운 해변이었다. 내 동생과 사이먼은 절벽 위에 매달려 클라이밍을 즐기고 무무와 나는 산책을 하고 낮잠을 잤다. 마지막 며칠은 이전에 힘들어하던 것이 잘 기억나지 않을 정도로 편안하게 흘러갔다.

한국으로 돌아갈 짐 정리를 하면서 5개월 가까이 입은 국방색 천 잠바와 이별했다. 여행 오기 한 달 전쯤 구제시장 어느 매장에서 산 잠바였다. 5개월 동안 청바지 두 벌과 윗도리 서너 개 그리고 겉에는 이 잠바를 입었다. 품이 매우 넉넉해서 안에 갖고 있던 윗도리를 모두 껴입어도 별 티가 나지 않아 좋았다. 이탈리아에서 왼쪽 절반을 삭발에 가깝게 짧게 밀어버린 머리, 화장도 잘 하지 않아 노란기가 그대로 도는 얼굴, 오른쪽 팔 부분에 '에어포스1^Airforce1'이 새겨진 품 넓은 국방색 잠바를 입고 돌아다니는 내 모습은 꽤나 볼만했겠지. 입성이라도 깨끗하게 다니려고 얼마나 빨아댔던지. 본디 제 빛깔인 짙은 카키색은 이제 빛이 바랬고 옷의 솔기마저도 뜯어지려고 했다.

그 모습을 보니 집을 떠난 지 5개월 남짓한 시간이 지났음이 새삼스레 와 닿았다. 여행의 시작부터 끝까지를 함께한 잠바를 한국에 다시 데려가기는 싫었다. 이곳, 내 여행의 종착지인 스페인 산속에서 잠바와 이별하는 것이 내 여행 마무리라고 생각했다. 잠바를 기리기 위한 가장 좋은 의식을 고민하다가 불에 태울까 하다가 사이먼에게 의논하자 잠시 생각하더니 읍내 의류 수거함에 넣는 방법을 권했다.

"수거함의 옷들은 수거돼 아프리카로 가. 잠바에게 새로운 여행을 떠나게 해주는 게 어때?"

좋은 생각 같았다. 마지막 장을 보러 시내로 나가는 사이먼의 차를 얻어 타고 갔다. 재활용 표기가 찍힌 밝은 연

두색의 의류 수거함은 환영한다는 듯 큰 입을 벌리고 내 잠바를 꿀꺽 삼켰다. 어딘가에서 생산되어 누군가의 겉옷이 됐다가 구제시장에 팔려 나와 나를 만났고, 그로부터 128일간 유럽을 돌아다닌 기이한 운명의 내 잠바. 이제 아프리카로 가서 어느 부족 어린이의 엉덩이 밑에 깔리려나. 그렇게 잠바로서, 이불로서, 결국엔 천으로서 하나의 기능을 다하고 사라져갈 내 국방색 잠바가 지금쯤 어디에 있을지 가끔 생각나리라.

살아보기를
마치며

어디서 그랬던가, '여행은 살아보는 것'이라고. 내 방식
대로 '살아본' 여행이 이제 잠시 끝났다. 다녀와서 몇몇 이
웃들과 친구들 앞에서 여행 이야기를 할 자리가 몇 번 있
었다. 여행보다는 '일상'에 가까운 내 여행 이야기를 간추리
서 말하기란 조금 난감한 일이었다. 길게 말할 수도 없었거
니와 어디서부터 어떻게 말하는 것이 좋을지 정리가 되지
않았다. 내가 보고 듣고 느낀 바를 잘 전하는 것은 생각보
다 어려운 문제였다. 다들 대단히 흥미로워했지만, 다섯 살
짜리 아이를 기르고 있는 이웃은 아이의 안전 문제를 염려

하며 손사래를 쳤다. "아무리 그래도, 모르는 사람과 한집에서 산다고? 으으." 친구들은 몇몇 에피소드를 듣고 내가 그저 오랜 시간을 특이하게 여행한 정도로만 기억하고 있을 게다. 헬프엑스로 여행을 떠나기 전에는 단순히 이게 정말 가능한가, 정도의 생각만 했다. 일해주고 그곳에 머문다. 이것이 내가 아는 전부였기에 더 상상할 것도 상상할 수 있는 것도 없었다. 그 '계약'이 가능함을 확인하는 것만으로도 좋았다. 하지만 여행을 마친 지금, 헬프엑스가 내게 다가오는 의미는 그 이상의 이상이다.

헬프엑스는 세계와 나를 잇는 '함께 살기'의 방법이다

헬프엑스로 호스트와 헬퍼는 삶의 한 순간을 공유한다. 헬프엑스로 만나서 '짧으면서도 긴' 시간을 함께 살았던 사람들, 그들을 보며 나는 내가 앞으로 살면서 닮고 싶은 모습을 한 조각 한 조각 그러모았다. 오리에따의 글로벌한 감각과 활력, 안젤로의 안정감과 따뜻함, 제니의 고독과 침묵, 평화를 사랑하는 마음, 런던 공동체 마을의 다채로운 상상력, 70대 다이애나와 드니스와의 우정, 내게 소파를 제공해준 독일 대학생 말리나와 카리나의 애정, 독일 장애인 게스트하우스에서의 경험, 헬퍼의 관점에서 많은 이야기를 공유했던 메기, 사이먼의 강인함과 고집 같은 것 말이다. 그

것은 어느 책 속의 이야기가 아니고 직접 내가 만났던 그리고 이 순간에도 자신들의 삶을 살아가는 진짜 사람의 이야기이기 때문에 더 다가왔다. 또 헬프엑스는 내 자신을 조금 더 믿어보는 경험이었고 나아가서는 세상을 좀 더 믿어보는 경험이었다. 그리고 용기를 내어 믿었을 때, 나는 상상할 수도 없던 큰 선물을 되돌려 받았다. 관계, 상상력, 가능성. 그 선물은 마음에 드리워진 두려움의 커튼을 걷는 용기를 낸 사람에게 주어지는 것이라고 생각한다.

헬프엑스로 몇 년이나 여행하는 게 가능할까? 가능하다

장기간 세계여행이라는 건 대단히 용기 있는 누군가의 일인 줄만 알았다. 지금 손에 쥔 것을 모두 놓을 수 있는 혹은 한번 사는 인생 즐기면서 살겠다는 혹은 새로운 세계에 대한 강한 갈망이 있는. 아무튼 나같이 겁 많고 소심한 여자와는 상관없는 남의 일. 나에게도 아주 조금씩 이런 생각이 있기는 하지만 그걸 다 그러모아서 "자 인생 뭐 있어!" 하고 지르기에는 나는 겁이 많았고 현실적이었다. 하지만 헬프엑스를 알게 됐다. 이 시스템을 통해 '살아보는' 여행을 나름 잘 마친 나는 몇 년이나 세계를 돌아다니는 여행도 가능하다고 '현실적으로' 생각하고 있다.

귀국을 앞두고 나는 헬프엑스 웹사이트상에서 아프리

카와 그리스에 사는 호스트들로부터 초대 메시지를 받았다. 업데이트해서 올려놓은 내 경험과 내게 남겨진 평점(부록에 설명돼 있다)을 보고 연락을 해온 것이다. 만약 내가 한국행 비행기 티켓을 취소하고 그들의 초대를 수락했다면 지금 나는 또 어디에 있었을지 가끔 생각해본다. 그렇게 몇 년을 더 다녔을지도 모르는 일이다. 그랬다면 지금과는 또 다른 생각을 하고 있을지도. 나는 헬프엑스로 전 세계와 구석구석 연결돼 있다. 가보고 싶은 곳, 갈 수 있는 곳은 끝이 없다는 생각을 '하게 됐다'. 커플로, 심지어는 아이를 데리고 이 여행을 하는 사람들도 있다. 언젠가는 내 가족의 손을 잡고 헬프엑스 여행을 떠나는 날도 올 수 있지 않을까.

누구나 작은 도움이 필요하고, 누구든 그걸 줄 수 있다

내가 만난 호스트들이 필요로 하는 것은 대단하고 거창한 도움이 아니었다. 소소한, 그렇지만 필요한 도움들이었다. 그리고 나는 그들에게 꽤 유용한 도움을 줄 수 있었다. 만약 헬프엑스로 여행을 떠나고 싶은 사람이 있다면 자신의 능력을 너무 의심하지 않기 바란다. 좀 과장하자면 그냥 그 자리에 함께 '있는' 것만으로도 누군가에게 도움을 줄 수 있다. 필요한 것은 '도움이 되고자 하는 마음'이다. 그걸로 충분하다. 마음은 여유에서 생겨난다. 자칫 속도에 휩

쓸려버릴 수도 있는 이 세상에서 시간과 마음의 여유를 가질 용기를 낸 그때의 나, 그럴 수 있던 나의 환경에 감사한다. 이 불경기에 이 직장이 아니면 일할 곳이 없다고 악착같이 평범한 회사원 생활을 이어가던 그 당시의 나에게 5개월이라는 시간은 긴 시간이었다.

하지만 인생 전체라는 시점으로 줌 아웃^{zoom out}하면 대단히 짧은 시간이다. 인생에 한 꼭지 정도는 그래도 되지 않을까, 하는 생각으로 떠났고 다녀와서도 그런 마음으로 살려고 한다. 우습지만 나도 종종 이런 느낌을 까먹는다. 다만 생각하면 할수록 공동체 마을도, 호스트와 헬퍼의 관계도, 지금 나와 함께 사는 가족과의 관계도 모두 사실 필요로 하는 '그것'은 하나로 모인다. 그것은 마음의 여유다. 진정한 '관계 맺음'은 내 시간을 관계를 위해 내어주는 것 그리고 관계를 위해 포기하지 않고 노력하는 마음에서 가능하다. 그런 이유에서 나는 마음의 여유를 가지기 위한 개인의 노력 혹은 개개인에게 그러한 여유를 주기 위한 어떤 사회적인 생각과 행동과 활동을 무한히 지지한다.

관광보다 더 재미있는 건 몸으로 체험하며 얻는 추억이다

적어도 나에게는 그랬다. 지금도 무무와 나, 동생은 눈을 감지 않고도 생생하게 그곳을 떠올릴 수 있다. 일상으

로 다시 돌아온 무무는 언제나처럼 안방의 폭신한 이불 속에 파묻혀 '위험한 밖'으로 나올 생각을 잘 하지 않지만, 그때 그랬지 하며 가끔 이탈리아와 스페인의 기억들을 꺼낸다. 그리고 어린아이가 보석 반지를 조금씩 핥아 먹듯 소중한 기억을 조금씩 굴려보며 잠이 든다. 함께 이 여행을 추억할 수 있는 무무가 있어 정말 행복하다. 마음을 주어 살았던 시간은 마음과 몸에 새겨져 사라지지 않는다.

'잉여 자원'의 관점으로 내 주변을 다시 둘러본다

5개월 가까운 시간 동안 내 짐은 배낭 하나였다. 두 계절에 걸친 장기 여행에 짐 싸는 요령이 늘었고 최소한의 의복과 생활용품으로도 나는 부족함 없이 살았다. 물론 다른 사람의 생활공간에서 함께 살았기 때문에 가능한 일이기도 했다. 하지만 배낭여행자의 눈으로 주변을 둘러보면 우리가 생각보다 많은 '잉여' 자원을 갖고 살아가고 있음을 알 수 있다. 우리는 일상에서 "이것은 필요해, 저것도 꼭 필요해" 하며 물건들을 잔뜩 껴안고 살지만 사실 그중 우리에게 정말로 필요한 것은 무엇일까. 그것이 꼭 필요하지 않은 '잉여'라면 그것을 다른 이와 나누지 않을 이유는 또 무엇일까. 남는 것을 나누며 그로 인해 '관계'를 만들어가는 경험이 얼마나 즐거운지를 알아버린다면.

여행이 끝난 지 2년이 지난 지금, 나는 내가 걸어왔던 평범한 사무직 회사원의 길로 돌아가지 않았다. 대한민국의 대졸 20대 여성으로서 가장 무난하고 평범하고 적당한 길이라고 여겨지는 그 길로 돌아가지 않고 몸을 쓰는 일을 이것저것 시도해보며 나 자신을 찾고 있다. 여행을 떠나기 전에는 전혀 생각해보지도, 아니 생각해볼 생각조차도 하지 않았던 일이다. 게스트하우스 창업, 한국어 교사, 카페 바리스타 등 다양한 커리어를 시도했고 진행 중이며 또 다른 길을 모색하고 있기도 하다. 사실 내세울 만하게 튼튼한 몸도 아닌 오히려 작고 약한 몸에 가까운 나는 몸으로 하는 노동에 사실 자신이 없기도 하다. 하지만 여행을 하며 경험하지 않았다면 나는 아마 평생 자신을 '사무직 노동자'로 한정하며 살았을 것이다.

'-보다'라는 것은 시도의 감각이다. 지금 여기서도, 어디에서도 잠시 가볍게 시도하는 자세로 '살아보고' 싶다고 생각하면서 이 글을 마친다.

노동 교환 여행 방식,
헬프엑스 가이드

5개월에 가까운 시간 동안 나는 총 여섯 명의 호스트 집에서 지냈다. 헬프엑스 사이트www.helpx.net에 대한 모든 내용은 개인적인 경험을 바탕으로 적었기에 완벽하지 않으며 보충해야 할 부분이 당연히 있음을 미리 밝혀둔다.

Q. 헬프엑스는 무엇인가?

A. 헬프엑스는 전 세계의 일손이 필요한 호스트Host와 도움을 줄 수 있는 헬퍼Helper가 서로를 찾을 수 있게 만들어진 웹사이트다. 웹사이트 메인 화면에는 이렇게 쓰여 있다.

헬프엑스 사이트에서는 유기농/비유기농 농장, 홈스테이, 목장, 산장, 숙박업소, 호스텔, 소형 범선 등 다양한 형태의 공간에 사는 호스트를 찾을 수 있습니다. 호스트는 단기간 동안 머물며 자원봉사를 할 헬퍼를 초대해 음식과 숙소를 (노동의 대가로) 교환합니다.

Helpx is an online listing of host organic farms, non-organic farms, farmstays, homestays, ranches, lodges, B&Bs, backpackers hostels and even sailing boats who invite volunteer helpers to stay with them short term in exchange for food and accomodation.

이 사이트는 영국의 롭 프린스Rob Prince라는 사람에 의해 2001년에 개발됐다. 롭은 몇 년간 호주, 뉴질랜드 등을 노동력과 숙식을 교환하는 방식으로 여행했는데, 이를 '도움 교환Help exchange'이라고 불렀다. 당시에는 온라인 사이트가 없었기에 마을 가게의 구인 게시판에 '도움 구합니다' 같은 게시물을 보고 호스트와 헬퍼가 서로 알음알음 연락하는 아주 전통적인 방식이었다. 마침 IT 개발자였던 롭은 그걸 온라인상에서 가능하게 하는 사이트를 직접 개발해보기로 했다. 하지만 시작한 지 얼마 뒤 롭은 패러글라이딩을 하다가 불의의 사고를 당했다. 이때 생긴 신체적인 악조건이 오히려 사이트 개발에 대한 그의 의지에 불을 붙여 지금의 헬프엑스 사이트를 탄생시켰다고 한다.

도움을 뜻하는 'Help'에 교환을 뜻하는 'Exchange'의 'x'를 붙여 'Helpx'라는 이름이 붙여졌다. 시간이 흐르면서 헬프엑스 사이트는 입소문을 타고 사람들에게 퍼져나갔다. 도움을 필요로 하는 호스트와 도움을 줄 수 있는 헬퍼가 자신의 정보를 등록하고 교류하는 플랫폼으로 자리 잡았다. 헬프엑스 사이트의 Q&A에 근거하면 헬프엑스 여행 방식의 대원칙은 아래와 같다.

헬퍼는 주 30시간 내외의 노동력을 제공하고 호스트는 이에 대한 대가로 숙식을 제공한다.

그러나 내 경험, 또 뒤이어 3개월 더 여행하고 온 동생의 경험에 의하면 꼭 그렇지는 않다. 나는 조금 덜 일할 때도 있었으며, 내 동생은 그보다 더 일한 적도 있다. 호스트들의 사정은 천차만별이다. 일 내용, 노동 시간, 업무 강도 등은 모두 쌍방의 조율 아래 정해진다. 사이트에서 강제할 수 있는 부분이 전혀 없기에 이 부분을 꼭 유의해야 한다.

Q. 헬프엑스의 장점은?

A. 잘 이용하기만 하면 헬프엑스의 장점은 무궁무진하다. 조금 거창하게 말하면 나는 '세계의 사람들과 연결된 문을 여는 열쇠'라고 말하고 싶다. 아프리카의 개발도상국부터 소위 말하는 선진국까지 거의 모든 나라마다 적게는 몇십 명 많게는 천 명이 넘는 호스트가 있다. 여행하고자 하는 나라를 선택해서 들어가면 각양각색의 다양한 삶을 사는 호스트의 정보가 바다처럼 펼쳐진다. 그야말로 신세계다.

게스트하우스 운영자, 농장, 일반 가정집, 요가 선생, 학교, 커뮤니티 마을, 호텔, 사막 한가운데 우물을 파는 프로젝트, 깊은 숲속 텐트에서 원시인처럼 사는 사람들, 불교 센터…… 그들이 올려놓은 자기소개를 읽는 것만으로도 몇 시간이 훌쩍 지나가고 눈이 핑핑 돌아간다. 그 많은 곳은 모두 미래의 호스트이다. 인연이 닿는다면 그들 중 누구에게도 가서 머물 수 있다. 하루에 적당한 시간의 노동을 하고 숙식을 제공받는다. 남는 시간은 자유 시간이라 그 주변 지역을 여행할 수 있다. 이거야말로 다양한 사람들의 삶을 바로 옆에서 보며 자유롭게 여행하고 싶어 하는 사람에게 딱 맞는 시스템이 아닐 수 없다.

엄청나게 아껴지는 여행 경비 또한 큰 장점이 아닐 수

없다. 내가 5개월 가까이 유럽의 4개 나라를 여행하면서 든 경비는 많게 잡아도 비행깃값을 제외하면 250만 원 정도이다. 한 달 평균을 내보자면 서울에서의 생활비보다도 더 적게 들었다는 사실이 놀랍다.

Q. 헬프엑스의 단점은?

A. 호스트의 집에 가서 맞닥뜨릴 수 있는 상황은 모두 예측 불가능하다. 정말 깔끔한 손님용 방에 머물 수도 있으며, 커튼으로만 겨우 공간을 분리한 거실에서 침낭을 깔고 자게 될 수도 있다. 새로운 미지의 환경에 대한 열린 마음을 갖지 않으면 얼마든지 불편해질 수 있는 것이 헬프엑스다.

Q. 어떻게 헬프엑스를 알게 됐나?

A. 헬프엑스와 비슷한 여행 방식으로는 우프World Wide Opportunities on Organic Farms, 줄여서 WWOOF가 있다. 우프와 헬프엑스의 차이는 등록된 호스트의 성격. 우프는 유기농법으로 농사를 짓는 농장 혹은 거기에 준하는 조건을 갖춘 곳만이 호스트로 등록할 수 있다. 우프는 이미 꽤 알려진 여행 방식이어서 '우프로 여행한다'는 뜻인 우핑wwoofing이라는 신조어도 있고, 그렇게 여행하는 사람들을 우퍼wwoofer라고 부른다.

나는 동생이 다니던 대안 고등학교를 통해 우프를 처

음 알았다. 동생의 학교는 작은 유기농 텃밭을 운영하고 있어서 '우프코리아'에 호스트로 등록해 우퍼를 받고 있었다. 우프의 조직은 'Federation of WWOOF Organisations'라고 불리는 국제우프조직연합wwoof.net이 있고, 그 아래에 우프이탈리아, 우프USA, 우프코리아처럼 각 나라별로 그 나라의 우프 조직이 따로 있는 형식이다. 유료 회원제로 운영되며 일을 해주고 숙식을 제공받는 점은 헬프엑스와 같지만, 가장 큰 차이점은 일의 성격이다. 농장을 배경으로 하니 당연히 대부분 농장 일이 많다.

그렇기에 나는 우프로 여행하고 싶지 않았다. 이탈리아의 유기농 농장에서 갓 짜낸 우유와 풍성한 자연 먹거리로 차려진 식탁, 아름다운 시골 자연은 분명히 매력적이었다. 하지만 28년을 도시에서 산 내가 농장에서 무슨 일을 할수 있을지 감이 잘 잡히지 않았다. 여행을 다녀와서 내가 귀농해 농장 생활을 할 것 같지도 않았다. 내가 헬프엑스로 했던 일의 목록을 대략 적어보면 아래와 같은데, 나름 다양했음을 알 수 있다.

코스튬 만들기
아이들이랑 한국 놀이로 놀아주기
이탈리아 유치원 일일 교사

한국 요리(멸치국수, 깍두기, 김밥, 볶음밥, 미역국, 잡채, 돼지고기숙주볶음, 달걀말이, 파전, 청경채볶음, 감자전, 샐러드, 매작과 등등)

난로에 불 피우고 돌보기

반려견/반려묘 돌보기

4세 아기 데리고 공원 가서 놀기

영국의 공동체 마을 놀이방 가서 학부모들과 함께 놀기

겨울 장작 마련하기

텃밭 가꾸기

독일식 손님맞이 파티 준비

잔디 깎기

돌담 쌓기

블루베리 덤불 제거하기

벽돌 줍기

페인트칠하기

결정적으로 우프는 각 나라의 우프 조직마다 별도로 멤버십을 신청해야 한다. 최소 3개국 이상을 여행하고 싶은 나로서는 나라마다 각각 가입비를 내야 한다는 큰 단점이 있었다. 우프와 비슷하지만 다른 시스템이 없을까 알아보다가 헬프엑스를 알게 됐다.

Q. 가입비가 있나?

A. 있다. 헬프엑스 사이트는 유료 회원제로 이용 가능하다. 가입비는 20유로이고, 달러로는 29달러이다. 결제할 때 환전 시세를 따져보고 더 유리한 통화로 결제하면 된다. 나는 유로로 결제했다. 한화로 3만 원 내외였지 싶다. 비자나 마스터 카드로 결제할 수 있다. 멤버십은 2년간 유효하다. 가입비를 내지 않고 아이디만 만들 수도 있다. 이를 프리 헬퍼라고 한다.

프리 헬퍼는 자기소개와 원하는 여행지 등을 입력해서 자신을 헬퍼 리스트에 노출시킬 수 있지만, 호스트의 정보를 볼 수 없기 때문에 호스트에게 직접 연락하는 일은 불가능하다. 즉 호스트가 나를 찾아내주기를 기다려야 한다. 그래서 적극적으로 이동하며 여행하기 위해서는 가입비를 내고 프리미엄 헬퍼로 '업그레이드' 하기를 추천한다. 한 멤버십에 아이디를 2개까지 생성할 수 있는 것 같은데, 그건 시도해보지 않았다.

Q. 이용에 나이 제한이 있나?

A. 헬퍼가 되기 위해서는 적어도 18세 이상이어야 한다고 되어 있다. 18세 미만은 호스트의 동의 아래 보호자가 동반해야 한다. 나이 상한선은 없다.

Q. 합법적인 노동비자가 있어야 하나?

A. 대부분의 나라가 합법적인 노동비자Work Visa를 필요로 한다고 쓰여 있다. 나이가 된다면 워킹 홀리데이 비자를 받아서 갈 수도 있겠다. 하지만 나는 노동비자가 아닌 관광비자로 다녀왔다. 내 생각에는 노동비자를 요구하는 호스트들은 규모가 있는 단체나 법인인 것 같다. 영국에서 불교 명상센터에 헬퍼로 가고 싶다고 신청했었는데 노동비자를 요구해서 가지 못했던 경험이 있다.

하지만 그런 경우는 내가 연락했던 30명이 넘는 호스트 가운데 단 한 번이었다. 개인 농장, 홈스테이 등에서 노동비자까지 요구하지는 않는다. 출국 전에 꼭 머물러보고 싶은 호스트를 찾았다면 그곳이 노동 비자를 필요로 하는지 확인해보는 것도 방법이다. 그리고 대부분 관광비자보다 노동비자의 유효기간이 더 길기에 여행을 길게 하고 싶다면 노동비자를 받는 것도 좋을 것 같다. 참고할 것은 헬프엑스 사이트에서는 비자 문제에 전혀 관여하지 않는다는 점이다.

Q. 보험은 어떻게 하나?

A. 나는 관광비자로 여행했기에 국내에서 출국 전에 최소한의 여행자 보험을 들었다. 보험 문제로 여러 말썽이

난 적이 있었는지 헬프엑스 사이트에도 보험을 연결시켜 주는 링크가 있다(World Nomads라는 곳). 하지만 영문으로 적혀 있고 사후에 지속적으로 연락을 취해야 하는 것을 생각하면 나는 그냥 국내 보험사를 통해 여행자 보험을 들고 가는 편이 낫다고 생각한다. 거의 대부분 몸 노동을 하게 되는 이상, 그럴 일이 없기를 간절히 희망하지만 사고가 날 수도 있다. 만일의 사고를 대비해 나를 지킬 수 있는 것이 여행자 보험밖에 없다는 것은 조금 위험한 일이긴 하다. 어쨌든 여행자 보험의 사고 처리 범위는 그렇게 넓지 않다. 결국 내 몸은 내가 알아서 보호해야 한다는 것이 결론이다.

Q. **자기소개에 뭘 적어야 할까?**

A. 회원가입을 하면 목표 여행지와 간단한 자기소개를 적는 칸이 있다. 이런 사이트에서 자기소개라니, 도대체 어떤 식으로 무엇을 적어야 하는지 난감할 수 있다. 나도 처음에 그랬다. 당연히 정답은 없지만 내가 연락했던 거의 대부분의 호스트에게 환영 받은 (그리고 내가 연락하지 않았던 호스트들도 내 자기소개에 관심을 보이며 연락해 온) 것을 생각하고 간단히 내 자기소개 원칙을 소개한다면 다음와 같다.

제일 중요한 것은 '호스트는 무엇을 필요로 할까?' 그리고 '나는 그에게 무엇을 줄 수 있는가?'이다. 지금 당장 내가 외국 어딘가에서 머문다고 생각해보자. 나라는 사람은 그의 공간에 몇 주씩이나 무상으로 머물 만큼 그에게 매력적인가? 어떤 점에서 그런가? 난 그에게 내가 가진 재능 중 무엇을 나눠줄 수 있을까? 나의 경우 키워드는 '요리'였다. 비록 이제 막 요리에 관심을 가진 초보 수준이었지만, 별로 걱정하지는 않았다. 누구나 먹기 위해 노동(요리)을 해야 하니. '먹고사니즘'을 위한 도움이야말로 누구에게나 해당되는 가장 인류 보편적인, 국제적인 도움이 아닌가. 그래서 내 자기소개에는 예정하는 여행 기간, 여행을 하는 이유 등 간단한 정보 외에도 내가 배웠던 사찰 요리 강습, 한식 조리기능사에 대한 소개, 내가 만든 요리들의 사진을 올렸다.

또 내 자신의 사진으로는 제주도에 놀러 갔을 때 만난 큰 시베리아 허스키 '만타'와 함께 얼굴을 맞대고 찍은 사진을 택했다. 나는 동물을 키우지는 않지만 동물을 사랑하는 사람을 좋아하고 이들에게 믿음이 간다. 사람이 아닌 다른 생명체도 소중히 여길 정도의 감수성이 발달한 사람이라면 사람에게는 당연히 애정을 가지고 대할 수 있을 것이라는, 내 멋대로의 근거 없는 믿음이다(실제로 나의 네 번째 호스트는 이 사진이 마음에 들어 나를 선택했다고 말했다).

결론은, 자기소개란과 Self-reference칸 그리고 첨부하는 사진을 적극 활용해 어떻게든 나의 필요성을 어필하는 것이다. 이 글을 읽는 당신이 '별다른 기술도 없는 내가 뭘 할 수 있겠어'라고 생각하지 않길 바란다. 집에서 달걀말이와 볶음밥이라도 해서 먹는 사람이라면 호스트에게 요리를 해줄 수 있다. 아이폰으로 꽤 그럴듯한 사진을 찍어내는 사람이라면 게스트하우스를 운영하는 호스트의 홍보를 도와줄 수 있다. 아이를 좋아하는 사람은 아이들과 놀아줄 수 있고, 튼튼한 두 팔과 다리를 가진 사람이라면 텃밭 가꾸기를 도와줄 수 있다. 나는 평범한 누구나 헬프엑스로 여행을 떠날 수 있다고 생각한다. 호스트들이 필요로 하는 도움은 생각보다 '거창하고 전문적인' 도움이 아니기 때문이다.

Q. 사이트 이용은 어떻게?

A. 첫째, 내가 가고 싶은 나라를 선택한다. 사이트에 들어가면 나라가 이렇게 분류돼 있다.

호주/뉴질랜드/유럽/캐나다/미국/인터내셔널.

영어를 모국어로 하는 영국인이 만든 사이트라서 그런지 영어를 사용하는 나라(대륙)가 따로 분류돼 있다. 인터내셔널은 앞의 다섯 곳을 제외한 나머지 나라들을 묶어놓은 것이다. 가고 싶은 곳이 유럽이라면 유럽을 클릭해서 서유럽/동유럽으로 더 세분화해서 볼 수 있는데, 우스운 건 프랑스가 서유럽/동유럽과 동등한 카테고리로 분류돼 있다는 점이다. '서유럽/동유럽/프랑스'. 각 나라 이름 옆의 숫자가 그 나라에 등록된 호스트의 숫자로, 아마 프랑스의 호스트 숫자가 가장 많아서 (프랑스만 해도 2천 5백여 명 정도가 호스트로 등록돼 있다) 프랑스를 따로 빼놓은 것 같다. 인터내셔널을 클릭해보면 아시아, 아프리카, 오세아니아, 중앙아메리카, 남아메리카 대륙의 수많은 나라들의 이름이 보인다. 그걸 보면서 나는 알 수 있는 것이다.

'흠, 몰디브에도 호스트가 한 명 있군. 예전부터 신혼여행지로 많이 들었던 몰디브인데, 한번 연락해서 몰디브를 여행해볼까?'

둘째, 원하는 나라의 호스트 리스트 중 마음에 드는 호스트를 선택하면 호스트의 자기소개가 뜬다. 자기소개는 아래의 정보들을 포함하고 있다.

•호스트 고유의 아이디 : 다섯 자리 숫자. 마음에 드는 호스트를 발견했다면 이 다섯 자리 숫자를 기억하거나 Add 버튼을 눌러서 내 즐겨찾기에 추가시켜놓자. 호스트가 하도 많기 때문에 나중에 다시 그 사람을 찾아내려면 불가능할 수도 있다.

•위치 : 위대한 구글맵으로 검색하면 호스트가 사는 위치와 환경을 대략 예측할 수 있다. 주변이 온통 녹색이면 산이나 평야 지대에 산다는 뜻이다.

• 헬퍼를 구하는 기간 : 어떤 농장은 농번기에만 헬퍼를 구하기도 한다.

• 구하는 헬퍼의 수 : 두 명 이상 구한다면 커플이 도전해볼 만하다. 그리고 도시가 아닌 외진 곳에서 헬퍼를 한 명만 구한다면 여성 여행자는 조심해 연락할 필요가 있다고 생각한다. 만일의 (고립되는) 사태를 대비하기 위함이다.

• 최근 사이트 접속 일자 : 날짜가 최근일수록 이 호스트와 연락이 잘 되리라고 유추할 수 있다. 자기소개를 업데이트하기 위해 접속했든 헬퍼를 찾기 위해 검색했든 최근에 사이트를 자주 접속한다는 것은 그가 헬퍼를 구하고 있을 가능성이 높기 때문이다. 나라를 클릭해서 들어가면 최근에 접속한 호스트 순으로 목록에 나오니 참고하면 된다.

• 자기소개 : 호스트의 자기소개는 최대한 꼼꼼히 읽는다. 내가 할 일, 노동 시간, 그 대가로 받을 것들(숙식 외 기타)에 대한 힌트를 얻을 수 있다. 앞서 예로 들은 몰디브의 호스트 자기소개가 꽤 모범적이어서 사례로 소개해둔다.

신혼여행지로 유명한 몰디브 섬에 위치한 소규모 스포츠 아카데미입니다. 아카데미와 숙박시설은 훌루말레섬의 벨라나 공항에서 몇 분 떨어진 거리에 있습니다.

5~14세의 아이들을 대상으로 축구 초급 수업의 보조를 맡아

주실 선생님을 찾고 있습니다. 하루에 두 번 열리는 축구 수업을 포함해서 하루에 2~4시간 정도 자원봉사를 하고, 숙식을 제공받게 됩니다.

저희가 운영하는 프로그램의 코칭 혹은 자원봉사 인증서를 발급해 드릴 수도 있습니다.

We are a small Sports Academy in the island honeymoon destination, Maldives. The academy and the accommodation that we provide will be few minutes away from velana Airport,at Hulhumale Island.

We are looking for people who can assist or facilitate a soccer class for 5~14 year old beginner level kids.

You will be volunteering for 2~4 hours a day which includes a soccer class twice a day.

In return, we're more than happy to provide a good accommodation and free meals.

It is recommended that the volunteer stay for 2-3 months.

We can also provide you a coaching or volunteering certificate on the programs that we do.

자기소개를 읽으니 갑자기 몰디브가 가고 싶어지지 않

는가. 기회는 언제든 열려 있다. 가고 싶은 국가를 선택하면 최근 접속한 순서대로 호스트들이 주르르 나온다. 하지만 영어로 되어 있는 호스트 소개를 일일이 읽으면서 나와 맞는 호스트를 찾기란 머리가 쥐가 나는 일이다. 그래서 내게 맞는 호스트를 구하는 소소한 팁을 소개한다.

TIP 01 with photos

자기소개에 사진을 같이 올려놓은 호스트만 골라서 본다. 'Search for Hosts(호스트 검색하기)' 섹션에서 몇 가지 키워드나 조건으로 호스트를 검색할 수 있는데, 그중 하나가 'with photos'라는 조건으로 검색하는 것이다. 즉 사진을 올려놓은 호스트만 골라서 보여달라는 뜻이다. 나는 안전상의 이유에서 본인 그리고 본인의 가족들이 함께 나온 사진을 올려놓은 호스트를 선호했다. 이 익명의 온라인 사이트에서 무엇을 믿고 누군가와 인연을 맺겠는가. 사진으로나마 자신을 자신 있게 드러내야 그나마 믿을 만하다고 생각했다. 자연경관, 사는 환경만을 찍어 올려놓은 호스트가 많은데, 그 호스트가 정말 마음에 든다면 연락해서 스카이프로 미리 얼굴을 보고 가는 것도 방법이다. 어쨌든 자기 모습을 솔직하게 노출하는 것에 거리낌이 없는 호스트가 더 안심이 되는 건 사실이다.

'재능' 키워드로 검색하기

내가 도움을 줄 수 있는 부분이 요리라고 생각했기 때문에 나는 내 첫 번째 여행지 이탈리아를 선택하고 'Cooking'이라는 검색어로 검색했다. 내 재능을 표현할 수 있는 한 단어를 생각해보자. 예를 들어 텃밭 가꾸기에 재능이 있다면 'Gardening'이 될 수 있겠다.

TIP 03 지도로 찾기

호스트 검색란에 가면 'Location maps(지도)'이란 버튼이 있다. 이걸 클릭하면 구글맵과 연동된다. 가고자 하는 나라로 이동해 Ctrl(컨트롤)키를 누르고 확대해보자. 무수히 꽂혀 있는 빨간색 핀들이 모두 호스트다. 가려고 하는 도시나 특정 장소가 정해져 있다면 그 주변에 있는 호스트를 콕 찍어서 연락하는 것도 방법이다. 특정 빨간 핀을 선택하면 그 호스트의 정보를 볼 수 있게 넘어간다.

TIP 04 별점 평가

요즘 유행하는 에어비앤비 사이트를 생각하면 이해가 쉽다. 호스트와 헬퍼가 서로에게 별 다섯 개를 만점으로 별점 평가와 짧은 리뷰를 남길 수 있고, 그 평가가 자기소개 아래쪽에 자동적으로 보인다. 이 평가는 온라인상에서 개인의 평판을 가늠할 수 있는 잣대가 된다. 마음에 드는 호스트를 클릭하면 그가 받은 별점의 평균과 그를 거쳐 간 헬퍼들이 그에 대해 남긴 몇 줄의 리뷰를 볼 수 있다. 사람마다 합이 맞는 사람이 다르기에 100퍼센트 신뢰할 수는 없지만, 적어도 그가 상식적인 사람인지 아닌지를 판단하는 하나의 기준은 될 수 있다. 나도 내가 머물렀던 호스트들에게서 평점을 받았다. 여행이 끝나갈 즈음 나의 평점을 보고 아프리카와 그리스의 호스트로부터 초대 메일을 받았다. 그리스는 바닷가에 위치한 어느 별장을 운영하는 일이었으며 아프리카는 학교에서 아이들을 돌보는 일이었다. 이미 한국행 비행기 티켓을 끊어놓은 터라 정중히 사양했지만, 그렇게 여행을 계속할 수도 있다는 것을 알게 됐다.

모모야 어디 가?

헬프엑스로 살아보는 유럽 마을 생활기

초판 1쇄 발행 2018년 7월 25일

지은이 김소담
펴낸이 이정화
편 집 안은미

펴낸곳 정은문고
등록번호 제2009-00047호 2005년 12월 27일
주소 서울시 마포구 서교동 473-10 502호
전화 02-392-0224
팩스 02-3147-0221
이메일 jungeunbooks@naver.com
페이스북 facebook.com/jungeunbooks
블로그 blog.naver.com/jungeunbooks

ISBN 979-11-85153-24-7 03810

이 도서는 한국출판문화산업진흥원 2018년 우수출판콘텐츠 제작 지원 사업 선정작입니다.

책값은 뒤표지에 쓰여 있습니다.
이 도서의 국립중앙도서관 출판예정도서목록(CIP)은
서지정보유통지원시스템 홈페이지(http://seoji.nl.go.kr)와
국가자료공동목록시스템(http://www.nl.go.kr/kolisnet)에서 이용하실 수 있습니다.
((CIP제어번호: CIP2018021677)